KB153858

바벨탑 앞에서의 점심식사

정건영 소설집

도화

바벨탑 앞에서의 점심식사

초판 1쇄인쇄 2014년 8월 10일

초판 1쇄발행 2014년 8월 15일

저 자 정건영

발행인 박지연

발행처 도서출판 도화

주 소 서울시 송파구 성내천로 39

전 화 02) 3012-1030, 팩스 02) 3012-1031

등 록 2013년 11월 19일 제2013-000124호

이메일 dohwa1030@daum.net

ISBN ㅣ 979-11-952523-1-2*03810

정가 12,000원

도화道化. fool는
고정적인 질서에 대한 익살맞은 비판자,
고정화된 사고의 틀을 해체한다는 뜻입니다.

구성원인 개인의
본질을 탐구하며

1

다섯 번째 소설집을 세상에 보낸다. 이것으로 나의 다섯 번째
이정표를 마련한다.

소설집이나 장편소설을 출간할 때마다 나는 매번 내가 걸어온
시대와 나의 문학적 도정을 회고하고 다시 앞길을 조망하곤 한
다.

나와 같은 동년배의 세대들은 험난한 역사적 사건들을 쉼 없
이 몸으로 겪으며 살아왔다. 일제 강점기 말엽에 태어나 핍박 속
에 유년기를 보냈고, 해방을 맞고, 사회는 좌우익의 대결로 테러
와 공포의 소용돌이였다. 남북 분단, 대한민국 정부수립, 6 · 25
동란, 휴전, 4 · 19 의거, 5 · 16 군사혁명, 베트남전 파병, IMF 구
제금융 시대 등이 큰 사건들이지만, 그 갈피에는 개인을 지배하
는 더 많은 시대와 사회적 질곡들이 깔려 있었다. 어차피 구성원

인 개인은 이런 여건을 수용하면서 자아 구원의 길을 모색할 수밖에 없다.

나는 자아의 구원인 소설이라는 배낭을 짊어지고 이런 여건 속에서 긴 여행을 해왔다. 고등학교 시절 문학동인 활동으로 시작한 소설쓰기의 출발이니, 이제는 반세기를 훌쩍 넘기고 있다. 이런 문학적 도정에서 나는 소설집으로 여정의 이정표들을 세워 왔다. 그렇다고 그 이정표의 위치에 안주할 집을 짓지도 못하고 나는 늘 새로운 길 떠남을 했다. 그것이 목표를 향한 도정일 수만은 없다. 방황일 수도 있고, 방랑일 수도 있다. 그러나 그것이 일탈이라 할지라도 궁극적 자아에 한 발짝 더 다가서는 도정인 것은 분명하다.

나는 한 자리에 머물지 못하고, 이 소설집을 이정표로 세워놓고 또 배낭을 지고 길 떠남을 시작할 것이다.

2

여기 수록된 8편의 중·단편 역시 시대와 사회의 배경이 드리운 그늘 속에 있는 개인의 모습을 형상화해 본 작품들이다.

이 개인들, 즉 사회를 이루는 구성원의 모습을 통해 시대와 사회의 실체를 탐구하고, 개인의 구원과 좌절, 저항, 영합 등 근원적 대응의 모습을 모색하려 했다. 소설의 본질은 인간의 근원적 존재의 탐구에 있다. 나는 이 소설론에 적극 동의하고 그 탐구의 길을 찾는 긴 여정 속에 있다. 그 길은 힘들지만 보람 있고, 감미로운 위안도 있다.

3

시간은 마술과 같아서, 존재하는 모든 사물의 모습을 끊임없이 변화시킨다.

나의 이정표인 이 소설집을 비롯하여 이미 세상에 내보낸 나의 소설집들과 장편소설들도 시간과 더불어 풍화할 것이며 언젠가는 부서져 모래가 되고 말 것이다. 그 모래가 다시 먼지로 변해 허공으로 흩어질지라도, 나는 내 여정을 계속할 것이며, 나의 좌표를 스스로 일깨우는 이정표를 세우는 작업도 계속할 것이다.

이것이 지금 내가 살아있는 의미이기 때문이다.

한여름 무더위 속에서 이 소설집을 출간해 주신 〈도화출판사〉 김성달 사장님, 편집부 여러분에게 깊이 감사드린다.

2014. 성하에   정건영

차례

침묵의 강

1

하늘에 떠있는 해조차 누렇다. 나무 한 그루 없는, 드넓은 황야에서 흙바닥을 긁어 올리며 회오리처 일어난 바람은 드높은 험산을 넘고 라싸 분지에 와서야 숨을 죽이며 흙먼지를 지상으로 내려놓았다.

누런 흙먼지가 내려도 라싸의 뽀따라 궁에는 달라이 라마에게 칼라 차크라를 전수하려는 의전을 바쁘게 준비하고 있었다. 지난 해, 그는 조캉 사원에서 이미 득도得度·승려로 입문하고, 티베트의 정신적 지도자로서 공식 취임하였다. 칼라 차크라 의식은 세계평화를 기원하는 특별한 행사로, 이것을 전수받은 달라이 라마는 앞으로 이 의전의 주관자가 될 것이다. 주황색 승복을 입은 모든 승려들은 저마다 맡은 일로 분주히 움직였다. 벌써 일주일이나 준비기간을 가졌지만, 앞으로도 사흘은 더 시간이 소요

될 것이다.

달라이 라마는 이 의식을 어떻게 준비하는지 궁금해 궁 안 이곳저곳을 돌아다니며 호기심 어린 눈으로 기웃거렸다. 작은 무리를 이루어 각각 맡은 행사의 몫을 분주히 준비하는 승려들의 일이 어떤 용도로 쓰이게 될 것인지 자못 궁금했다. 그의 뒤에는 스승 링 린뽀체가 그림자처럼 따르고 있었다.

그는 한 곳에서 발걸음을 멈추었다. 사원의 중앙, 첸레지[천수관음] 상 앞이었다. 커다란 화판이 놓여있고, 몸을 구부려 그림 작업을 하는 화승들 넷이 짝을 이루고 있었다. 반짝이는 머리와 얼굴·팔에는 땀방울이 흐르고, 승복마저 푹 젖어있었다. 그들은 일에 몰두해 숨쉬는 기색조차 없었다. 채색 돌가루로 화판에 기하학적 문양을 수놓아, 바깥에서 차츰 안쪽으로 향해가며 거의 완성 단계에 있었다. 저 그림의 의미는 무엇일까. 타는 호기심으로 달라이 라마는 숨조차 멎는 듯했다. 찬란한 채색이 어떤 의미와 상징을 형상화하고 있어서 신비로웠다. 문득, 그림에서 현묘한 움직임이 일었다. 갑자기 이 그림이 평면을 벗어나 입체로 우뚝우뚝 서며 시간의 바람이 일고 있었다. 달라이 라마의 눈앞은 일상이 사라지고 현묘한 움직임만 살아났다.

그는 비틀 하고 몸의 균형을 잃었다. 그러자 스승 링 린뽀체가 그의 한 팔을 붙잡아 중심을 잡아주었다.

"스승님, 이 그림에서 어렴풋이 떠오르는 무언가를 보았습니다. 아마도 저의 생애, 전생과 내생도 보여주었을 것입니다."

"전대의 달라이 라마도 이 행사에서 처음 만다라를 보았을 때, 그런 말을 했었습니다. 모두 달라이 라마의 화신이기에 같은 것을 볼 수 있었을 것입니다."

스승은 빙그레 미소를 띠었다. 언어 이전의 의미를 전하는 심심상인이었다.

달라이 라마는 화승들에게 물었다.

"이 만다라는 무엇을 그린 것입니까?"

그러자 얼굴에 주름살 많고 가장 나이 들어 보이는 화승이 몸을 일으켜 합장을 하고 대답했다.

"아득한 태고로부터 무량한 먼 미래까지. 개미 같은 미물에서 우주의 섭리까지입니다."

"이 만다라에서 티베트와 내 자신의 미래를 볼 수 있습니까?"

"예, 그럴 수 있습니다만, 그것은 누구의 도움 없이 홀로 찾아가야 하는 길입니다. 경전처럼 친절한 말씀이 아니고 그것은 오직 오관을 통해 전해오는 빛과 소리입니다."

"아, 무엇인가 내 가슴에 빛과 소리로 비추는 게 있었는데 그 실체를 터득할 수가 없습니다."

"......"

늙은 화승은 합장으로 더 이상 대답할 말이 없음을 암시하고 하던 작업을 이어가기 위해 도로 화판 위로 몸을 굽혔다.

달라이 라마도 그의 등으로 합장하고 돌아섰다.

스승 링 린뽀체가 미소를 머금고 그의 눈을 들여다보았다.

'달라이 라마, 그대는 곧 그 빛과 소리를 터득할 수 있을 것이오.'

'예, 구루[스승]의 가르침으로 곧 그 빛과 소리가 열리기를 바랍니다.'

이심전심의 대화를 나누며 그들은 계단을 내려서 법당 뜰로 나아갔다.

거기에도 몇 개의 무리를 이룬 사람들이 분주히 제몫의 일을 하고 있었다. 단을 쌓아 무대를 만드는 이들, 깃발들을 꺼내어 말리고 찢어진 곳을 기워 보수하는 이들, 가면과 악기들을 꺼내어 먼지를 닦고 북의 끈을 조율하는 이들로 떠들썩하고 시장처럼 활기에 넘쳤다.

그러나 메마른 들판을 지나 산을 넘어오는 먼지 바람은 조금도 쉼 없이 흙먼지를 내려 하늘의 해조차 흐릿하게 했다.

하늘은 투명하게 푸르다. 6월의 햇살은 어느덧 열기를 머금어 옷을 뚫고 등판과 어깻죽지에 따갑게 파고든다.

선일은 어깨를 한번 추썩거려 그 햇살을 떨어본다. 그러나 열기는 심신을 풀어 헤뜨려 허물어질 듯 피로하다. 목도 마르다. 이럴 줄 알았더라면 물이라도 한 병 들고 올 걸.

선일은 옆에 한 걸음 뒤쳐져 따르고 있는 명희를 흘깃 쳐다본다. 그녀는 다소곳이 고개를 숙이고 눈길조차 땅으로 두고 있다. 어쩌다 이 여인이 이렇게 시들어버렸나. 푸수수하고 윤기 잃은 퍼머 머리에 새치 정도를 넘은 흰 머리칼이 햇살에 반짝거린다. 거침없이 쏟아지는 햇살은 화장으로 감춘 잔주름살도 그대로 드러내 놓았다. 세월은 담담하게 변하는 사물의 본질을 드러내고 있다. 선일은 기도를 타고 내려가 무언가 폐부에 말갛게 고이는 것이 슬픔일 것이라는 생각을 한다.

아스팔트 통행로 옆에 작은 쉼터가 있고, 벤치 몇 개가 눈에 들어온다. 음료수라도 마시고 다리품이라도 쉬어가라는 곳일 것이다. 벤치에는 이틀 전에 버렸음 직한 빈 음료수병, 우유팩, 아이스 바 막대기들이 흩어져 있다. 목마름을 생각한다면 정문 매점까지는 가야겠지만 거기까지는 까마득히 멀어 보인다.

"명희 씨, 저기서 좀 쉬었다 갈까요?"

그녀의 무표정한 얼굴에서 그림자 같은 미소가 떠돈다. 그녀 역시 어딘가에 앉아 좀 쉬고 싶은 피로를 느끼고 있었음이 분명하다. '해병병장 박화준' 그 묘비 앞에만 섰다 떠나면 선일은 늘 이런 무기력한 피로를 느낀다. 죽은 혼령과 마주 하는 일이 이렇게 힘든 것인가. 버려진 신문지를 주워 벤치 위의 쓰레기들을 쓸어낸다. 그 위로 그녀는 허물어지듯 내려앉았다.

"명희 씨, 매년 여길 왔어요?"

선일은 명희와 조금 사이를 두고 앉는다. 그러면서 눈을 들어 경내를 휘둘러본다. 아스팔트 도로와 배수로로 바둑판처럼 칸을 만들고, 그 칸마다 무릎을 겨우 넘는 수천 개, 수만 개의 묘비들이 오와 열을 맞추어 도열하듯 서있다.

국립묘지 현충원. 현충일이 이틀 지난 오늘, 화병에 꽂힌 국화, 장미, 백합 따위의 생화들은 뜨거운 햇볕 세례를 받아 축축 목을 꺾어 늘이고, 잎은 데친 듯 익어 늘어졌다. 이 꽃들이 처음 바쳐졌을 때에는 죽은 혼령들에게는 영광을, 참배객들에게는 추모의 애련한 감상을 불러 일으켰을 것이다. 겨우 이틀 지난 지금, 이 꽃들은 시선을 어지럽히는 쓰레기로 변하고 있다. 뜨거운 햇볕의 세례는 살아있는 것은 모두 변한다는 시간의 본질을 드러내 보여주고 있다. 선일은 명희의 잔주름이 드러난 얼굴을 넘겨다보며, 명희의 눈에도 자신이 이렇게 시든 모습으로 비치리란 생각을 했다.

"늘 오지는 않았어요. 어쩌다 생각나면 왔지."

명희의 목소리에서는 낮고 쉰내가 났다. 매끄럽고 생기에 넘치던 그녀의 새된 음성은 어디로 갔나. 선일은 시간의 벽을 훌쩍 뛰어넘어 그녀를 만난 것에 적잖이 당혹하고 쓸쓸함을 넘어 무상함을 느끼고 있었다. 처음 화준의 묘비 앞에 그녀가 앉아있는 모습을 보았을 때 선일은 그가 화준의 누이동생이 아닐까 하는 생각을 했었다. 그런데 실체는 명희였다. 명희가 아직도 떠나지 못하고 화준의 묘비 근처에서 맴돌고 있을 줄이야.

왜 그를 잊지 못하는가. 명희는 화준의 묘비 앞에 앉아 음각으로 새기고 먹물 들인 그의 비명을 들여다보았다. '해병병장 박화준의 묘'. 세월이 흐를수록 그는 더욱 선명하게 가슴속에서 살아나오고 있었다. 봉사 나가는 유아원에서 정말 화준을 닮은 아이를 보고 입양해서 기른 아들이 캐나다로 유학을 떠나고 나자, 비로소 자신을 사랑한 사람은 화준이었고, 명희 자신의 생애도 모두 그에게 바쳐졌다는 사실을 깨달았다. 그러나 화준을 닮은 아이를 기르는 20여 년, 화준이 없는 빈자리의 많은 부분을 이 아이가 채워주었다.

화준의 묘비 앞에도 꽃바구니가 놓여 있었으나 다 시들어버렸다. 화병에 꽂힌 국화 다발을 거두고 제가 들고 온 백합꽃을 꽂았다. 백합 향내는 강하게 콧속으로 파고들어 정신을 흔들었다.

대학 3학년 시절이던가. 화준과 국립극장엘 가다가 꽃집 앞을 지나친 적이 있었다.

"어떤 꽃이 좋아?"

명희의 물음에 화준은 별 망설임 없이 대답했다.

"백합."

"왜?"

"진한 백합 향기가 죽음을 정화하는 것 같아. 상갓집 화환은

다 백합을 쓰잖아?"

"어머, 거야 시체의 부패 악취를 제거하기 위해 쓰는 거지만, 요즈음은 시신이 다 냉동실에서 얼어있으니 부패할 겨를도 없잖아."

그러자 화준은 히죽 웃고 대답했다.

"아니야, 사람이 죽으면 그를 아는 사람들 마음속에서는 이미 시체로 썩어가고 있다고. 그래서 상갓집에서는 항상 시취가 풍기는 거야. 백합향이 없다면 끔찍할 거야."

긴 세월의 두께를 뚫고 저 먼 어둠속에서 그의 음성이 들려오는 듯했다. 그러나 그의 말은 맞지 않았다. 분명 그의 죽음을 인식했는데도, 시취는커녕 더욱 생동하며 살아나는 것이 그의 산 모습이었다.

문득 그녀는 등 뒤로 잔디에 스치는 발길을 인식했고, 뒷목을 간질이는 시선을 느꼈다. 현충일은 벌써 지났는데 누가 뒤늦게 이 묘역엘 어슬렁거릴까. 명희는 현충일에 묘지를 찾은 일은 없었다. 그의 가족들과 마주치면 어쩔 수 없이 인사를 나누어야 할 것이며, 아직도 화준의 근처를 맴돌고 있는 자신이 노출되고 말 것이다. 그들은 당혹해 할 것이고, 자신은 부끄러울 것이다. 발소리의 기미는 멈추었고, 그저 적요의 햇살만 잔디밭에 깔리고 있었다. 막연히 어느 묘소에 들렀다 돌아가는 사람이겠거니 했다. 명희는 문득 그림자 하나가 제 옆으로 뻗어있는 것이 보였다. 그녀는 소스라쳤지만, 짐짓 태연을 가장해 가방을 집어 들고 일어섰다. 이 사람이 화준의 가족이라면 자신을 알아보지 않기만 바랐다. 그녀는 그에게 시선을 주지 않은 채 옆으로 비켜 돌아섰다.

"혹시, 화준이……."

그제야 명희는 그를 쳐다보았다. 동공에 맹점이라도 생긴 듯 그의 얼굴이 하얗게 바래 보였다.

"난 화준이 선배 나선일입니다만, 혹시……."

그는 명희라고 단정적으로 말하기는 어려웠던 모양이었다. 그제야 그의 얼굴이 윤곽을 잡아갔다. 아, 그렇다. 바로 그 사람. 화준의 선배 나선일, 화준은 제 친형보다 더 좋아하고 따랐다.

"네, 기억하실지 모르지만 박화준 친구였던 조명희입니다."

"아, 비로소 이름과 얼굴이 거의 맞아가네요. 그런데……."

그의 말투에는 무슨 이유로 아직도 화준의 주변을 맴돌고 있느냐는 의문이 들어 있었다.

"나도 모르겠어요. 저 사람이 가끔 날 불러내네요."

너무 긴 세월 후에 보는 나선일, 화준이 좋아했고 그래서 명희도 덩달아 좋아했었다. 화준의 정도는 흠모에 가까운 것이었다.

여하튼 명희는 화준의 묘지에서 그의 가족이 아닌 나선일 선배와 조우한 것은 다행이라고 생각했다.

그는 화준의 묘비 앞에서 조금 지루하다 싶을 만큼 서 있다가 돌아섰다.

"더 머무시겠습니까?"

그의 한마디에 명희는 화준의 묘비로 한 번 더 눈길을 보내고 발걸음을 돌렸다. 어쩌자고 티 없이 맑은 하늘에서 찌르는 듯한 햇살은 폭포처럼 퍼붓고 있는지. 이상하게 몸은 자꾸 무너질 것 같은 피로가 왔다. 나선일 선배가 길가 작은 쉼터에서 신문지로 대충 쓸어 치운 벤치에 앉았다. 나무그늘이 없는 벤치라 편안한 느낌도 없었다. 벤치는 햇볕에 달구어져 살에 따끈했다. 눈에 닿는 모든 시야에는 온통 시든 꽃들만 널려있었다.

그도 이런 상황이 편치 않았던 모양이었다.

"목마르지요?"

명희가 머리를 끄덕였다.

"정문까지 한번 힘차게 걸어봅시다. 화준이가 우리 힘을 다 빼놓았는데, 택시 잡아서 편안한 자리로 가봅시다. 아참, 생각나는 장소가 있네요. 화준이랑 마지막 술잔을 들었던 곳입니다. 그 후 내 단골 술집이 되었는데, 오늘은 그 술집이 각별한 자리가 되겠네요. 요란스럽지 않고, 햇살도 없고, 나한테는 그냥 편안한 자리입니다. 거길 가죠."

선일이 명희의 손을 잡아 일으키고 앞장서 걸었다. 명희의 눈 앞에는 눈부시지 않은 편안한 실내등 아래 땀을 뚝뚝 흘리는 시원한 맥주병이 떠올랐다.

택시는 바로 인사동으로 달려왔고, 그는 익숙하게 골목으로 들어서 건물의 지하계단으로 내려갔다. '안압지', 목판에 먹으로 양각된 상호가 붙은 출입문을 밀고 들어섰다. 기름 먹인 목판 탁자라든지, 갈포벽지가 퇴색한 듯 낡아 보였다. 사방탁에 얹어놓은 목기러기나 백자항아리, 베 짜는 북, 목수들의 먹줄들이 빛을 빨아들이며 편안한 세월감을 느끼게 했다. 홀은 제법 넓었다. 10여 개의 목판 탁자가 놓여있었다. 선일은 제일 안쪽 구석자리 탁자에 자리 잡으며 '여기가 화준이랑 마지막 술잔을 들었던 곳'이라고 말했다.

"주모, 요즈음 간재미 들어오나요? 그거 있으면 찜하고 맥주 몇 병 주세요."

요즈음도 주모라는 호칭을 쓰기도 하나. 조금 익살스러우면서 친근감이 있었다. 주모라 불린 여자는 생각보다 그리 늙어보이지는 않았는데, 미소에 천진한 맛까지 있었다. 그녀는 명희에게 호기심이 생기는지 갸웃거려 뜯어보았다.

"이봐요, 나 사장. 오늘은 웬일로 애인을 다 모셔오고."

"그러면 늘 수컷들하고만 와야 하나? 아무래도 여자가 있어야 술맛이 나지."

그가 멋대로 떠들었는데, 비로소 그다운 옛 모습이 조금씩 살아났다. 그것이 명희의 마음을 조금 편하게 했다. 맥주 한 잔이 우선 목안의 먼지를 씻어내고 목청을 뚫었다. 위장에 찬 맥주의 서늘한 기운이 서서히 열기를 식혔다. 명희는 비로소 처진 어깨가 제자리를 잡고 시야의 사물이 선명하게 살아옴을 느꼈다.

선일은 거푸 명희의 잔을 채우고, 술병을 명희에게 넘겼다. 명희는 바로 그의 잔을 채워주었다. 그는 급하게 또 한 잔을 들이켜고 다시 잔을 내밀었다. 명희는 새 병을 열어 또 한 잔을 따라주었다. 그는 숨을 몰아쉬고 비로소 명희를 바로 쳐다보았다. 그새 굳었던 표정도 풀리고 햇살에 찡그렸던 눈빛도 바로 돌아왔다.

"명희 씨, 화준이란 놈은 벌써 저세상 사람인데, 어쩌다 아직도 그놈에게서 벗어나지 못하는 거요? 그 무덤은 제가 들어간 곳이지 명희 씨가 덩달아 그 무덤 속에 갇혀 지낼 이유는 없잖아요?"

"사실 그래요. 화준은 나에게 떠나라고 칼로 잘라내듯 끊었지요. 살아서나 죽어서나 한결같지만 그게 진짜 그 사람 속마음이었을까 생각해요."

그녀는 처음으로 밝게 웃었다. 양 볼에 퍼진 홍조가 현충원에서의 건조함과 무표정을 걷어내고 정감을 실었다.

선일은 이쯤 되면 이 여자는 박화준이라는 혼령에 절대 순종하는 종교적 맹신도일 것이라는 생각을 했다.

"명희 씨, 어쩌면 명희 씨는 화준이에게 벼락을 맞아 치유 불가능한 불구의 상태에 머문 것 같습니다. 세월이 흐르면서 화준이를 상상 속에서 자꾸 키워 과장되고, 미화된 허상에 사로잡혀 살고 있지 않나 하는 생각이 듭니다."

그의 말투는 빈정거림이 아니었다. 어쩌면 긴 세월 후에 만난 명희에 대한 연민이었을 것이다.

명희는 먼 과거로 치달아갔다. 대학 3학년시절, 그녀는 가정교사로 떠도는 자취생이었다. 시골에서는 수재 소리를 듣기도 했으나 그녀가 진학한 여자대학에서는 서울의 수재들이 다 모여 자신은 그저 평범한 존재에도 미치지 못한다고 생각했다. 더구나 군청의 말단공무원에 지나지 않는 아버지의 물질 지원은 늘 허기지고 주눅들어 지내게 했다. 방세는 물론이고, 등록 때마다 휴학을 해야 할지 말아야 할지 번번이 번민했다. 철철이 갈아입는 여대생들의 옷가지도 명희를 위축시켰다. 더구나 명희네 영문과는 더욱 화려한 서구취향이었다. 명희는 겉치레나 화려하게 꾸미는 것은 머릿속이 텅 빈 여자들이나 할 짓이라고 눈을 내리깔고 경멸했으나, 사실 그건 알량한 자기기만에 불과했다.

그녀는 학교와 가정교사 일, 자취방을 맴도는 외톨이었다. 딱히 어울릴 가까운 친구가 없었다. 그들과 어울릴 시간도 없었다. 클래스메이트들은 별로 웃지 않고, 좀 완강해 보이고, 홀로 떠도는 그녀를 '독립군'이라는 별명을 붙였다.

화준을 만난 것은 3학년 그 무렵이었다.

장충동, 잔디정원이 제법 큰 집에서 중3짜리 여자애의 고등학
교 입시영어를 가르치고 있었다. 당시엔 평준화 이전이어서, 입
시지옥은 정작 중학교에 있었다. 가르치던 아이는 지적 수준이
높았고, 싹싹하고 예절 발랐다. 그는 명희를 '언니'라고 부를 수
도 있을 터인데, 굳이 '선생님'이라는 호칭을 썼다.

어느 날인가, 그 집에서 교습을 마치고 현관에서 신발을 신고
있을 때였다. 현관문이 벌컥 열리고 그가 덤벼들듯 뛰어들었다.
상체를 구부리고 신발을 신던 명희는 자칫 그에게 머리를 부딪
칠 뻔했다. 그가 멈칫 물러섰고 명희도 당황스럽게 몸을 일으켰
다.

명희는 지금도 그 순간을 잊지 못한다. 번개처럼 가슴속으로
뛰어든 그의 모습, 이성이라고 할 만한 남자를 이렇게 부딪칠 듯
똑바로 마주친 일은 처음이었다. 후드득 놀란 가슴이었지만 지
금도 그 장면이 스냅사진처럼 선명하게 살아있다. 그의 뺨은 통
통했고, 눈은 크고, 콧부리는 단정했다. 흰 피부 빛깔이 근심 없
이 자란 귀공자처럼 보였다. 어쩌면 그 순간, 명희는 나 선배의
말처럼 벼락을 맞은 것처럼 멍해 있었다. 그 순간에 명희는 그에
게 모든 것을 열어놓은 무방비 상태가 되었을 것이다.

다음 순간 명희는 마음을 추스르고 퍼뜩 경계의 갑옷을 주워
입었다. 그에게 가벼운 목례를 던지고 그가 출입문에서 비켜서
기를 기다렸다.

문득 그가 표정을 풀고 환하게 웃었다.

"아이쿠, 혜란이 선생님이시군요. 이야기 들었습니다. E여대 영문과라구요. 수고 많습니다. 내가 영어가 짧아 남을 고생시키는 것입니다. 난 그 옆 대학 사학괍니다. 사실 사학이 무언지도 모르는 날라리입니다. 박화준입니다."

말문을 열자 그는 폭포처럼 쏟아내고 손을 내밀었다.

"조명희예요."

그가 내민 손을 어쩌지 못해 명희도 손을 내밀었다. 그가 잡고 한번 흔들었는데 그 손 역시 그의 뺨처럼 부드러운 느낌이었다.

"아, 잠깐만요."

그가 몸을 틀어 길을 내어줄 듯하다가, 불현듯 손을 들었다.

"조명희 씨, 이번 토요일 저녁 시간 좀 낼 수 있나요? 우리 극예회에서 가을 정기공연이 있거든요. '밤으로의 긴 여로'라고, 근 석 달을 연습해서 꽤 그럴 듯한 무대가 될 겁니다. 꼭 와주었으면 합니다. 내가 제법 큰 배역을 맡았거든요. 내가 이런 광대 짓이나 해서 집안에서는 애물단지가 되었습니다만, 오시면 내가 술 한잔 살게요."

그는 가방을 뒤적거리더니 티켓과 팜플렛을 명희의 손에 들려주었다. 처음 만난 처지에 이건 너무 급한 접근이 아닌가 싶었다. 그러나 그의 티 없고 순수한 미소에서 굳이 경계할 이유를 찾지 못했다. 그가 현관문을 열어주었고, 따라 나와 마지막 당부를 했다.

"끝나고 무대 뒤로 오세요. 기다리겠습니다."

그리하여 무뚝뚝한 시골 처녀 명희는 화준을 통해 처음 문화라는 향기, 예술이라는 황홀경을 맛보았다. 유진 오닐의 '밤으로의 긴 여로'는 미국문학사에서 제목만 알았지 대본을 읽은 적도, 공연을 본 일도 없었다. 삼류 배우인 지독한 구두쇠 아버지와 마약 중독자 어머니, 알콜 중독자 형, 시인 기질을 가진 병약한 막내, 이 네 가족이 피와 눈물로 얽힌, 심신이 녹아들 듯한 슬픔의 무대였다. 화준은 막내아들 에드먼드를 맡았는데 그가 아닌 정말 폐병쟁이, 시인기질의 새 인물로 연기하고 있었다. 가끔 안개 낀 항구에서 어디로 떠나는 배의 무적소리, 마약 중독자 어머니가 잠들지 못하고 밤새 이층에서 저벅거리면서 헤매는 발소리 효과음…… . 이런 것이 어우러져 연극이 주는 슬픔에의 황홀경을 맛보았다. 지금도 예술적인 감동을 일으킬 수 있는 어떤 국면에서는 감동과 함께 떠오르는 것이 화준과 그 연극이었다.

"그러면 나선일 선배는 왜 국립묘지에나 어슬렁거리시나요? 화준이 혼령이 뒷덜미를 잡아당기나요?"

그녀가 힐난하듯 묻고 흰 이를 조금 드러내며 새된 소리로 낮게 웃었다. 뺨은 벌써 붉게 물들어 있었다. 웃음소리에서 그녀의 옛 모습이 빛 조각처럼 반사했다.

"화준이는 날 따라다니다가 결국 무덤으로 갔습니다. 사실 난 화준이가 군대에까지 날 따라오는 걸 보고 기절초풍할 뻔했습니다."

선일은 같은 사학과로 화준의 두 해 선배였다.

선일이 화준을 처음 본 것은 학교식당에서 가진 신입생 환영회에서였다. 그는 귀엽고 티 없는 인상이었는데, 돌아가며 말하는 입학소감이 그의 차례에 와서는 두서없고 익살스러웠다. 그래서 그 인상이 남아있었다.

"'에덴의 동쪽'을 보았는지요? 여러분은 제임스 딘 연기가 다 놀랍다고 말하지만, 저는 그보다는 좀 낫게 그 배역을 할 수 있다고 생각합니다. 내가 이 대학에 온 근본 이유는 여기 극예회가 어느 대학보다 가장 우수하다는 명성이 있기 때문입니다."

참석한 몇몇 교수들이나 신입생, 재학생 할 것 없이 그의 어이없는 발언에 어리둥절했다. '역사 바로 세우기를 위해' 또는 '아직도 미비한 한국사의 정립을 위해' '한국 근대사에 관심이 있어서' 하다못해 '사학과 교수가 되기 위해' 이런 정도의 입학소감들이 이어지고 있을 때, 그의 발언은 격식도 없고 말 그대로 완전 논점이탈이었다. 여기저기서 픽픽 웃음이 터졌고, 종래는 웃음바다가 되었다. 그 웃음이 가라앉기를 기다렸다가 그가 다시 말을 이었다.

"교수님들, 선배님들. 이건 배우인 제 연기였습니다."

또 한 번 웃음이 터졌는데, 그가 정말 연극을 하기 위해 대학을 왔는지, 단순히 코미디 한 토막을 연출하고자 한 것인지 짐작하기 어려웠다. 어쩌면 그 나이에 아직도 피터팬 증후군에서 벗어나지 못한 사람은 아닐까 하는, 좀 아리송한 여운을 남긴 채 공식 환영회는 끝났다.

그런 그가 선일 앞에 다시 얼굴을 내민 것은 두어 달쯤 뒤였다.

선일이 편집국장으로 있던 대학신문사 편집실에서였다. 그가 두리번거리며 편집실 안으로 어정어정 들어섰을 때, 그가 누구인가 하다가 '아, 저 자가 바로 제임스 딘이지' 하는 기억이 살아나 전처럼 또 피슥피슥 웃음이 새나왔다. 이 녀석이 여기에는 왜 나타났나, 하는 의문으로 그를 주시했다. 그런데 그는 곧장 선일의 테이블 앞으로 왔고 거의 부동자세로 멈추어 섰다.

"나선일 선배님, 전 사학과 햇병아리 박화준입니다."

여기까지 이야기하고 그냥 침묵했다. 신입생 환영회 때 보여준 익살은 어디로 갔는지 다소 굳은 표정이었다.

"기억나, 제임스 딘. 어, 이리 앉지."

선일은 어색한 분위기를 거두려 서둘러 제 옆에 있는 의자를 끌어 놓고 앉기를 권했다. 그는 의자에 앉아서도 여전히 긴장을 풀지 못했다.

"나한테 긴히 할 이야기가 있나 보지?"

"긴한 이야기라기보다⋯⋯."

"여기서 이야기하기가 불편한가?"

"아닙니다. 이번에 발간된 『문우』에서 선배님 작품을 읽고 꼭 만나 뵙고 싶었습니다."

그가 말한 『문우』는 대학 종합문예지인데 대학 간에는 그런 대로 수준이 제법 높다고 알려져 있었다. 거기에 실었던 선일의 단편을 읽었던 모양이었다.

"그 소설에서 무슨 결함이라도 보았는가?"

"아닙니다. 그냥 제 이야기 같아서 감동하고 흥분했었습니다."

단편 「시지프스를 찾아서」는 한 인물이 젊어서 시로 출발하여 문단에 제법 이름이 알려지자 사진으로 옮겨가고, 그것이 또 궤도에 오르자 이번에는 슬그머니 회화에 몰두한다. 나이 환갑 노인이 된 그가 이제는 대리석을 상대로 새롭게 끌을 들고 망치질을 한다는 이야기였다. 모든 인생을 다 털어 넣어서 어디엔가 실험적으로 몰두하는 인간의지를 시지프스의 역노에 빗댄, 다소 우화적인 소설이었다.

"아니, 자넨 아직 젊고 어느 한가지에도 전념해 무엇을 이루어 본 일이 없지 않은가?"

그러자 그는 말이 막힌 듯 잠깐 침묵했다가 대답했다.

"선배님이 그린 그 인물이 제가 살아가고자 하는 삶입니다."

어허, 이 아이 봐라. 선일은 속으로 놀라움이 있었다. 학보사까지 찾아온 것을 보면, 꽤 마음 쓰고, 헛된 말장난이나 하러 온 것이 아님은 분명했다.

"그래, 끝날 시간 다 되었으니 그만 나갈까? 술 좀 하나?"

그는 벙싯 입을 벌려 웃었다.

"조금 마실 줄 압니다."

그는 쑥스러운지 뒤통수를 긁었다.

그날 선일은 처음으로 화준과 학교 앞 순댓국집엘 갔고, 밤이 꽤 늦도록 머릿고기 안주로 막걸리를 마셨다. 그 당시에 유행하던 문예사조인 '앵그리 영맨'이나 '비트 제너레이션' '앙티로망' 따위를 화제로 삼았다. 그러나 그보다 화준이 선일에 대한 호기심을 풀어보려는 노력이 더 진지했다고 하겠다. 생각해보면 그날 선일은 그 소설 속 인물이 비록 선일 자신은 아니더라도, 끊임없이 인생을 탐구해야 실존의 의미를 느낄 수 있는 참된 인생이 아니겠느냐는 자신의 메시지를 화준이 긍정해준 사실이 즐거웠다.

문득 신입생 환영회 때의 작은 해프닝 '제임스 딘'이 생각나 화준에게 물었다. 화준은 매우 쑥스러워하면서 자신을 털어놓았다.

"저의 형은 법대생인데 고등고시에 빠져 살고 있어요. 24시간 고등고시라는 감옥에 갇혀 있지요. 집안 관심은 몽땅 형에게 쏠려있고, 나는 완전히 찬밥이지요. 아버지는 설탕공장을 운영하고 있는데, 당연히 형이 후계자가 될 것입니다. '에덴의 동쪽' 그 형제와 우리 형제는 그림이 같아요. 처음에는 섭섭했는데 이제 야 점차로 구속의 짐 덩어리와 자유의 참가치가 무엇인지 알게 되었어요. ……그렇게 답답한 후계자의 길 따위는 나는 아예 마음속에서 홀가분하게 졸업했어요."

아, 그런가. 그 당시만 해도, 제당업계는 오직 두 회사밖에 없었다. 그런 회사를 경영하는 집안이라면 가히 재벌이라고 이름 붙여도 좋으리란 생각을 했다. 그러나 화준에게는 가진 자의 오만이나 위선이 없었다. 그저 순박하고 철없는 소년의 모습이었다.

헤어질 때 선일이 악수를 청하자 화준이 슬그머니 다가와 껴안더니, 제 뺨을 선일의 뺨에 한번 부비고 물러섰다. 어허, 이런 망둥이. 으레 술을 마시면 입맞춤 따위의 기행을 하는 친구들이 있긴 하지만, 처음 만난 후배의 돌발 행위라 조금 어색했다.

"선배님, 오늘 정말 신났어요. 친구들한테 자랑할 겁니다. 종종 찾아뵐게요."

뭐, 종종 찾아보겠다구? 그는 손을 흔들고 제 갈 방향으로 뛰어갔다. 선일은 그의 뛰어가는 뒷모습을 보며 비로소 웃음을 터뜨리고 말았다. 그에게는 상식을 넘는 언행이 있었으나, 그 속에는 상대를 편안하게 해주는 순수가 있었다.

"그래 화준이의 무엇이 명희 씨를 그렇게 사로잡았어요? 지금 껏 화준이 무덤 주변을 서성거리는 것을 보면 산 사람보다 죽은 사람이 끄는 힘이 더 세다는 생각이 듭니다."

주모는 시키지 않아도 짬짬이 은행구이와 편강을 접시에 담아 내고 김치전을 부쳐내었다. 시간이 일러서 그런지 손님은 많지 않았다. 제법 나이 든 여자 몇이 한 테이블을 차지했고, 젊은 연 인으로 보이는 둘은 낙지볶음에 맥주를 마시고 있었다.

넘겨다보는 선일의 눈썹은 짙고 뭉툭하고, 이마와 하악에는 근골이 꽉 찼다. 그에게 사색하는 듯한 그늘진 눈빛이 없었더라 면, 힘 좀 쓰는 씨름꾼 정도로 볼 수도 있을 것이다. 현충원에서 처음 그를 보았을 때 명희는 전혀 그를 알아보지 못했다. 지금 햇살을 거두고 부드러운 조명 속에서 맥주로 긴장과 거추장스러 움을 걷어내자 신기하게 옛날의 모습과 정감이 되살아났다. 그 의 푸른 수염자리와 완강한 아래턱이 남자로서 멋있다는 느낌, 그 느낌까지 살아났다.

"나 담배 한 대 피워도 되겠어요?"

"아, 물론. 이 술집은 전체가 흡연지대입니다. 그래서 나는 이 술집과 저 주모를 좋아하지요."

선일이 목로 쪽에 수북이 쌓아놓은 재떨이를 하나 집어오고 제 주머니를 뒤져 담배와 라이터를 꺼냈다.

명희에게 담배를 권하고 불을 붙여주었다. 그도 담배 한 개비를 꺼내 불을 붙였다.

명희가 머리 위쪽 지등으로 연기를 내뿜고 한숨처럼 말했다.

"시골 계집애였던 나를 여자로 만든 건 화준이었어요. 내가 시골서 서울의 대학 영문과로 왔으니 물속에서 살다가 사막으로 나온 격이었지요. 모르는 게 너무 많았어요. 그런데도 학비 벌러 아르바이트를 했고, 영어회화는 익혀야 하니 학원은 다녀야 했고, 장학생은 해야 하니 공부를 밀어둘 수도 없었지요. 게다가 자취생이었으니. 세상은 내가 뛰어들기도 어려운 장벽이고 그 너머는 신비로워 보였어요. ……그 사람이 나를 이끌고 다니며 이것저것 다 열어 보여 주었어요."

그가 출연한 '밤으로의 긴 여로'를 본 날 명희는 그가 이끄는 대로 명동으로 나가, 처음으로 맥주를 마셔보았다. 맥주집의 떠들썩한 웃음소리에서 젊음의 열기를 느꼈고, 등갓을 휘도는 안개 같은 담배연기에서 신비로움까지 맛보았다. 그것보다 입안에 차가운 맥주가 목을 타고 내려가서 위장에 따뜻한 모닥불을 지피고, 그 모닥불이 위로 올라와 뺨을 덥히고 전신에 퍼져 내려가며 긴장을 푸는 맛을 처음 경험했다. 처음 들어가 본 서커스 천막속의 황홀한 세계였다.

그날 이후, 명희는 아무리 바빠도 토요일 오후 시간만은 늘 비워두어야 했다. 주로 대학 앞 다방에서 만났는데, 그날그날의 스케줄은 화준이 미리 짜 두었다. 대학 앞에서 저녁을 먹거나, 명동 국립극장에서 연극을 보고 때로는 중앙극장에서 영화를 보기도 했다. 그 후에는 오비 캐빈이나 뚜르에 가서 생맥주를 마셨다. 그 자리에서 선일은 그날 본 연극의 연기평이나 영화감독에 대한 비평을 진지하게 이야기했다. 이런 이야기는 늘 들어도 새로운 세계였다.

언젠가 그가 북아현동 그녀의 자취방엘 방문했다. 그를 만난 지 일 년이 조금 넘었을 때였다. 대개는 굴레방다리 앞에서 작별하고 그는 신당동이라는 먼 길을 아쉬운 듯 되돌아갔다. 그때까지 그는 명희를 포옹한다든지, 입맞춤을 시도해 본 일조차 없었다. 어찌 보면 사이좋은 동성친구보다 더 발전한 것이 없었다.

그런데 그날은 한파에 진눈깨비가 몹시 몰아친 늦은 밤이었다. 정류장에서 기다리던 버스는 오지 않고 바람이 몰아치며 날씨는 점점 사나워졌다. 기다리다 못해 그가 택시를 잡았다. 버스를 탔다면 굴레방다리에서 서로 작별을 해야 했지만, 어쩔 수 없이 택시로 내처 북아현동 산비탈까지 올랐다.

택시에서 내리자 그가 명희의 손을 잡았다.

"명희, 나 따뜻한 커피 한 잔 마실 수 있을까?"

그의 제안이 무엇이든 명희는 받아들여야 하는 순리 같은 것이 있었다. 명희는 허름한 제 자취방을 보여주는 것이 쑥스럽다든지, 늦은 밤에 남녀가 같이 있을 때 무슨 일이 생기리란 것조차 별 예측이 없었다.

명희가 앞장서 자물쇠를 열고 방으로 들어섰다. 연탄불은 주인아주머니가 보살펴 방안은 훈훈했다. 방석을 내놓아도 그는 앉지 않고 방안을 두리번거렸다. 앉은뱅이책상에 얹힌 이층 책꽂이, 이불장을 겸한 비키니 옷장, 그 옆의 책장, 무미건조할 만큼 단순한 방안을 그는 휘둘러보았다. 명희는 코트를 벗어놓고 물을 끓일 셈으로 주전자를 들고 마당에 있는 수도대로 가려했다.

"명희, 잠깐만."

선일이 주전자를 빼앗아 내려놓았다. 그리고 명희를 품에 안았다. 그의 품은 풍겨오는 향내가 좋고 포근했다. 그의 손이 명희의 뒷머리로 가더니 그의 입술이 명희에게 다가왔다. 처음에는 서늘하던 그의 입술이 곧 뜨거워졌다. 그의 혀가 명희의 입 속으로 밀고 들어왔다. 아, 명희의 긴장은 줄이 끊어지고 힘이란 힘은 다 빠져나갔다. 무릎이 꺾이고 그대로 허물어졌다.

그가 허리를 받쳐 편안하게 자리에 뉘었다. 한 순간 극심한 통증을 느꼈고, 그의 격한 숨소리가 감미롭다는 생각을 했다. 한참 후 그는 긴 입맞춤을 했다. 그리고 그는 다시 명희를 안아 일으켰다. 그는 흰 손수건을 펼쳐보았다. 선혈이 꽃처럼 피어있었다. 그는 그것을 잘 접어 제 품에 넣었다.

"선배님, 전 그때까지만 해도 배란주기니 피임이니 하는 것도 전혀 모르는 숙맥 같은 촌년이었어요. 알에서 깨어난 새끼오리는 처음 본 존재를 제 어미로 알고 따른다지요? 나는 문학, 연극, 영화 여러 장르를 화준을 통해 처음 눈뜬 셈이지요. 성의 문제도 그를 통해 처음 새 세계를 본 것이지요. 화준은 내 세계의 핵이었어요. ……새끼오리처럼 졸졸 따르면서. 산부인과 수술대를 두 번이나 올랐어요. 학생인 우리가 할 수 있는 일이 무엇이었겠어요. 결혼도 할 수 없고 졸업은 해야 했으니까요."

회복실에 누워있는 명희의 손을 잡고 화준은 넋이 나가 있었다.

수술 후유증이었는지 나중에 명희는 아이를 가질 수 없는 여자가 되었다. 그것이 여자에게 치명적인 결함이라는 것도 그 당시에는 알지 못했다.

"화준이는 어떤 일이 있어도 명희 씨와 평생을 같이 하겠다고 했었습니다."

명희는 그 말을 조금도 의심해본 적이 없었다. 그러나 그는 떠나갔고, 명희는 채 진화하지 못한 상태에서 모진 비바람에 풍화되고 말았다.

"내가 선배님을 처음 본 건, 군복을 입었을 때였어요. 정말 멋있었어요. ……그 전에는 늘 화준에게서 이야기로만 들었어요. 대학신문 편집장도 하고, 의미와 감동이 깊은 소설도 쓴다고요."

"그랬어요? 선배라는 것은 이유 없이 후배들에게 억압적인 존재가 되고, 그래서 좀 커 보이게 마련이지요."

"아니, 좀 큰 존재가 아니었어요. 화준에게는 감당할 수 없는 존재였어요."

화준이 제가 제일 좋아하는 선배가 훈련을 마치고 휴가를 나왔다고 명희를 이끌고 명동으로 갔다. 오비 뚜르였다. 그는 아직 나오지 않았다. 화준은 자주 시계를 보며 초조해 했다. 선배는 약속시간 5분 정도를 지체한 셈인데도 화준은 그가 안 나오는가 보다고 안절부절 못했다. 드디어 정복차림의 나 선배가 왔다. 화준은 마중 나가듯 통로를 몇 걸음 뛰어나가 그를 맞았다. 화준은 명희가 보건 말건 덥석 그를 포옹하고 뺨을 비볐는데, 이거야 말로 과장된 몸짓이 아닐까 하는 생각까지 들었다.

화준이 함박웃음을 달고 그의 손을 잡아 명희 테이블로 왔다.

"명희, 인사드려. 내가 제일 존경하는 나선일 선배야. 해병 장교 멋있지?"

"조명희예요."

명희는 다소곳이 인사하고, 그가 앉기를 기다렸다. 그는 올리브 그린 정복에 소위 계급장을 달고 정모를 쓰고 있었다. 모자 차양 그늘 아래 짙은 눈썹과 완강해 보이는 아래턱이 썩 잘 어울려 보였다. 화준이 그에게 흠뻑 빠져 안달을 할 만하다는 생각을 했다. 더구나 그가 주제가 무거운 소설을 쓰고 있다는 것도 그의 군복이 로맨틱하게 보이게 하는 요소가 되었다.

자리에 앉기가 무섭게 화준은 손짓해 웨이터를 불렀다. 그러자 그가 손을 들어 일단 제지하였다.

"정복 입은 장교는 대낮에 공개된 장소에서 술을 마실 수 없어. 해병장교는 국제 신사거든. 이봐, 내가 아늑한 장소로 안내하지."

그래서 충무로 쪽의 '인디안'이라는 카페로 갔다. 칸막이가 있고, 의자가 폭신하고, 조명이 어둡고 부드러워 밤인지 낮인지 구분도 되지 않았다. 테이블마다 등갓 씌운 조그만 촛불이 있어 술을 더 주문한다든지 웨이터를 부를 때면 그 촛불을 머리 위로 번쩍 들어 올리는 것도 처음 보는 풍경이었다.

선일은 갓 임관한 신임 장교로 첫 휴가였다. 그는 군대 훈련 이야기를 들려주었는데, 꼭 무슨 재미있는 군대영화를 보고 있는 느낌이었다. 그냥 그의 이야기 속으로 빨려 들어갔다. 초저녁에 비상이 붙어 연병장에 집합하면 자정이 가깝도록 포복과 총검술이 이어진다. 총검술 중에는 기합이 약한 후보생만을 골라 구대장이 뒤에서 야구방망이로 철모를 내리치는데, 별이 번쩍 뜨고 정신이 혼미한 뇌진탕 상태에까지 간다. 나중에 철모를 보면 푹 우그러들어 총 개머리판으로 짓찧어 펴지 않으면 안 된다. 끝이 나려나 하면 부대는 M1소총, 탄띠, 철모만 갖춘 단독무장으로 위병소를 벗어나 대오를 갖춘 구보가 시작된다. 10킬로를 달려가 지쳐 군가도 제대로 나오지 않을 즈음 부대는 살얼음 덮인 저수지에 도착한다. 소총을 높이 들고 오와 열을 맞추어 "오 보 앞으로!" "십 보 앞으로!" 구령에 따라 중대는 점차로 저수지 안으로 들어간다. 바닥은 수렁이라 푹푹 빠지고, 못 물이 목에 차 턱을 추켜들 즈음, "군가 시작!" 구령이 떨어진다. 헉헉거리는 숨결로 악쓰듯 군가가 시작된다. "우리는 대한의 바다의 용사, 충무공 순국정신 가슴에 안고, 태극기 휘날리며 국토통일에……." 이 대목에서 그는 실제로 조그맣게 군가를 불렀는데 조금도 우습지 않고 오히려 절박감까지 주었다. 키 작은 후보생은 워커가 진흙수렁으로 빠져 들어가니 못물을 삼키다 못해 소총을 바닥으로 내려 짚고 그것을 의지해 익사를 면한다. 최후에는 "일제 돌격 앞으로!" 구령이 떨어진다. "와!" 하는 일제 함성을 지르며 못의 중심으로 달려간다. 못물은 키를 넘고 중심을 지나 맞은편 둑에 닿는 20여 미터는 완전히 잠수 상태의 이동이다. 이렇게 못물을 꿀꺽거려 마셨기에 원래의 명칭 '용지못'을 후보생들은 '용지다방'으로 불렀다. 구대장에게도 '용지다방 마담'이란 새 별명을 붙였다.

"커피 맛 좋았겠네."

화준의 말에 명희는 긴장을 풀고 웃음을 터뜨렸다. 그러나 화준은 제가 농담을 던지고도 웃지 않았다.

"와, 정말 멋있다. 남자라면 이런 경험이 있어야지. 캠퍼스 인생들은 조그만 추위나 더위에도 곧 시들고 말 온실 속의 풀꽃들이야. 생명력이 없어."

화준의 표정은 진지했고, 선일을 쳐다보는 눈이 마치 우상을 우러러 보는 듯했다.

거기에서 끝이 아니었다. 젖은 후보생들은 물을 줄줄 흘리며 어둠을 헤쳐 각개전투장으로 간다. 12월 말의 추위는 전투복을 뻣뻣하게 얼려 살갗을 벨 듯하고, 가랑이에서는 버스럭거리는 소리를 낸다. 쏘고, 기고, 총검술로 찌르고, 철조망 아래를 등으로 기고, 같은 코스를 5번씩 반복한다. 수류탄 투척 교장으로 이동, 있지도 않은 수류탄을 허공으로 던지고 엎드리기를 무수히 반복한다. 다시 10킬로의 캄캄한 야간 구보, 부대로 돌아올 때는 열기로 얼음이 녹아 전투복이 축축하게 팔다리에 휘감긴다. 연병장에서 대오를 갖춘 중대는 총검술이 시작된다. "찔러!" "악, 악!" "비켜우로찔러!" "악, 악!" "비켜좌로찔러!" "악, 악!" "좌로베어!" "악, 악!" "우로베어!" "악, 악!"……. 동작 명령과 화답하는 기합 '악, 악!' 소리가 밤하늘을 흔들고 병사兵舍에 부딪쳐 메아리가 되어 돌아온다. 가끔 기합이 약한 후보생의 철모를 내리치는 야구방망이가 수박통 깨는 소리를 낸다. 퍽, 퍽!

드디어 붉은 놀이 퍼지며 동은 터오고 야간 훈련은 끝난다. 얼음이 녹아 휘감기던 전투복은 체온으로 말라 희부연 카키색으로 되돌아갔다. 훈련의 마지막 단계 지옥주간은 이렇게 취침 시간조차 없었다.

"나 선배님, 후보생들이 그 훈련 다 받고, 다 임관했나요?"

화준은 그 훈련 내용이 경이로운 모양이었다.

"아니지, 삼분의 일은 중도 탈락했지. 야외교장에 나갔을 때, 때때로 몇 명씩 불려나갔어. 그들은 과업 내내 돌아오지 않았지. 일과가 끝나고 돌아오면 그 후보생이 쓰던 병기 장구 같은 관물은 물론, 침대와 매트까지 사라져버렸어. 구대장은 거기에 아무 말이 없었어. 장교후보생들도 아무도 묻지 않았지. 그들이 훈련의 고통은 겪었지만 자격 미달로 퇴교 당했다는 것을 다 알고 있었어."

화준의 나 선배에 대한 흠모는 그때 절정으로 치닫고 있었다고 명희는 생각했다. 나 선배는 휴가 후 바로 김포 여단에 배치되었고, 화준은 주말이면 자주 그를 면회 갔다.

어느 날인가. 졸업을 앞둔 늦가을이었다. 화준은 병역문제로, 명희는 취업과 화준이 군대로 떠난다는 불안감으로 가을 햇살과 낙엽조차 유난히 우수에 젖어 보일 때였다. 그날 일요일 오후, 대학가에서 차를 마시고 있었다. 화준이 갑자기 김포 행을 제안했다. 참으로 황당했다. 나 선배가 부대에 있을지, 또 그 부대가 훈련 중은 아닌지, 아무 정보도 없는 상태에서 명희의 손을 잡아 끌었다. 그가 너무 진지하게 동반을 요구해서 거절할 엄두도 내지 못하였다. 신촌 시외버스터미널에서 강화행 버스를 타고 김포가도를 달릴 때였다. 그가 명희의 손을 잡고 아주 정색을 해 말했다.

"명희야, 네가 나 선배를 한번 유혹해 줘."

명희는 제 귀를 의심했다. 손을 빼고 몸을 뒤로 젖혀 그를 쳐다보았다.

"명희야, 명희야. 내가 너를 사랑하는 그 무게만큼 그 선배가 내 마음 속에 들어와 나를 지배하고 있어."

"그게 무슨 말이야? 나 선배가 폭군이라도 돼?"

"난, 나 선배의 무게로 숨이 막힐 지경이야. 차라리 나 선배가 보잘 것 없는 인간으로 전락했으면 해. 그래서 내가 경멸하면서 홀가분하게 벗어났으면 해. 그래야 내 마음에 평정이 올 것 같아. 아, 이제는 정말 놓여나고 싶어."

"이게 제 정신으로 하는 소리야?"

명희는 놀라 소리쳤다. 그를 만난 지 근 두 해만에 처음으로 언성을 높였다. 다행히 버스에는 승객이 드물었고 이들의 대화에 관심을 두는 사람도 없었다.

"그게 나를 살리는 방법이야."

화준은 눈물을 글썽이며 진지하게 애원했는데, 명희는 그가 무슨 충격에 의한 정신이상 상태라고 추측했다.

지금 생각해 보면 화준은 나 선배에 대한 억압심리에서 자아를 일으켜 세우려는 진지한 시도였으리란 생각이 들었다. 그렇지만 그 당시로서는 명희도 어떻게 자신을 더 주체할 수 없는 광기에 가까운 분노를 느꼈다. 보리수 아래에서 정진하는 싯다르타를 유혹하던 음녀, 세례 요한을 유혹해 탐하려던 살로메가 떠올랐다. 화준과의 사이에서 그 엄청난 낙태 수술을 두 번이나 겪은 자신이 그렇게 불결하게 느껴질 수 없었다.

김포가도 어디쯤인가 시골 정류장에 버스가 섰을 때, 명희는 무작정 뛰어내렸다. 버스는 비포장도로에 먼지구름을 일으키며 이내 떠났다. 그가 내리지 못한 것인가, 그냥 나 선배에게 가고자 하는 것인가. 한참 달리던 버스가 잠깐 멈추었다 떠났다. 황토 먼지가 사라지자 거기에 화준이 유령처럼 서 있었다.

2

칼라 차크라 의식은 밤낮없이 사흘 동안이나 진행되었다.

버터 램프가 밤을 밝히고, 부처를 향한 법회가 끝이 없을 듯 이어졌다. 법당 앞 드넓은 광장 무대에는 의상과 분장을 화려하게 갖춘 가면 무용극과 가극, 악단의 연주가 관객들이 토해내는 뜨거운 환호와 더불어 메마른 공기를 회오리치듯 흔들었다.

관객들은 이 행사에 맞추어, 온 나라 방방곡곡에서 수백 리, 수천 리를 삼보일배 오체투지로 도착해 겉모습이 완전히 누더기가 된 선남선녀들이었다. 이 순례자들은 이 광장에 도착해 화려한 행사를 지켜보면서 그 동안 골수까지 쌓인 고행의 피로가 쾌락으로 바뀌며 몸이 가볍게 승화하는 기쁨을 누렸다. 매년 듣는 가면극과 가극의 멜로디는 귀에 익어 자연스럽게 관객의 합창이 되어 노래하는 승려의 배경 코러스처럼 울려 퍼졌다.

달라이 라마는 이런 여러 행사보다 오히려 사원 중앙 첸레지 상 앞에 놓인 만다라에 마음을 빼앗기고 있었다. 그가 참여하는 예불, 모든 행사의 상석에 마련된 관람석 지키기나 야간의 여러 정부 요인들의 접견과 토론보다는 머릿속을 지배하고 있는 것은 단연 만다라 화였다. 그는 중간중간 휴게시간에는 늘 만다라 앞에 서있는 자신을 발견했다. 이것은 거의 무의식적인 발걸음이었다. 달라이 라마가 이렇게 미혹할 만큼 한 곳에 집착하는 일은 일찍이 경험하지 못한 것이었다.

칼라 차크라의 거의 마지막 순서에 신탁 행사가 있었다. 이 행사의 중요한 목적은 신탁승이 달라이 라마에게 영적이건 현실적이건 어떤 문제에 암시를 주고, 달라이 라마는 자신의 문제를 신탁승에게 자문해 해답을 얻고자 하는데 있었다. 신탁승 네충은 초대 달라이 라마 수호신인 도르제 드라크텐의 '뚤꾸'[化身]였다. 드라크텐은 달라이 라마처럼 끝없이 환생하며 수호신으로서 영생하고 있었다. 그는 자연과 초자연 영역 사이를 매개하는 특정한 사람이었다. 그러기에 수호신 드르제 드라크텐은 먼 과거에 육신을 버렸지만 뚤꾸인 신탁승을 통하여 달라이 라마에게 충고를 줌으로써 그를 수호하는 것이다. 일부 진보적 성향을 가진 티

베트 인들은 이러한 신탁 행사가 불길할 수 있다고 주장하나, 대개의 역대 달라이 라마는 그의 충고를 듣고 시간이 흘러서 돌이켜 보면 신탁승이 옳았음을 깨닫는다. 그래서 신탁승의 신탁을 자신의 양심의 소리와 같은 비중으로 생각하는 것이다.

이 신탁 행사는 법당에 승려들과 정부요인들이 모여 앉은 자리로 신탁승 네충이 등장하는 것으로 시작되었다. 그의 등장과 더불어 나팔, 징, 북의 합주가 어우러졌다. 네충은 여러 겹으로 된 정교한 의상을 입었는데 웃옷은 현란한 비단, 금란가사金襴袈裟를 받쳐 입었다. 가슴에는 터키옥과 자수정이 주렁주렁 매달린 회전거울을 붙이고, 그 둘레에는 달라이 라마 수호신인 도르제 드라크텐을 나타내는 범어梵語가 금속조각으로 새겨져 있다. 그의 멜빵에는 네 개의 깃발과 세 개의 승전기가 꽂혀 그의 성장盛裝의 무게는 무려 32킬로나 되었다.

축도와 염불이 법당 안을 웅웅 울리고, 자욱한 향연이 안개처럼 퍼져 신탁승의 의식이 마취상태로 가도록 도왔다. 음악과 연주가 고조되면서 네충은 이내 몽환상태에 빠졌다. 그러자 보조자들이 커다란 모자를 머리에 씌웠다. 모자는 20킬로의 무게로 그의 머리를 짓눌러 목을 몸통에 쑤셔 박을 지경이었다. 그러나 이미 몽환의 접신 상태로 들어간 그는 가벼운 수건 한 장을 머리에 얹어놓은 듯 목 움직임이 자유로웠다.

아, 놀라운 탄성이 달라이 라마의 입 밖으로 새어나왔다. 어느 순간 네충의 얼굴이 변하기 시작했다. 차츰 얼굴이 거칠어지며 눈이 불거진다. 볼은 부풀어 올라서 괴이하게 보일 정도로 얼굴이 커졌다. 눈에 띄게 온몸도 부풀어 올랐다.

그는 의식용 칼을 휘두르며 춤을 추기 시작했다. 그의 무거운 장구와 모자가 무중력 상태처럼 무게를 잃는다. 그의 칼춤은 현란했다. 머리 위로 윙윙 소리가 나도록 휘두르는 칼춤은 엄숙하고 위협적이다. 분출하는 신의 에너지가 네충의 연약한 몸 안에 충만하여 마치 고무로 만들어지고 용수철의 탄력을 받은 듯 가볍고 퉁기듯 몸을 놀렸다. 춤이 한창 고조되자 그는 달라이 라마 앞으로 나와 허리를 굽혀 모자가 땅에 닿도록 큰절을 올렸다.

이 큰절은 네충이 신탁의 모든 준비가 끝났음을 알리는 신호였다.

달라이 라마는 준비한 질문을 시작했다.

"어떻게 하면 내가 수행자로서 자아를 구원할 수 있겠소?"

네충은 다시 머리 위로 칼을 휘두르며 춤을 춘다. 자욱한 향연을 자르고 버터 램프의 불빛을 반사하며 번득이는 칼춤은 장엄한 전사의 모습이었다. 그에게 신탁이 내려진 모양이었다. 춤을 멈춘 그가 다시 큰절을 올렸다.

"달라이 라마, 수호신 도르제 드라크텐은 말씀하십니다. 자아를 구원하는 방법은 사람마다 다 다릅니다. 그러나 그 가장 공통되는 바탕에는 죽음을 경험해야 깨달음에 도달할 수 있습니다."

달라이 라마는 생각해 보았다. 어떻게 일상의 자아를 버리고 죽음을 경험해 영적 깨달음을 얻을 수 있을까.

"그러면 나 달라이 라마는 앞으로 티베트와 국민을 지키고 구원하는 의무를 다할 수 있겠소?"

네충은 다시 머리 위로 칼을 휘두르며 무아의 춤을 추었다. 무슨 신탁을 얻었는지 그는 다시 춤을 멈추고 큰절을 올렸다.

"달라이 라마는 티베트와 국민을 떠나 멀리 가 있을 것입니다. 그것이 바로 티베트의 죽음이고, 이 경험으로 티베트는 강한 영적 깨달음을 얻고 환생할 것입니다."

오호, 달라이 라마는 가슴이 찢긴 듯 깊이 탄식했다. 어떻게 영적 구도자이며 정치적 지도자인 달라이 라마가 티베트 국가와 국민을 저버리는 행동을 할 수 있을까. 어찌 달라이 라마가, 달라이 라마가.

"진정, 이것이 올바른 신탁입니까?"

달라이 라마는 신음하듯 낮은 음성으로 물었다.

네충은 한 번 더 허리 굽혀 큰절은 올렸으나 다시 대답하지 않았다.

그러자 문득 달라이 라마의 눈앞에 어느 날인가 만다라 앞에서 본 한 환영이 떠올랐다. ……눈보라치는 설산에 짐 실은 나귀와 노새, 야크를 이끌고 가는 한 무리의 누더기 행렬이었다. 그는 마차 안에 있었다. 뒤 창문으로 내다보이는 이 행렬은 눈보라에 가려 끝이 보이지 않았다. 모든 것이 추레하고 생기 없는 모습이었다. 아, 이것이 내가 티베트를 떠나는 피난 행렬이구나. 여러 환영 중 유독 이 한 장면이 마음속에 깊이 새겨져 있었는데, 그것이 바로 이 신탁을 눈앞에 보여준 것이구나 하는 깨달음이 왔다.

"그래서, 티베트는 영원할 것인가?"

달라이 라마는 황급히 다시 물었다.

네충은 더 대답하지 않고 무기력한 모습으로 쓰러졌다. 접신 상태가 끝났음을 알리는 동작이었다. 그의 보조자들이 달려들어 머리에서 끈을 풀어 모자를 벗기고, 깃발 꽂은 멜빵을 풀어내었다. 그리고 그의 의식을 회복시키기 위해 법당 밖으로 들어 내갔다.

"화준이 해병대에 입대한 것은 다 나 선배에 대한 흠모 때문이었습니다. 나 선배에게서 무슨 인간적인 결함이라도 발견했다면, 선배를 떠나 아직도 철부지 짓을 하면서 살고 있었을 것입니다."

"글쎄, 인생이란 늘 착각 속에 사는 거죠. 정말 나라는 인간은 화준이의 순수한 인간 품성에 절대 못 미칠 잡놈인데……. 처음엔 해병 장교 시험을 보았는데, 녹색 색맹에다 시력에도 문제가 있어 신체검사에서부터 떨어졌더군요."

"그러면 해군이나 공군 장교 시험을 볼 기회가 있었는데, 굳이 해병대 사병으로 지원하지 않았습니까?"

"타군 장교 시험도 시력에 문제가 있을 것으로 자가진단했을 것입니다."

"그건 아닙니다. 나 선배님을 닮고자 하는 화준이 선배님의 강한 기氣에 속수무책으로 끌려간 것입니다. 화준이 나 선배의 훈련과정 이야기를 듣던 날, 꽤나 도전의식을 느꼈던가 봐요. 진해 신병훈련소에서 편지가 왔는데 사병훈련은 싱겁고 지루하다는 불평이었습니다."

"그 사람은 도전할 만한 대상이 있다면 물불 안 가리지요. 모든 인생이 완성이란 것은 없는데, 화준이는 늘 어려운 대상에만 우직하게 다가서려고 합니다. 화준이는 인간으로서 신에 저항하는 시지프스의 의지를 따르고 싶어했습니다."

선일이 김포에서 포항 사단으로 부대 교체되었을 때, 화준에게서 편지가 왔다. 이제는 우수한 성적으로 훈련을 마치고 김포 여단으로 배치된다는 내용이었다. 사격은 특등사수라고 했다. 선일은 다행이라고 생각했다. 공연히 화준이 포항으로 와 자기 주변에서 맴돌고 있으면 그의 시야만 좁아지고 생각도 활기를 잃을 것이라는 생각 때문이었다. 그리고 솔직한 심정은 화준의 집요한 시선에서 벗어나고 싶다는 생각도 들었다. 평범하고 결함 많은 자신이 화준을 만나면 모범적인 선배가 되어야 한다는 것은 솔직히 중압감이었다. 그저 술 마시고, 술집 계집과 수작도 벌이고, 때로 상소리도 퍼붓고, 인생의 고뇌에 울음도 터뜨리는 것이 군대시절의 젊음이 아닌가. 그러나 화준이 선배를 보는 시선은 이런 인생을 용납할 것 같지 않았다. 화준의 시선은 선일이 항상 진취적이고 모범적인 남자, 인생이길 바라는 완강함이 있었다. 그래서 선일은 화준과 일정한 거리가 필요하다는 생각을 했다. 선일은 화준이 자신에게 갖는 허상이 거친 군 생활을 하면서 깨어지길 바랐다. 김포와 포항이라는 지리적 공간이 어쩌면 객관적으로 서로를 판단할 여건이 된다고 생각했다. 눈에서 멀어지면 마음에서도 멀어진다는 말도 있지 않은가.

그 무렵 대통령은 월남전에 한국군을 파견하기로 결정했다. 6·25동란 때 최후저지선인 낙동강 아래로 밀린 함락 위기에서 인천상륙작전으로 겨우 국가의 명맥을 이어준 연합군의 은혜를 저버릴 수는 없는 일이었다. 자유 수호라는 기치 속에는 부수적으로 경제 건설이라는 명제도 포함되어 있었다. 육군은 맹호부대가 편성되어 베트남 전지로 떠났고, 해병은 1개 여단인 청룡부대가 편성되었다. 증강된 사단 병력에 불과한 해병대가 여단 병력 하나를 편성해 파견하자니 우선 장교의 인원이 절대 부족이었다. 한 해에 임관되는 장교는 겨우 100여 명에 불과했다.

선일은 청룡부대 교대병력 소대장으로 편성되었다. 갓 중위로 진급해 있었으나 소대장을 면치 못했다. 단지 3개 소대 중에서 선임 소대장인 1소대장이었다. 그 밑의 소대장들은 훈련을 마치고 갓 배치된 신참 소위들이었다.

베트남으로 떠나기 전 3주의 강도 높은 특수교육대 훈련을 마쳤다. 한국군은 남부 베트남에서 자생한 베트콩과 북에서 내려온 월맹 정규군이 어떤 전술을 구사하고, 어떤 개인화기와 지원 화력이 무엇인지 알 만한 정보는 아무것도 없었다. 한국전쟁으로 경험한 전술과 미 해병대의 야전교범을 그대로 답습하는 것이 전부였다. 그저 해병대라는 기백과 젊음이라는 용기만을 믿고 청룡은 부산 부두에서 장엄하고도 눈물어린 환송을 받으며 베트남 전지로 향했다.

트이호아에서 추라이로 옮겨 기지를 튼 청룡은 적과의 별 조우가 없는 잠잠한 몇 개월이 지났다. 어쩌면 미 해병도 겁을 낸다는 월맹 정규군만 청룡 쪽에 배치한다는 첩보가 무색했었다. 그러나 그들은 밀림 속에서 몸을 감춘 채 쌍안경만 내밀고 청룡을 면밀히 감시하고 분석하고 있었다. 부대의 규모, 진지구축 상황, 지휘소, 개인화기와 공용화기, 지원화력 따위를 면밀히 검토하고, 소대나 중대 규모의 수색·정찰, 분대 규모의 청음초·잠복초 따위를 분석하고 있었다.

이런 긴장 속에서 겉으로는 나날이 평화롭던 시기에 선일의 1소대가 1박 2일의 수색·정찰 명령을 받았다.

동바틴 지역 까투 산 아래 지역과 산송 마을을 수색 후 200미터의 마을 뒷산에서 야간방어를 하고 능선을 타고 수색하며 돌아오는 지극히 평범한 작전이었다. 출발에 앞서 소대를 집합시켜 놓고 작전명령을 하달하고 화기, 탄약, 식수, C레이션 따위를 점검하였다. 날씨가 무더워 하루 심신단련의 행군은 되리라는 짐작을 했다.

산송 마을은 한가했다. 낮닭이 울고 마을 앞 소택지에서는 오리 떼가 꽥꽥거리며 자맥질해 먹이를 뒤지고 있었다. 선일은 대원들을 마을 밖에 산개해 놓고 우선 촌장을 만났다. 첩보에 의해 마을을 수색하려 하니 주민들은 모두 마을 밖으로 나와 줄 것을 요청했다. 촌장과는 말이 통하지 않았지만 손짓 언어와 몇 개의 영어 단어로 그런대로 의사소통이 가능했다. 촌장은 '오케이'를 연발하며 흔쾌히 협조의 뜻을 알렸다. 마을 주민들은 촌장의 지시에 따라 모두 마을 밖 소택지 앞으로 나와 모여 있었다. 어린 애들은 낯선 이국 군인들을 보고 누런 코를 흘리며 해죽해죽 웃기도 했다. 나이든 주민들도 자기들끼리 쑥덕거리고 있었으나, 잔뜩 호기심 어린 눈으로 대원들을 흘깃거리고 있었다. 선일의 소대가 마을을 정찰하는 것이 아니라 오히려 마을이 군인들을 탐색하고 있는 형국이었다. 수색 정찰은 바로 시작되었고, 대원들은 조별로 뛰어들어 그네들의 외양간, 헛간, 방바닥에 혹시 그네들의 통로가 있는지 개머리판으로 두드려 보고, 은신처가 있는지 천장도 착검한 대검으로 쑤셔 면밀히 관찰했다. 수색은 신

속히 끝났다. 선일은 촌장에게 협조해 주어서 감사하다는 악수를 청했고, 쿨 담배 한 갑을 선물해 호의에 답하였다.

그러나 까투 산은 그리 만만치 않았다. 마을을 벗어나 산기슭으로 접어드니, 선인장과 잡목이 울창해 선두 첨병과 1분대는 만도蠻刀를 휘둘러 그것을 쳐내며 길을 내야 했다. 뚫은 통로는 좁고 소대가 전투대형으로 산개하기는 어려웠다. 머리 위로는 활엽수가 빽빽이 잎을 펼치고 햇살을 차단해 어두컴컴하고, 바닥에 쌓인 부엽은 질척거리며 악취 내뱅 가스를 뿜어내고 있었다.

작은 정상까지 오르는데, 해는 지평으로 기울어 갔다. 소대는 임시 방어진지를 펴고 개인호 구축에 들어갔다.

그때 처음으로 낮게 뜬 수송기에서 분무하는 노란 안개를 보았다. 이 수송기는 사라졌다가 나타나기를 반복했는데 마치 밀림을 앞뒤로 누비질 하는 듯했다. 이 분무는 안개처럼 고요히 지상으로 퍼져 내렸는데, 노란 오렌지 빛이라 신비스럽기까지 했다. 팔뚝에 내려앉은 이 안개를 손으로 쓸어보면 기름기가 있어 제법 매끈거리기까지 했다. 대원들은 이 신비스러운 안개를 화장품 삼아 얼굴과 팔뚝을 마사지하기도 했다.

나중에 대대 정보장교를 통해 안 일이지만, 이것이 에이전트 오렌지, 곧 고엽제 작전이었다. 월맹군은 남북베트남의 등뼈라 할 수 있는 쯔엉선 산맥에 보급루트를 뚫고 끊임없이 탄약과 대포 등 병기, 정규군 병력 따위를 내려 보냈다. 보급루트로 밀림

속에 큰 도로를 닦아 군용트럭이 다녔고, 106밀리의 포까지 끌고 내려왔다. 제공권은 미군이 가졌지만 속수무책이었다. 하늘을 가린 밀림 속이라 관측이 불가능했다. 밀림에 고엽제를 뿌려 낙엽을 떨어뜨리고 보급루트를 노출시켜 포격과 전투기 공격을 하겠다는 의도가 이 고엽제 작전이었다.

쯔엉선 산맥에 인접한 선일의 3대대는 거의 매일 해거름 무렵에는 노란 안개를 뿜어대는 수송기를 보았다. 그러나 이렇게 극성스런 고엽제 작전도 실효를 거두지는 못했다. 활엽수들이 약간 누렇게 단풍은 들었지만 낙엽이 되어 지상으로 떨어져 내리지는 못했다. 그럴수록 더 극성스럽게 분무액을 늘렸지만, 전쟁비용만 더 부풀리는 결과만 낳았다.

그날 밤, 상황은 벌어졌다. 임시방어진지를 펴고 있는 1분대 쪽에서 갑자기 수류탄 폭음이 터지고, 응사하는 소총과 기관총 소리가 귀를 따갑게 했다. 조명탄을 쏘아 올려 조준사격을 시도하였다. 급속 대응으로 완강하게 저지했지만 월맹군도 만만치 않았다. 그들은 이미 마을에서부터 이동 방향을 감지했고, 부대 규모와 공용화기 따위를 간파했고, 숲을 벗어나 능선에 배치 붙을 때까지 참을성 있게 기다린 것이 분명했다. 그들은 밤이 오고 소대가 그들의 고지에서 감제되는 살상지대에서 방심하고 있을 때, 일제 사격을 퍼붓고 수류탄을 던지며 공격을 개시해 온 것이다. 선일은 즉시 포병화력을 요청했다. 조명탄이 공중에 뜨고

105밀리 포탄 6발이 눈앞에서 일제히 번개처럼 섬광을 일으키며 천둥처럼 터졌다. 굼실거리며 돌격하던 월맹군에서 비명이 일었다. 그러나 그들은 단념하지 않았다. 그들은 시체를 타넘으며 전진해 수류탄 투척 지점까지 나왔다. 그들은 화염방사기까지 동원해 공격했다. 자욱한 화약연기, 인간의 비명, 기관총과 소총의 따가운 발사음, 로켓포와 유탄포, 수류탄의 폭음, 시간이 흐르고 피차의 육박전에 가까워질 무렵 월맹군의 공격방향에서 점차로 화력이 약해지며 최후에는 정적이 왔다. 그러자 포병 화력이 거두어지고 건십[무장헬리콥터]이 날아왔다. 중대 화력을 탑재한 건십은 포병 조명탄의 지원을 받으며 퇴각하는 무리들을 좇아 무자비한 기관포 세례를 퍼부었다.

날은 밝고 상황은 끝났다. 천지가 아득하도록 깊은 정적이 왔다. 소대는 전투지역을 수색하였다. 월맹군 부상병과 지원화기는 다 끌고 갔고, 개인화기도 다 거두어 갔다. 오직 시체 21구만을 떨어뜨렸다. 반면 소대의 피해도 컸다. 1분대에 4명의 전사자가 났고, 부상자도 6명이었다. 사상자들은 바로 헬리콥터로 메디백[후송]하였다. 이 기습방어전은 사상자의 비율로 따져 큰 승전이라고 여단 작전에서 격려의 말을 보내왔다.

선일은 허탈과 슬픔을 안고 기지로 돌아왔다. 헬리콥터에 실려 간, 판초에 싸인 시신과 중상자 들의 모습은 어떤 전과와도 바꿀 수 없는 비애였다.

그러나 그보다 매일 황혼 무렵 저녁인사처럼 날아와 밀림을 재봉질 하던 수송기의 에이전트 오렌지가 죽음보다 더 무서운, 유전형질을 변형시키는 고엽제 후유증을 남긴다는 사실을 안 것은 귀국 후 한참 지나서였다. 차라리 전사보다 더 참혹한 죽음의 그림자가 고엽제에 숨겨져 있다는 사실을 아는 이가 없었다. 한참 지나서야 슬그머니 방문해 온 죽음의 사신처럼 하나둘 피해자가 나타나기 시작했다.

선일은 매월 한 번씩 보훈병원에 들러 내과 검진을 받고 약을 수령하는 반복적인 일을 했다. 머리 뒷골이 쿡쿡 쑤시는 통증이 오고 허리가 아파 땅을 짚지 않으면 일어나지도 못할 정도가 되었다. 무릎 통증으로 계단을 오르기도 어려웠다. 고엽제로 인한 말초신경염이 점점 깊어지고 있었다.

병원에서의 처방은 신경염 치료제, 진통진정제, 복합 비타민 따위였다. 이 약이 진행을 늦추고 통증을 이기는데 웬 만큼 효과가 있었다. 의사는 조심스럽게 귀띔해 주었다. 아직은 말기 증상이 나타나지 않았지만, 종래에는 피부조직이 괴사하여 속살이 벌겋게 드러날 수도 있다고 했다. 에이전트 오렌지는 인체 깊숙이 침투해 DNA를 변형시켜 유전적 결손을 일으킬 확률도 높다는 언질도 주었다. 그런 상황설명은 선일이 이미 침해를 받고 인생이 망그러진 후가 아닌가.

아내의 두 번의 임신과 4개월, 5개월만의 유산, 그 핏덩이들은 인간의 모습이 아니었다. 첫 아이는 머리통만 비정상적으로 컸고, 두 번째 것은 손·발이 없었다. 두 번째 유산 후 누워있는 아내를 장모는 아무 말 없이 데려갔다. 단지 한마디, 다음날은 집에 늦게 돌아와 달라는 부탁이 있었다. 퇴근 후 맥줏집에 들러 취하도록 마시고 늦게 들어오니, 집안은 도둑이 든 것처럼 찬바람이 휘돌았다. 거실의 소파와 집기, TV나 오디오세트, 안방의 장과 아내의 옷가지까지 모두 사라졌다. 아내를 기억할 아무 단서도 없었고, 어쩌면 그녀의 체취까지 썰렁한 바람결 따라 거두어갔다. 매캐한 먼지 냄새만 코를 찔렀다. 모든 것을 실어내가고 청소를 하지 않아 먼지가 뭉쳐 다니고, 휴지나 볼펜 따위가 굴러 다녔다. 단지 선일의 집필실만 온전히 보전되어 있었다. 서가와 장테이블, 컴퓨터, 벽에 붙은 몇 장의 그림……. 아내와 살림집기가 사라진 집에서 외딴섬 서재는 낯설고 컴컴한 무덤 속 부장품 같았다.

발이 저리도록 서 있었다. 어제까지의 보금자리였던 가정이 유령의 은신처가 되어 섬뜩해졌다. 그 길로 밖으로 나가 술을 마시다가 작부가 이끄는 대로 모텔에 처박혔다. 먹고 자는 것에 시간을 두지 않았다. 술이 깨면 다시 마시고 배가 고프면 음식을 주문해 먹었다. 열흘쯤 이렇게 술집 여자와 뒹굴며 지내다 보니 힘이란 힘은 술에 녹아 다 빠져버렸다. 문득 심장에 손을 얹어보니 고동조차 흐릿해 있었다. 비몽사몽간에 이러다 죽을 수도 있겠다는 생각이 들었다.

새삼 옆에 잠든 여자를 물끄러미 들여다보았다. 지난 밤 죽을 듯이, 죽일 듯이 탐닉한 여자가 입을 헤벌리고 방심한 듯 자고 있었다. 눈화장은 멍처럼 뭉그러졌고, 립스틱이 범벅이 되어 피에로 같았다. 둘러보니 모텔 방안에 음식 그릇이 흩어져 냄새를 풍기고, 술병들이 한 구석에 수북이 쌓여있었다. 옷가지들도 멋대로 팽개쳐있었다. 문득 소름이 끼쳤다. 벌떡 일어섰다. 눈앞의 대형 거울이 자신의 나신을 그대로 비췄다. 거기에 눈이 퀭하고 해골 같은 얼굴이 흐트러진 머리칼로 자신을 노려보고 있었다. 수염도 뻣뻣하게 자라있었다. 선일은 또 하나의 무덤 속에서 자신이 유령처럼 지내왔음을 깨달았다.

선일은 우선 찬물 샤워를 뒤집어쓰고 옷을 찾아 입었다. 함부로 내던졌던 옷가지는 후줄근했고, 와이셔츠는 목과 깃이 땀과 때에 절어 있었다.

그는 송수화기를 들어 회사로 전화를 걸었다. 거울에 비친 얼굴에 거칠게 자란 수염이 마음에 걸렸다.

신호음이 가고 바로 전화를 받았다.

"예, 영진 통상 이영수 부장입니다."

의례적 답변이었다. 그러나 선일은 목구멍이 턱 막혔다. 무어라고 변명을 해야 하나. 아내가 갔다고? 아내가 죽었다고? 숨은 가빴으나 말은 나오지 않았다.

"여보세요, 영진통상……."

그가 화가 났는지 송수화기를 내려놓을 기미가 느껴졌고, 선일은 불시에 목을 틔웠다.

"부장님!"

잠깐 숨을 삼키는 침묵이 있었고, 이어 그의 고함이 고막을 찔렀다.

"야! 너 나선일이지?"

"예, 접니다."

"야, 너 며칠이나 무단결근한 줄 알아? 집구석에서도 전화를 안 받고. 회사에서는 너 교통사고로 어느 시체실에 처박힌 줄 안다."

"죄송합니다."

"뭐, 죄송? 네가 맡았던 캐나다 계약 건 그대로 공중에 떴고, LA 건도 다 파기됐다. 네가 회사 기둥뿌리 하날 빼먹었다고 사장님이 길길이 날뛰고 있다. 너 무릎으로 기어 들어와도 맞아죽고 만다. 사표 써!"

"……."

"이게 말귀가 어둡네. 너 사장 앞에 얼쩡대다가는 정말 맞아 죽는다."

어젯밤의 술기운이 정수리로 솟구쳤다. 선일도 맞받아 고함쳤다.

"사표 우송하면 될 것 아냐!"

"뭐, 너 지금 막나가는 거야?"

"그래. 난 베트남 정글 포탄 속에서도 살아나온 놈이다. 영진 같은 좌판 구멍가게에서 맞아 죽기는 싫다."

선일이 먼저 송수화기를 집어던졌다. 거울 속에 퀭한 제 얼굴을 들여다보았다. 여자가 놀라 잠깨어 부스스 몸을 일으켰다. 선일은 도로 주섬주섬 옷을 벗어 알몸이 되었다. 화장이 뭉그러져 피에로 얼굴이 된 여자를 도로 눕히며 이불을 끌어 덮었다.

"나는 늘 내 등 뒤에서 나를 쳐다보고 있는 화준의 시선이 느껴져요. 자다가도 깨면 어둠 속에서도 그 사람이 날 쳐다보고 있어요. ……그이 무덤에 가서 분명히 그 사람은 죽었다고 확인을 하지만, 돌아서면 또 그 사람이 나를 쳐다보고 있어요. 지금도 어디선가 그 사람이 나를 쳐다보고 있어요."

선일은 명희가 강박관념에 의한 정신분열증이 아닌가 생각했다.

"화준은 나를 밀어 떠나보냈어요. 그런데 내가 어디서 무엇을 하나 꼼꼼히 숨어 쳐다보고 있었어요. 그 시선이 나에게 붙어있는 한 나는 어디로 도망칠 엄두도 나지 않았어요."

명희는 출판사에 취직해 영한사전 편찬 파트에서 일하고 있었다. 일은 고되고 박봉이었다. 그렇지만 사치를 모르고 근면한 명희는 제 생활을 꾸리기에는 넉넉했다. 화준이 소식을 끊은 것은 그가 베트남으로 떠난 후 거의 일 년이 다 되던 무렵이었다. 편지도 닿지 않고, 누구에게 소식을 물을 곳도 없었다.

어느덧 명희는 주말마다 신당동 화준의 집 근처를 맴돌게 되었다. 그의 어머니의 눈에 뜨일까 두려워하며 불현듯 그가 대문을 열고 나오리란 기대를 했었다. 어느 날인가, 그 대문에서 명희가 가르치던 혜란이 나오는 것을 보았다. 망설이다가 명희는 그의 앞으로 다가갔다. 혜란은 막 대학생이 되어 있었다. 옷차림에서 소녀티를 벗어나 있었다. 명희가 다가서자 혜란은 무심결에 스쳐지나가다가 소스라쳐 놀라 돌아섰다.

"조명희 선생님, ……맞죠?"

명희는 머리를 끄덕였다. 대답할 기력도 없었다. 혜란이 해쓱해진 명희 얼굴에서 무언가를 읽은 것 같았다.

"선생님, 오빠를 찾아 왔죠?"

명희는 또 머리를 끄덕였다. 혜란은 명희에게 눈짓을 주고 앞장서 작은 제과점으로 들어갔다. 물을 한 잔 마시고 나서야 혜란이 다시 입을 떼었다.

"선생님, 오빠가 월남서 부상당한 것은 알았어요?"

명희는 심장이 오그라드는 듯했다. 머릿속에서 가장 큰 우려가 바로 그것이었다. 아, 정말 그랬나. 그러면 사지가 절단 되었거나 기동 불가능한 불구가 되기라도 했나.

"월남서 편지를 보냈는데, 두 달 후면 귀국한다는 것이 마지막이었어."

"그랬어요? 오빠는 작전 나갔다가 부상당해 미 해군 병원에서 수술을 받고 한국으로 후송되어 국군통합병원에 있을 때에야 겨우 집에도 소식이 닿았어요. 부모님이 뛰어갔어요. 목발은 짚었지만 겉보기에는 멀쩡했대요. 재활치료를 하면서 목발도 버리고 옛날처럼 걸은 수 있었어요. 퇴원하면서 그냥 제대했어요. 훈장도 받구요."

"그래 어디를 어떻게 다쳤어?"

"나도 잘은 모르겠어요. 그렇지만 사람이 변했어요. 말을 잃고, 눈빛이 무서워 쳐다볼 수가 없었어요. 집안 물건을 박살내는가 하면, 통곡을 할 때도 있었어요. 나는 오빠가 무서워 바로 쳐다볼 수도 없었어요."

명희는 화준이 겉모습이 멀쩡하다니, 아마도 뇌수 쪽에 파편이 박힌 정신장애가 아닐까 하는 생각을 했다.

"오빠는 집안에서는 자살밖에 생각나는 것이 없으니 차라리 독립하겠다고 했어요. 무슨 생각이 들었는지 어머니가 오빠의 뜻을 순순히 따랐어요. 아파트를 하나 사고, 통장도 하나 만들어 주었어요. 걱정이 되니까 든든할 만큼 돈을 주었대요. 그러고도 매달 월급처럼 통장에 돈을 넣어주었어요. 제발 무슨 일만 저지

르지 않기를 빌었어요. 가끔 어머니만 가 보는데, 나중엔 어머니
도 오지 말라고 했대요. 전화도 하지 말랬대요."

혜란의 눈에 눈물이 넘쳐흘렀다.

"선생님, 오빠는 완전히 다른 사람이 되었어요. 그만 잊어버
리세요. 오죽하면 내 오빠를 잊어 달라고 말하겠어요. 불행은 오
빠 한 사람으로 족해요. 선생님까지 오빠의 불행을 같이 감당할
이유가 없어요. 이 시간 이후에는 오빠를 아주 잊어버리세요."

"오빠가 정신이상 증세를 보이고 있나? 이유가 무언가."

"아, 정말 이런 말을 해야 하는지요. 오빠는 자신이 사람이 아
니라고 했어요. 폐기처분된 쓰레기라고 했어요. 오빠를 전의 그
사람이라고 생각지 말아요."

쥐어짜듯 이 말을 마치고 혜란은 눈물 젖은 눈인사를 보내고
자리에서 일어나 뛰어나갔다.

정말 영화나 연극도 아닌 현실에서 이런 일이 있을 수 있는가.
눈앞이 하얗게 바래고, 정신이 혼미해졌다. 명희는 일어설 기력
도 잃어 오래 앉아있었다.

집으로 돌아온 명희는 자리를 보전하고 쓰러져 누웠다. 하루
이틀, 먹을 수도 없고 집 밖으로 걸어나갈 수도 없었다. 시간이
흐르면서 명희는 시답잖은 출판사도 그만두었다.

화준에게서 편지가 왔다. 이제는 자신을 떠나야만 명희가 인
생답게 살 수 있다는 절교 선언이었다. 불행은 자신이 혼자 감당

하는 것이 인간으로서의 도리라고 했다. 서로 손잡고 지옥으로 뛰어들 필요는 없다고 했다. 추억만 간직하자고 했다. 명희는 욕을 퍼부었다. 비겁한 자식, 왜 떳떳이 얼굴 내밀고 말을 못하는 거야. 넌, 그 동안 멀쩡하게 생긴 거짓 가면을 쓰고 지내왔던 거야. 뱀보다 더 사악하고, 하이에나보다 더 비겁한 인간아.

물조차 넘기기 힘든 나날이 계속되고 있을 때 등기우편물이 왔다. 그 속에는 명희 명의의 통장과 도장이 들어있었다. 그런데 소스라치게 놀란 것은 동봉한 편지의 사연이었다. 직장을 버리면 어떻게 생존할 것이냐. 그리고 그렇게 누워있지만 말고 여행이라도 떠나서 원기를 회복하라는, 그의 평소의 음성처럼 친근한 말투였다.

편지를 읽자마자 명희는 벌떡 일어났다. 그러면 그가 제 집을 오래 감시하고 있었다는 것 아닌가. 후닥닥 창문을 제치고 밖을 훑어보았다. 어디일까. 도로에는 행인들의 모습은 보이지만 어디서 정지해 이층 제 집 창문을 쳐다보는 사람은 없었다. 제 집 창문과 빤히 마주 보이는 것이 길 건너 이층 상가 순댓국집밖에 없었다. 아니 이럴 수는 없다. 명희는 대충 옷가지를 걸치고 뛰어나갔다. 며칠을 굶은 명희가 어디서 그런 힘이 솟았는지, 나는 듯이 상가 이층으로 뛰어올라 거칠게 출입문을 열고 들어섰다. 점심시간이 지난 탓인지 손님은 별로 없고, 노인 둘이 머릿고기를 놓고 소주잔을 기울이는 모습이 보였다. 자기가 뛰어드는 모습을 보고 화준이 황급히 여길 떠났을지도 모른다는 생각을 했다.

"아주머니, 혹시 저 창가에 앉아 밖을 내다보는 젊은이 하나 없었나요?"

수더분하게 생긴 국밥집 아주머니는 이상하다는 듯 명희를 쳐다보았다.

"왜 그러슈? 누구랑 여기서 만나기로 했어요?"

"아니, 그런 건 아니지만, 근래에 자주 이쪽 창가에 혼자 앉아 있던 젊은 남자가 있었나 해서요."

"그런 젊은이가 어디 있겠수. 여긴 동네 노인들이나 모이는 노인정이라오. 흐흐, 더러 젊은이들이 와 주면 그야 반갑죠. 그런데 참 이상하네. 있지도 않은 젊은이를 어떻게 이 집에서 찾고 있나."

그러자 명희는 자신이 괴이한 망상에 빠져 있었던 것은 아닐까 생각했다. 그렇지만 화준은 자신이 회사를 그만 두었다든지, 앓아누워 있는 모습을 CCTV로 보듯 지켜보고 있지 않았던가. 화준의 시선이 밤낮 없이, 어느 장소에서건 카메라처럼 들이대어 있어서 명희는 질식할 것 같은 중압감을 느꼈다.

아, 정말 벗어나고 싶다. 입으로 이런 말을 중얼거리며 집을 벗어나왔다. 집 앞에서 무조건 아무 버스나 타고 멀리 가면 그의 시선을 벗어날 수 있을 것 같았다. 정말 버스 행선지도 보지 않고 버스를 탔다. 한적한 교외가 나타나자 버스를 내렸고, 비로소 그의 시선을 벗어났다는 안도감을 느꼈다. 이리저리 교외의 들판을 거닐다가 돌아오는 길은 걷기로 했다. 시가지로 들어설 즈음, 한 공사판을 만났다. 남성들은 트럭에서 철거건물의 폐벽돌을 날라오고, 여성들은 둘러 앉아 망치로 두드려 그 폐벽돌에 붙은 시멘트를 쪼아내어 재활용 벽돌을 만들고 있었다. 챙 넓은 모자와 목에는 수건을 걸쳐 햇살을 막고 벽돌을 쪼아내는 팔 동작에는 생기가 넘쳤다.

어쩌면 이런 육체노동이 출판사에서 영한사전이나 편찬하는, 먹물 든 일보다 아주 원시적이고 담백한 즐거움이 있어보였다. 그들은 작업을 하면서 소리 높여 웃으며 무언가를 이야기하고 있었는데 조금도 구김이나 비틀림이 없어 보였다. 명희는 그들의 웃음, 거침없는 말소리에 끌려 그 근처에 슬그머니 주저앉아 다리를 쉬었다.

"저 덩치 큰 곰 같은 인간 말이야, 어제 나보고 술 한잔 같이 하자고 실실 웃으며 엉겨붙잖아. 술에 절은 저 꼬라지가 어디 수컷 구실이나 하겠어? 그래서 내가 이렇게 말했지. 당신은 내 타입이 아니야. 어디 곰같이 생긴 여자 하나 찾아보라고 했지. 와, 크억, 크억. 끄억."

빨간 모자 여자는 웃음소리가 남자처럼 걸걸한 칠면조 소리로 웃었다. 얼굴이 넓적했고, 어깨도 튼실해 보였다. 그러자 밀짚모자를 쓴 다른 여자가 말꼬리를 받았다.

"그래도 저 인간 화끈해. 일당 받으면 그날로 다 털어먹고 다음날 거지로 또 여기에 나타날망정 여자한테 술값 분빠이 하자는 치사한 말은 안 해."

"어허, 이 아줌마 봐. 그래서 저 인간하고 술 좀 했어?"

"했지."

"그러면 저 곰 아랫것이 어떻게 생겼나도 알겠네? 아닌감? 와, 크억끄억."

"참으셔, 나도 애인 있걸랑. 후후후."

그러다 빨간 모자는 명희를 발견했고, 이상한 듯 갸웃거렸다. 명희의 해쓱하고 심각한 표정에서 무언가를 읽은 듯했다.

"아니, 저 젊은이. 여기 일자릴 알아보러 왔어?"

명희는 어떻게 대답해야 할지 망설였다.

"나도 처음에는 그랬어. 노가다판에 여자가 발을 들여넣기가 껄끄러웠지. 그래도 해 봐. 내일 아침 여덟시에 여길 나오면 일자리 줄게. 여기 나오기에는 너무 젊지만 모든 걸 털어버리려면 잠깐 여기서 지내는 것도 좋아."

명희는 그 빨간 모자에게 고맙다고 인사했고, 다음날 새벽에 이상한 호기심으로 별 망설임 없이 폐건축자재 공사장의 일꾼이 되었다. 일은 고달프지만 곰팡이가 필 듯한 제 방 굴속을 벗어나 신선한 바깥 공기를 마신다는 것이 후련했다. 그들의 가식 없는 언어와 판잣집 같은 술집에서 마시는 막걸리도 점차 입에 익어 갔다. 무엇보다 화준의 화살 같은 시선에서 벗어났다는 해방감 이 좋았다.

"그 작업장에서 한 달 정도 지났을까, 일요일 느긋한 게으름을 즐기는데 어느 중년 사내가 내 집엘 찾아왔어요. 화준이 보낸 사 람이라고 했어요. 명함을 내밀었는데 부동산 중개업이라고 되어 있었어요."

그는 명희를 데리고 시내의 어느 큰 빌딩으로 갔다. 그 건물 1 층에 꽃가게가 있었고 이미 전세 계약은 끝나 있었다. 명희의 명 의로 사인만 기다리고 있었다. 추측컨대, 화준의 카메라는 공사 장에까지 쏘아보고 있었음이 틀림없다. 굳이 제가 아니고 누구 를 대행시켰을 수도 있을 것이다. 화준의 꼼꼼한 친절은 거기에 도 있었다. 이미 경험자를 종업원으로 고용한 상태여서 명희는 낯선 일에 대한 당황을 누그러뜨릴 수 있었다.

꽃 가게는 몫이 좋았고 수입도 제법 괜찮았다. 그것을 발판으 로 명희는 여러 업종을 전전하며 어렵지 않게 생활을 이어갔다.

3

밤이 얼마나 깊어졌을까.

안압지에 어떤 사람들이 몇 차례 왔다가 떠났는지, 그 사람들이 몇 명이나 되는지, 선일은 전혀 의식하지 못했다.

북엇국과 더덕구이를 쟁반에 받쳐들고 온 마담의 옷이 달라져 있었다. 앞치마가 벗겨지고 외출복 차림이었다. 둘러보니 처음처럼 선일과 명희 둘만 이 집에 앉아 있었다.

"나 사장, 정말 옛날 애인 만났나 봐. 분위기 깰 수 없어 오늘은 내가 이 집을 내주기로 했어."

"아니, 주모, 이럴 수가."

"이럴 수 있지. 나 퇴근하니까 냉장고 안에 안주거리 꺼내 들고, 술은 술 창고에 꺼내 드실 만큼 드시구랴. ……아, 언제 나가도 좋으니까 출입문 도어록 안에서 눌러 잠그고 문 탁 닫고 나가면 돼."

"어허, 주모, 나중에 술값 모자란다고 야단 마슈. 오늘 내 지갑은 다 털어 놓고 갈 거니까. 이래서 이 집이 좋아. 들어가 쉬슈. 이제부터는 내가 이 집 주모 하리다. 자, 편히 들어가슈."

벌써 1시가 넘고 있었다. 마담이 흔쾌히 손을 흔들고 출입문을 빠져나갔다. 마담은 마지막 손님인 이들이 일어서기를 기다리다가 자신이 먼저 제 술집을 내주고 떠났다.

마담이 떠나자 갑자기 이 술집이 넓어지고, 괴괴하고, 쓸쓸하다는 생각이 들었다.

둘 사이의 긴 침묵 후에 명희가 물었다.

"이 집에서 화준이를 마지막 만났다구요? 어떻게 만났어요?"

"아, 그날 기억이 너무도 생생합니다. 그해 가을 보훈병원에서 화준을 만나 이리저리 기웃거리며 조용한 술집을 찾다가 결국 이 집으로 들어왔지요. 바로 이 자리에서 이렇게 둘이 앉아있었지요."

그날의 보훈병원의 정경은 아직도 지워지지 않는 기억으로 남아 있었다.

보훈병원 잔디정원으로 은행나무가 바람결에 시름시름 단풍잎을 떨어뜨리고 있었다. 잔디에 노란 은행잎이 눈부시다. 그러나 투명한 햇살이 냉기를 머금어 가을의 을씨년스러움이 감돌았다.

약국 대기실 의자에서 창 밖의 이런 풍경을 내다보며 선일은 떠나간 아내를 생각하고 있었다. 그녀는 떠나고 나서 한 번도 전화가 없었다. 그녀는 계집애를 낳고 싶어 했다. 동화를 읽어주면 귀를 쫑긋하고 듣다가, 눈을 깜박거리다 드디어 하품을 하고 스르르 잠이 드는, 머리칼이 곱슬곱슬한 계집애를 기르고 싶다고 했다. 지금쯤 새 남자를 만나 계집애를 기르고 있을지도 모른다. 문득 돌풍이 한번 치는지 창 밖의 은행잎들이 일제히 몸을 뒤집으며 흩날려 보석처럼 반짝거린다. 갑자기 뺨이 서늘해졌다. 이런, 선일은 슬그머니 일어서서 창 쪽으로 다가가 손수건을 꺼내 이마를 닦는 체 눈물을 훔쳐내었다.

"박화준 님!"

약 창구에서 귀에 익은 이름을 호명했다. 설마, 선일은 제 귀를 의심했다. 점퍼 차림의 사내가 약 창구 쪽으로 간다. 아마 화장실에라도 다녀와 그가 약을 제때에 받지 못한 모양이었다.

박화준이다. 그렇다, 아무리 오랜 시간이 흘렀어도 그의 뒷모습은 틀림없는 화준이다. 심장을 움켜쥔 충격으로 숨이 끊겼다. 그가 약을 받고 돌아서는데, 운동모자를 깊이 눌러썼어도 화준이 분명했다. 그는 약봉지를 구겨 점퍼 주머니에 쑤셔 넣고 복도 쪽으로 향했다.

"화준아."

고함을 쳤다고 생각했으나 겨우 목을 틔우는 작은 소리밖에 나오지 않았다. 그 작은 소리에도 화준이 무슨 기미를 느꼈는지 우뚝 섰고, 천천히 돌아섰다. 선일이 그에게 다가갔다. 화준과 눈이 마주쳤다. 약간 놀람의 빛이 얼굴에 스쳤으나 이내 기쁘다기보다 무덤덤한 표정으로 돌아갔다. 이게 무슨 일인가. 선일이 그에게 다가가 손을 잡았을 때도 그는 그대로 무덤덤한 얼굴로 서 있었다. 그 무덤덤 속에서 고통의 그림자가 얼핏 비쳤다. 옛날의 화준은 선일과 헤어질 때는 포옹을 하고 얼굴을 비볐었다. 화준이 아닌 또 다른 화준이 선일의 앞에 서 있었다. 그의 손을 잡고 꽤 침묵이 길었던 모양이었다. 드디어 화준이 조그맣게 입을 열었다.

"나 선배님도?"

선일은 아무 대답도 할 수 없었다. 그의 어깨를 끼고 병원 출입문을 나섰다. 선일은 제 자신의 약을 받아야 한다는 생각까지 까맣게 잊고 있었다. 구내 정원의 은행잎을 몰아가는 바람은 제법 싸늘했다. 화준의 얼굴은 피부가 맑고 오히려 전보다 더 깨끗해진 느낌이었다. 그러나 그의 표정은 처음처럼 담담했다. 얼마만에 만나는 화준인가. 그에 대한 그리움이 지나쳐 차라리 그를 잊기를 바라기도 했었다.

"그래. 나도 보훈처 상이연금을 쌀값으로 받는다. 에이전트 오렌지가 내 골수에 깊숙이 잠복해 있다."

화준은 잠잠했다.

택시를 잡고 인사동으로 방향을 지시해서야 화준의 표정이 조금씩 살아났다.

"선배님 소설은?"

"그것이 내가 살아있는 유일한 이유다. 그렇지만 지금까지는 쳐다보고만 있다. 언젠가 소설이 나를 구원할 것이다."

"……나는 지금까지 내가 왜 살아있는지 이유도 모르고 지내왔어요. 명희만 좋은 사람 만나면, 나는 나를 찾는 여행이나 떠났으면 합니다. 나의 정체와 존재 이유나 터득했으면 합니다."

"……?"

인사동 여기저기를 기웃거리다가 숨어들듯 지하의 토속 음식점으로 들어섰다. 찹쌀 약주와 너비아니, 더덕구이를 주문했다.

옛날에도 화준이 술을 제법 하는 편이었는데, 그새 주량이 더 늘었나보다. 찹쌀 약주를 맥주처럼 들이켜고 입맛을 다셨다. 빈 잔을 채워주면 그는 바로 입으로 가져갔다. 안주에는 별 관심을 보이지 않았다.

"베리아 반도 해룡작전 때 네가 부상당해 미 해군 병원선으로 후송되었다는 것은 알았다. 여단 본부 작전과에 동기생이 있었다. 네 안부가 걱정되어 바로 알아보았다. 치열한 접전이 있었고 전과도 컸고, 너에게 화랑무공훈장을 상신했다는 사실도 나중에 확인했다."

그는 담담히 선일을 넘겨보다가 비틀린 입술로 미소를 띠었다.

"훈장이 어느 인생을 대신해 주기도 하나요?"

"그건 아니지만 모른 체 하는 것은 더 불쾌한 일이지. 그때 후송 이후에는 네가 귀국했는지, 죽었는지조차 알 수 없었다. 너의 집으로 몇 차례 편지를 보냈는데 아무 답신이 없더구나."

"선배님, 저는 험한 작전을 여러 번 치렀지만, 베리아 반도에서 결국 이 꼴이 되었습니다."

"그래 어디를 어떻게 당했는데?"

선일은 답변에 두려움을 느끼면서도 그가 말해주기만을 바랐던 질문을 조심스럽게 꺼냈다. 그는 천천히 술을 한 잔 마시고 시선을 허공으로 향했다.

"……부비트랩이었어요. 처음에는 대퇴부 뼈가 허옇게 드러나 목발 신세였지요. 지금은 재활훈련으로 제대로 걷게 되었습니다. 그보다는 정신적 후유증이 깊이 남아있어요."

정신적 후유증? 부상병이라면 으레 있는 것인데 그것을 강조하는 이유는 무엇인가. 그는 또 술 한 잔을 들고 의자를 좀 앞으로 당겨 선일에게 얼굴을 가까이 내밀고 낮은 목소리로 말을 시작했다.

"해룡작전 무렵은 겨우 우기가 끝나 날씨는 맑았어요. 대대전체가 참가하는 큰 작전이었지요. 그때는 귀국을 두 달 남겨놓은 상태였으니까 작전 때마다 잔류인원으로 남아 텅 빈 기지나 지키는, 귀국 만년의 팔자 좋은 열외 시기였지요. 갑자기 우리 소대 조장 한 명이 장염으로 탈수증에 걸려 대대 의무실에 가서 링거를 매달고 누워있게 되었어요. 그래서 내가 대신 3소대 1분대 1조장으로 참가하게 되었어요. 나는 선뜻 나섰지요. 마지막 전투라는 생각이 들고 모험심 비슷한 흥분까지 있었습니다. 내가 첨병까지 자원했으니까요……."

술이 그의 말문을 열었는지 그는 옛날의 다변으로 돌아온 듯했다. 베리아 반도는 내륙에서 해안 쪽으로 갈수록 그리 높지 않은 구릉이 물결치듯 잇닿은 곳이었다. 내륙 쪽에는 사람 키 높이의 가시나무 잡목이 우거졌고 안으로 갈수록 대나무 숲, 해안 쪽으로는 야자수가 울창했다. 이곳이 바로 베트콩의 본거지였다. 더구나 바다로 향하는, 베리아 델타지역의 부챗살처럼 퍼진 투 본 강의 수많은 지류들은 정크선을 이용한 그들의 보급로이고 이동로였다. 각 중대는 해안을 향해 지역을 방안지 자르듯 잘라 내어 전술책임구역을 설정했다. 중대 책임구역을 또 각 소대가 쪼개 분담했다. 이 작전은 바다를 향해 긴 그물을 치고 조금씩 밀고 나아가 도주로도 없는 그들을 일망타진하겠다는 빈틈없는 계획이었다.

　그러나 이 지역은 흙과 바위보다는 모래가 많아 은폐물이 없었고, 첫 행군부터 노출지역에서 숲으로 들어가는 위험을 안고 있었다. 가옥은 무덤처럼 흙으로 덮이고 반쯤 땅 속에 묻혀 선뜻 문을 열고 뛰어들어 수색·정찰을 하기에는 쭈뼛쭈뼛한 곳이었다. 그 주택 안에는 기둥과 판자를 붙여 공간을 만들었으나 그 무게의 모래흙에 무너지지 않는 것만 다행이었다. 문을 박차고 컴컴한 땅굴 속 같은 집안으로 뛰어들기도 두렵거니와, 이 공간이 어느 통로로 연결되었는지, 부비트랩은 설치되지 않았는지, 모든 것이 진땀이 솟을 만큼 공포와 긴장의 연속이었다. 주민들은 대대가 베리아 반도에 작전을 시작할 무렵에 이미 소개되었는지 그림자도 보이지 않았다. 50여 호의 이런 공동묘지 같은 마을 하나를 수색하는데 한나절을 넘겼다. 공동전선을 펴고 있는 인접 중대의 진출 상황도 마찬가지였다. 작전은 변경되었다. 애초에 당일로 바닷가 야자 숲까지 진출해 방어선을 구축하고 해안과 수많은 수로를 탐색하겠다는 작전개념을 바꾸어, 잡목 숲에 들어가기 전에 임시 방어진지를 구축하고 숙영을 할 수밖에 없었다. 해는 뉘엿뉘엿 베리아 반도의 숲을 넘어 지평으로 떨어져갔다. 중대는 숲을 마주하여 일정한 거리를 유지하고 개인호를 구축하였다. 숲 쪽으로는 청음초 1개조를 내보냈고, 그들에 의지해 별 근심 없이 첫날밤을 맞았다.

베리아의 밤하늘은 총총한 별자리가 뜨고, 숲에서는 도마뱀이 구슬프게 울었다. 남쪽으로 검푸른 지평에 남십자성이 불쑥 떠올라 있었다. 많은 감상이 가슴속에 휘돌며 몸은 피곤해도 눈은 초롱초롱했다.

"선배님, 어떤 일에는 그것이 일어나기 전에 전조를 예감하나 봅니다. 긴장되고 별빛이 아름다운 그 밤에 나는 개인호에 쪼그리고 앉아서 낙태한 두 아이가 가슴 저리게 떠오르는 것입니다. 두 아이가 살아있다면 지금쯤 나를 아빠라고 부를 것이란 생각까지 했습니다."

"화준이 무슨 예지기능이라도 있단 말인가?"

"더러 무슨 예감을 하는데 눈치채지 못하다가 나중에야 깨닫습니다. 버스 지나간 뒤에 손들기를 합니다."

"무엇을 예감했기에."

"글쎄요. ……아무튼 그것은 예감이었습니다."

동이 트고, 숲으로 나갔던 청음초도 철수했다. 미명 속에서 C 레이션이나마 식사를 마쳤다. 이제는 숲을 향해 들어가야 할 단계였다. 화준이 첨병을 자원했고, 후배 진동섭 상병이 자원해 둘이 본대에 앞장섰다. 키가 넘는 잡목 숲은 열대식물 특유의 가시가 솟아 옷가지를 끌어당기고, 노출된 손등과 목덜미를 긁었다. 대검을 뽑아 후려치며 진로를 열려했으나 껍질과 줄기가 질긴 가시나무는 저항하듯 버티었다. 햇빛이 들지 않을 정도로 활엽수와 대나무가 우거진 곳까지 나와서야 가시나무들은 사라졌다. 흰모래가 드러나고, 정글화에 모래 밟히는 소리가 사각사각 상쾌했다. 허리에 총을 하고 상체를 약간 굽힌 자세로 계속 해안 쪽으로 진출해 나갔다.

"박 수병님, 귀국하면 무엇부터 할 겁니까?"

진동섭도 가시덤불을 벗어난 것이 상쾌한 모양이었다.

"흐흠, 우선 삼겹살에 소주, 내 여자에게도 그걸 먹이고 다음은 분위기 좋은 카페에 가서 맥주 한잔. 그 이후 이 정글에서 화약 연기와 땀으로 단련한 내 몸을 여자에게 소중한 귀국선물로 바칠 거야. 흐흠."

긴장을 잊기 위한 흥거운 농담이었다. 정말 코끝으로 삼겹살 굽는 냄새가 진동하고 명희의 얼굴이 어른거렸다.

그리고 한 순간에 일은 터졌다.

"어이쿠, 부비트랩!"

오른쪽 첨병 진동섭이 고함쳤다.

이 대목에 와서는 화준이 이야기를 멈추었고, 다시 술잔을 들었고, 술잔을 내려놓으며 숨을 고르는 그의 입술이 가늘게 떨렸다.

5미터 간격의 진동섭을 쳐다보는 순간 '쾅' 귀청을 때리는 폭음과 섬광, 공중으로 붕 떠오르는 그를 쳐다보며 화준 역시 하체와 아랫배를 후려치는 몽둥이에 붕 떠 뒤로 날려갔다. 깜박 현기증처럼 의식이 사라졌다가 되돌아왔다.

"내 다리, 내 다리!"

진 상병이 고함질렀다. 어딘가를 일격에 강타당한 느낌인데 어디라고 딱 집어낼 수도 없었다. 하늘을 향해 두 눈은 떴지만 몸을 뒤집을 수도 없었다. 베트콩의 일제 사격이 쏟아지고 30미터쯤 후방에 따르던 본대도 응사하며 교전이 붙었다. 야자나무 기둥이 총총히 박힌 공간이라 수류탄을 투척하기도 어렵고, 유탄발사기, 박격포도 쏠 수 없었다. 화준이 겨우 목을 돌려 숲속을 보았다. 함성과 더불어 베트콩들이 새까맣게 뛰어나왔다. 본대에서 경기관총과 연발소총이 맹렬한 기세로 그들에게 퍼붓고 있었다. 픽픽 쓰러지는 것이 보이지만 그들의 일제돌격은 터진 봇물처럼 기세가 꺾이지 않았다. 화준은 주변을 더듬었지만 소총이 잡히지 않았다. 팔은 멀쩡한 듯했다. 방탄조끼에 매달린 수류탄을 뽑아들었다. 돌격해 오는 베트콩 쪽으로 수류탄을 던졌다. 잠시 후, 펑 하는 폭음, 함성이 멈칫했다. 그러나 어느 틈에 달려왔는지 베트콩 하나가 AK소총을 화준의 눈 위에서 바로 머리를 겨냥했다. 똑바로 죽은 듯 누워 있는 그를 확인 사살이라도 할 자세였다. 이제는 죽는구나, 화준은 그 총구를 쳐다보았다. 결국 내 생애는 저 총구에서 마감을 하는구나. 현실 같지 않았다. 그러나 까만 총구가 불을 뿜기 전에 휙 포물선을 그리며 그의 눈앞에서 사라졌다. 어느 틈에 1분대 대원들이 첨병 위치까지 진출해 돌격해 오는 베트콩들에게 조준사격을 하고 있었다. 베트콩들이 M17의 막강한 화력에 멈칫해 슬금슬금 퇴각하고 있었다. 다리는 멀쩡할까. 손을 뻗어 보았지만 다리까지 손이 미치지 못한다. 배에 축축한 느낌이 있었다. 더듬어보니 뭉클 무언가가 잡혔다. 전투복을 찢고 뱃가죽을 찢고 삐져나온 창자 뭉치였다. 그것을 손으로 움켜쥐자 의식이 슬그머니 몸에서 빠져나갔다.

요란한 프로펠러 폭음에 잠깐 정신이 돌아왔다. 몸은 판초에 쌓여있었다. 팔에는 링거 병이 매달려 있었다. 후송 헬리콥터 안이었다. 입안이 꽉 차게 호흡기가 물려있어 목소리조차 낼 수 없었다. 아직 목숨은 붙어있구나 하는 작은 안도감을 느끼며 다시 의식이 사라졌다.

귀를 간질이는 빗소리에 귀가 열리면서 의식이 조금씩 살아나왔다. 혼수상태에서 빗소리의 끈을 잡고 이승으로 돌아왔다.

다낭 항구 앞에 떠있는 미 해군 병원선이었다. 실제로 몬순이 퍼붓고 있었다. 그의 의식을 처음 맞아준 것은 미 여군 간호장교의 이국적인 미소와 금발이었다. 입에는 산소호흡기가 물려있고, 팔과 가슴팍에 몇 개의 링거 줄이 어지럽게 꽂혀있었다. 온몸이 마비되어 팔다리를 전혀 움직일 수 없고, 감각도 없었다. 그 간호장교가 소리쳐 누군가를 불렀는데 파견 나온 한국 군의관이었다. 그는 생환을 축하한다는 말과 더불어 그의 뺨을 톡톡 쳐 그 기쁨을 알렸다. 그리고 군의관은 말을 못하는 그에게 몇 가지 궁금한 상황을 일방적으로 알렸다. 혼수상태가 1주일 동안 계속되었고, 팔다리는 다 붙어 있다고 했다. 그동안 필요한 응급 처치는 다 잘되었고, 이제는 정식 수술에 들어갈 것이라고 했다. 눈시울이 뜨거워지고 눈앞이 흐려지며 눈물이 솟았다. 그는 슬퍼할 일 없다면서 눈물을 닦아주고 쾌활한 웃음으로 그를 위로했다. 그러나 그는 혼수와 각성의 상태를 계속 반복하고 있었다. 수술을 하고 있는지, 치료를 하고 있는 지조차 느낄 수 없었다.

"선배님, 죽기보다 더 싫은 고백을 해야겠습니다. 나는 이제 남자가 아닙니다."

어느 날인가 눈을 감고, 호흡기는 입안에 꽉 차게 물려 있었지만, 귀는 바람결처럼 조금씩 열려가고 있었다. 한국 군의관 둘이 나누는 대화가 정적 속에서 바람결을 타고 귓속으로 들어왔다. 이 병원선에 새로 파견 나온 군의관과의 임무교대로 환자도 인계하며 상태 설명을 하고 있었다. ……이 사람 생식기가 완전히 나갔어. 성기능뿐 아니고 생식기능도 다 날아갔어. 오른쪽 대퇴부 근육도 다 날아가서 목발 신세를 질지도 몰라. 내장은 모래 다 뽑아내고 소독해 쓸어 담아 꿰맸는데 그건 아무 이상이 없어. 그들은 화준이 혼수상태에 있으리라고 짐작하고 숨죽여 나눈 대화였지만 하필 그때 그의 귀는 환하게 열려있었다. 아, 결국 이렇게 되고 말았구나. 고함이라도 지르고 싶었지만, 호흡기는 입에 물려있고, 팔다리는 묶여 있었다. 팔다리가 풀려있었더라도 한 치도 몸을 움직일 힘이 없었다. 그의 목숨은 그의 의지대로 존재하는 것이 아니고 오직 호흡기와 링거 줄이 조종하고 있었다. 의식은 늘 오락가락했다. 의식의 각성상태보다는 차라리 혼수상태가 더 편안했다.

"선배님, 그날밤 낙태한 아이들을 골똘히 그리워했던 것은 내가 남성으로서, 인간으로서의 생애가 끝난다는 예감이었습니다. 목숨이 붙어있다고 인간은 아니지 않습니까. 그때 나는 내가 살아야 할 이유가 없다고 생각했습니다. 내가 더 잃을 것이 없었으니까요."

화준의 눈에 눈물이 고이다가 볼을 타고 미끄러져 내렸다. 선일의 가슴에 무언가 쿵 하고 무너져 내려앉았다. 울컥 치받치는 울음을 삼키며 그의 볼을 양손으로 싸안았다.

"그래 나도 그런 생각을 한 때가 있었다."

화준은 담담히 다음을 이어갔다. 어느 날 의식이 돌아왔는데, 깊은 밤이었다. 묶인 팔이 풀려 있었다. 팔이 움직여졌다. 아무 것도 더 생각할 것이 없었다. 그는 팔과 가슴, 목에 매달린 생명 줄 네 개를 몽땅 뽑아내었다. 그 결정이 옳았고 마음도 편안했다. 가물가물 의식이 떠나갔다. 빛도 어둠도 아닌 무명의 혼돈이 감미로웠다.

그러나 그를 무명에서 잡아채 끌어내는 손길이 있었다. 뺨을 세차게 후려치는 손길에 공중에서 땅바닥으로 내동댕이치듯 의식이 돌아왔다. 한국 군의관이었다. 야, 이 새끼야. 여기 의료진이 겨우 살려놓으니까 네 멋대로 죽어? 너 죽으려면 한국 가서 군복 벗고 죽어. 여기선 네 멋대로 못 죽어! 그날 밤, 미 여군 간호장교가 무슨 예감이 들었는지 병실 순회를 했고 죽어가는 화준을 발견했다. 소리쳐 비상이 붙고 응급조치로 되살려 놓았다. 화준은 필리핀 미공군 클라크 기지로 이송되었고, 거기서 며칠 더 치료 후 들것에 실린 채 한국 땅으로 후송되었다.

"선배님, 이 화준이는 성의 정체성을 잃었습니다. 다리털, 음모도 슬금슬금 빠져나가고, 눈썹마저 엉성해졌습니다. 뺨과 가슴에는 계집애처럼 지방이 붙었습니다. ……보훈병원에서 선배님을 만났을 때는 반갑다기보다 드디어 이런 고백의 무서운 시간이 오리라는 예감 때문에 정신이 없었습니다."

그는 이제야 무거운 짐을 내려놓은 듯 쓸쓸한 미소까지 머금었다. 그 미소에 서린 에이는 설움이 전해왔다. 그 쾌활하고 허무를 모르던 피터 팬은 어디로 갔는가. 오직 밝은 태양을 향해 날아오르던 이카로스, 그처럼 화준의 날개도 타버리고 말았나. 오, 하느님. 당신은 도대체 무엇을 하고 있습니까. 이 엉터리야.

갑자기 취기가 오르며 시야의 모든 사물이 파도처럼 춤을 추었다.

"화준아, 난 에이전트 오렌지가 다이옥신을 내 골수 속에 고루 뿌려 내 유전형질을 다 비틀어놓았다. 내 아내가 유산한 아이들은 사람이 아니라 괴물이었다. 아내는 날 떠났다. 병원에서 당뇨성 말초신경염 치료를 받지 않으면 일어나지도 못한다. ……언젠가는 피부가 다 무너지고 벌건 속살이 겉으로 드러날 것이다."

화준은 한동안 선일을 들여다보다가 그의 손을 잡았다.

"선배님, 선배님은 영원히 한 점 흠 없는 내 우상으로 남아있길 바랐습니다."

의식하지 못하는 사이에 손님들은 다 떠나고 마담도 옷을 바꾸어 입고 떠날 준비를 하고 있었다. 술집을 벗어나자 보름달이 휘영청 밝았다. 달빛이 가득 찬, 인적 드문 고요한 도로가 슬픔의 강물처럼 도도하게 흐르는 듯했다. 화준이 부축해주었건만, 선일은 다리가 풀려 걷기조차 힘들었다. 화준이 편의점에 들러 맥주 몇 병과 마른안주 따위를 한 아름 안고 나왔다. 근처에 네

온빛이 번쩍거리는 모텔 간판이 보였다. 엘리베이터로 5층에 올라 방으로 들었다. 방안에도 달빛이 가득히 출렁거리고 있었다. 불도 켜지 않았다. 선일은 자신을 침대에 뉘고 바지와 점퍼를 벗겨내고 있는 화준의 손길을 어렴풋이 느꼈다. 비몽사몽간에 침대가 가라앉으며 깊은 연못 속으로 침잠하고 있었다.

머리가 깨질 듯한 두통과 목마름으로 눈을 떴다. 선일이 몸을 일으키자 소파에 앉아 있는 화준의 모습이 눈에 들어왔다. 그는 홀로 맥주를 마시고 있었다. 대형 스크린은 켜져 있고 화준은 그것을 주시하고 있었다. 그 불빛이 눈물에 젖어 번질번질한 화준의 얼굴을 반사하고 있었다. 슬픔이라는 말로 표현할 수 없는 진한 아픔이 왔다. 누가 저 피터 팬을 눈물로 얼룩지게 만들었는가.

선일은 침대에서 일어났고, 화준에게 다가가 그의 옆에 앉았다.

음소거로 소리를 죽인 대형화면에서는 포르노가 절정에 달해 있었다. 그 화면을 뚫어지게 바라보며 그는 천천히 맥주를 마셨다. 술잔을 내려놓고 화준이 선일의 목을 껴안았다. 학창시절 으레 하는 그의 술버릇이 지금 또 나오고 있었다. 그러나 그게 아니었다. 그는 입술을 밀착했고 숨이 막힐 듯한 입맞춤을 했다. 선일은 놀랐지만 그를 밀쳐내지 못했다. 어쩌면 그 자신도 그의 위안을 바랐는지도 모른다. 입맞춤에 이어 이번에는 그의 손이 거침없이 선일의 팬티 속으로 쑥 들어왔다. 흐흠, 선일은 몸이 움츠러들었다. 이번에도 아무 내색을 하지 않았다. 음경을 움켜쥐었다. 좀 있다 그의 손이 탐색하듯 밑으로 내려가 음낭을 싸잡았다. 다시 그의 입맞춤이 오고 이번에는 그의 혀가 입술을 들추고 입속으로 들어왔다. 그것을 쾌락이라고 할 수는 없었다. 다만 전기충격 같은 것이었다.

"이것이 선배님에게 부려보는 내 마지막 어리광입니다."

그는 들릴 듯 말 듯 작은 소리로 말했다.

마지막이라, 이것은 또 무슨 말인가. 이곳이 고층건물이란 사실이 새삼 떠올랐다.

문득 그는 선일을 일으켜 침대로 갔다. 선일을 누이고 그는 선일의 한 팔을 끌어 제 베개로 삼고 선일의 가슴에 얼굴을 묻었다. 그의 눈물이 가슴팍을 적시고 있었다. 그러나 그의 소리 없는 눈물도 잠시뿐, 곧 새근거리는 고른 숨소리를 내며 잠이 들었다. 선일도 그의 숨소리 따라 수렁 같은 잠 속으로 빠져들었다.

붉은 아침놀이 창문에 어른거릴 무렵에야 선일은 잠에서 깨어났다. 굳이 팔을 끌어다 베고 있던 화준은 없었다. 놀라 창문부터 살폈다. 다행히 창문은 닫힌 상태 그대로였다. 소파에도, 화장실에도 그는 없었다. 탁자에는 그가 마시던 술병과 종이컵, 안주부스러기만 그의 흔적처럼 흩어져 남았다. 그는 이미 이 모텔에는 있지 않았다. 그가 베었던 오른 팔이 오히려 허전했다.

맥주병과 안주부스러기가 어지러운 소파 탁자에 볼펜과 메모지가 눈에 띄었다. 그것은 고객을 위해 모텔에서 비치했을 것으로 여겨졌다. 메모지에 어떤 필적이 보였다. 화준이 남긴 것이 분명했다. 무슨 유서 같아 섬뜩했다. 다시 창문을 살폈다. 얌전히 닫힌 상태였다. 창문을 열고 메모지를 비춰 보았다. 막 동이 터오는 아침 햇살이 메모지에 우려 선홍색으로 물들었다. 글씨는 또박또박했고, 줄 간격도 차분했다. 이 글을 적고 있을 때의 화준의 마음 상태가 느껴져 조금 안심이 되었다.

……선배님이 시사한 '시지프스'는 내 인생을 이끌어가는 데 핵이 되었던 것 같습니다. 철부지가 철드는 계기가 되었습니다.

요즈음은 음악과 명상, 독서로 자신을 가다듬고 있습니다. 베리아 반도에서 초토가 된 내 인생이 비로소 생존의 의미를 찾고 있습니다. 그러면서 서서히 머릿속을 지배하는 화두가 생겨나고 있습니다. 지금까지 나는 종교적 계시나 철학적 이념, 때로는 성현들이 제시하는 이데아를 흠모하며 거기에 도달하고자 했던 것이 전부였습니다. 요즈음에야 이데아에 도달하기 위한 부단한 노력도 결국은 뜬구름 잡는 일일 뿐, 그것이 내 자신의 참모습은 아니라는 생각을 하게 되었습니다.

아주 평범한 말이지만 내 안에 든 자아를 찾아야 한다는 생각입니다. 이제부터는 자아를 찾는 순례와 고행의 길을 떠날까 합니다. 선배님도 나를 감동시켰던 소설 속에서 자아를 찾으셨으면 합니다. 지금으로서는 소설이 선배님을 구원하고 자아완성의 계기가 될 것 같습니다. 그리하여 언젠가 선배님을 만났을 때, 서로가 이것이 내 본래의 모습이라고 말할 수 있었으면 합니다.

달라이 라마를 읽다보니 거기에 '죽음을 경험해야 깨달음을 얻을 수 있다'는 말이 있습니다. 우리는 죽음을 경험했으면서도 그 기억을 회피했거나 잊고 살지 않았나 합니다.

꽤 긴 시간의 강물이 지금까지 흘러왔는데, 그 강물은 아무 말이 없었습니다. 그러나 결국 그 침묵의 강은 자아를 찾아 떠나라는 묵시의 존재였음을 이제야 깨닫습니다. 침묵하는 시간의 강물은 자아는 아무도 도울 수 없는 단독자임을 새삼 깨우쳐줍니다. ……

"난 화준이와 이 술집에서 같이 술을 마신 이후 지금껏 만난 일이 없습니다."

"그러면 그 사람이 죽었다는 사실은 언제 알았나요?"

"일간지에 난 박스 기사를 읽기 전까지 10여 년 동안 서로 침묵 속에 살았지요. ……화준이가 남긴 그 메모는 지금까지 간직하고 있습니다. 이젠 화준이가 그 메모를 통해 나를 이끌어 가고 있습니다. 나를 찾는, 길 찾기는 소설을 통해 본래 자아의 모습을 찾으라고 화준이가 말했지요. 나는 실체도 없는 무엇에 저항하듯 버티며 살다가 결국 소설 속으로 돌아왔습니다."

"그래서 작품을 쓰셨나요?"

"장편을 한 편 써놓고 손보고 있습니다. 퇴고가 완료되면 세상에 내 모습을 공개하겠습니다."

"아, 선배님의 참모습을 이제야 제대로 보게 되겠네요."

화준이 다시 만났을 때 보여주고 싶다던 자아는 한 일간지의 기사가 되어 그의 모습을 드러냈다.

표제는 '베트남 고산족 대부의 귀환'이었다. 화준의 간략한 이력과 베트남에서의 행적이 보도되었다.

……박화준 씨는 대기업 제당·제분 업계의 회장 차남으로 월남전에 참전, 부상으로 귀국, 화랑무공훈장을 받았다. 박화준 씨의 봉사활동은 베트남 북부 오지마을 마이쩌우의 고산족에게 들어가 주민들과 공동생활을 하는 것으로 출발하였다. 주상가옥柱上家屋에서 주민들과 침식을 같이 하고 들쥐고기까지 먹으며 타이 족으로 동화하는 과정을 겪었다. 그런 후에 그는 원시적인 마을 공동체를 개선하기 시작하였다. 발전기를 설치하여 전기를 보급하고, 우물을 뚫어 식수와 농업용수를 공급하였다. 그가 개설한 학교는 베트남 벽지에서는 유례없이 현대화된 것이었다. 현대식 교사를 짓고, 도시의 유명교사들을 초빙하여 현대식 교육기기 컴퓨터와 영상기기를 통한 학습이 이루어졌다.

도서실을 짓고 교복과 체육복도 갖추었다. 원거리 통학생을 위해서는 기숙시설도 만들었다. 그가 10여 년 학교를 경영하는 동안, 배출된 인재들은 베트남 유수의 대학에 진학했고, 대학을 졸업한 학생들은 주요 인력으로 사회에 진출하였다.

그는 주민 속에서 아직도 개선되지 않은 공동 주거환경과 식생활을 하다가 풍토병으로 사망하였다. 가족회의는 그의 유해를 국립묘지에 안장하기로 하고, 화장한 그의 유해를 한국으로 이송하였다. 앞으로 이 마이쩌우 학교는 그의 유족의 지원으로 종전과 같이 계속 운영될 예정이다.……

이런 기사의 내용과 더불어 우리 국민이 남을 돕는 위치까지 발전한 국력의 과시와 남을 위해 베푸는 한국인의 넉넉한 인정을 조금 과장되게 표현하고 있었다.

"화준이는 자기를 찾는 순례와 고행의 길을 떠나겠다고 했는데, 결국 그런 식으로 자기를 찾았습니다."

선일은 그의 인생을 흐르는 강물처럼 회상했다. 신문기사는 마지막 그가 남긴 메모처럼 그는 제 모습을 찾아 이렇게 이루어 내었다.

명희는 지등 쪽으로 담배연기를 뿜어내고 담담히 말했다.

"선배님은 앞으로 계속 소설에서 본래의 자아를 찾아 숙성시켜 갈 것입니다만, 저는 좀 둔하고 더딘가 봅니다. 행복이 무엇인지 잘 모르지만, 나는 화준을 쳐다보는 것만이 사는 의미였었습니다. 화준이 나에게 준 물질을 바탕으로 조금씩 키워가며 그냥 지내왔어요. 언젠가 봉사 나가는 유아원에서 정말 놀랄 만큼 화준이랑 꼭 닮은 아이가 있어서 집으로 데려 왔었어요. ……착하게 잘 자라 캐나다로 유학을 갔고, 거기서 결혼하면서 나에게서 떠나갔어요. 생각해보면 그것이 내 생애에서 보람이라고 할 만한 것이네요."

"끝내 결혼은 안 했구요?"

"내가 누구와 결혼을 한다면 결국 그 사람을 불행하게 만들 것이란 두려움이 있었어요. 또 어린 시절 낙태 수술로 인해 나중에 자궁근종이 왔고 자궁적출 수술 후 난 석녀가 되었습니다."

"그래서 앞으로 무엇을 하며 어떻게 지낼 겁니까?"

"난 안 해본 것이 없습니다. 처음 꽃가게에서 옷가게, 술집, 슈퍼마켓……. 셀 수가 없어요. 이젠 이런 장사 그만두고 유아원에 가서 보모를 했으면 해요. 거기서 또 화준이 닮은 아이 만나면 입양해서 행복한 마음으로 기를지도 모르지요."

이것도 결국 명희가 자기 구원을 하기 위한 방법이 아닐까 생각했다.

그만 일어서기로 했다. 시계를 보니 벌써 5시를 넘겨 가리키고 있었다. 대충 탁자 위의 술병과 안주접시들을 개수대와 쓰레기통에 치우고 일어섰다.

불을 끄고 마담의 부탁대로 안에서 도어록을 눌러놓고 밖으로 나와 출입문을 당겨 잠갔다. 둘은 동면한 동물이 은신처에서 벗어나듯, 한 걸음 두 걸음 힘들여 계단을 타올랐다.

지상으로 나오니 세상은 온통 푸르고 신선한 새벽을 열고 있었다. 도로에는 차량 소음과 새벽을 열어가는 사람들의 발걸음이 바쁘다. 신문배달 소년이 신문 뭉치를 옆에 끼고 뛰어가고, 오토바이는 새벽 장을 보았는지 뒤에 키가 넘는 바구니에 생선을 가득 싣고 부르릉거리며 달려온다. 초록빛 쓰레기 수거차는 도로에 내놓은 종량제 봉투를 잉잉 엔진소리 드높여 용쓰며 제 짐칸에 구겨 넣고 있다. 떡집 배달 오토바이가 달려가고, 식재료 삼륜차는 음식점 앞에 푸성귀를 내려놓고 있다. 뚫린 도로에 영업용 택시도 느리게 손님을 찾아 기웃거리며 나아간다. 성경을 들고 새벽기도를 하러 가는 할머니, 도서관 좌석번호를 받으러가는 학생들의 발걸음도 바쁘다. 일찍 출근하는 봉급쟁이들의 발걸음도 바쁘다. 문을 연 해장국집과 순댓국집 가마솥에서 피어오르는 수증기는 한여름 뭉게구름처럼 탐스럽다. 구수한 고기와 파 익는 냄새가 안개처럼 자욱이 퍼져나가, 밤새 야근한 빌딩가 사무원들이 이 냄새에 이끌려 서너 명씩 짝을 지어 음식점 수증기 속으로 빨려 들어간다.

하루를 여는 세상이 온통 수탉의 홰치는 날갯짓처럼 푸드덕거

리고 있다. 물고기의 푸덕거리는 비늘 번쩍임이 있었다. 세상의
소리와 움직임이 모두 살아서 부산하다.

선일과 명희는 악수를 나누고 머뭇거림 없이 소음과 부산한
사람들의 움직임 속으로 각자 흩어져 들어갔다.

사흘에 걸친 칼라 차크라 의식이 모두 끝났다. 광장에는 행사
에 나왔던 모든 도구들이 치워지고 있었다. 궁 뒤에 드높이 세워
졌던 괘불탱화는 내려져 깨끗이 말아져 긴 나무상자로 들어갔
다. 연희에 쓰였던 원숭이, 악귀, 무사의 화려한 가면과 의상도
궤짝에 담겨 창고로 향했다. 이것들은 내년 이맘때쯤, 때 되어
꽃이 피듯 다시 이 광장에서 살아날 것이다.

달라이 라마는 긴 행사를 끝내고 자신의 처소에 들어 몸을 쉬
고 있었다. 문득 그 만다라가 어디로 옮겨졌을까, 궁금증이 일었
다. 피곤을 무릅쓰고 그는 처소를 떠나 사원의 첸레지 상 앞으로
향했다. 그가 거기에 도착했을 때에는, 화판은 그것을 창조했던
네 승려의 손에 들려 법당 밖으로 옮겨지고 있었다.

달라이 라마는 손짓해 이들을 저지했다.

"이것을 어디로 가져가려는 것입니까?"

"본래 태어난 곳으로 되돌려 보낼 것입니다."

노화공이 합장하고 대답했다.

"그곳이 어디입니까?"

"바로 흙입니다."

"이 아름다운 것을 첸레지 앞에 오래 두고 여러 사람들을 깨우치게 함이 어떻겠습니까?"

"이 만다라는 이 행사로 할 일이 다 끝났습니다."

노화공은 다시 합장했다.

네 승려는 서두르거나 막힘없이 유유히 법당 앞 계단을 내려서서 광장을 가로질러 갔다. 달라이 라마는 거둘 수 없는 미련으로 그들의 뒤를 밟았다. 그들은 경내를 벗어나 작은 여울 앞으로 갔다. 그들은 거기에 만다라를 내려놓고 합장을 했다. 그들로서는 떠나보내는 만다라에 마지막 인사를 보내는 듯했다. 그리고 이내 화판을 들어 여울에 채색 돌가루를 쏟아버렸다. 물에 쑤셔 박힌 것도 물을 먹지 않아 둥둥 뜬 돌가루도 세찬 여울 물결과 함께 떠내려갔다. 마지막 먼지까지 탈탈 떨어낸 그들은 화판만 들고 뒤돌아봄 없이 돌아섰다.

달라이 라마는 합장을 했다. 자신의 한 부분이 떠내려가는 듯 깊은 무상을 느꼈다.

어느 숨결이 그의 등 뒤에서 느껴졌다.

"무엇을 보았습니까?"

돌아보지 않아도 그가 스승 링 린뽀체임을 알 수 있었다.

"아무리 거룩하게 정화된 삶이라도 언젠가는 벗어버려야 할 헌옷입니까?"

"그렇습니다. 달라이 라마도 언젠가는 헌 육신을 버려야 할 것입니다. 그날을 맞기 위해 세상에 정성을 다해 자신의 그림을 그려야 할 것입니다."

"그러면 우리의 실체는 무엇입니까?"

"불멸하는 영혼입니다. 육체는 잠시 머물다 가는 집일 뿐입니다."

아, 짧은 탄성 후 달라이 라마는 돌아서 스승 링 린뽀체에게 허리 굽혀 감사의 합장을 하였다. 린뽀체도 달라이 라마에게 마주 합장하였다.

오감도

미명

푸르스름한 형광등 불빛이 안개 낀 달밤처럼 흐릿하다.

무슨 일일까. 어머니가 시름없이 눈물을 흘리고 있다. 은혜가 다가가 어머니의 팔을 잡는다. 어머니는 참았던 설움이 격해 목이 메는지 어깨까지 들썩거리며 기어이 꺽꺽 울음을 터뜨린다.

"왜 그래요, 엄마? 무슨 일인지 말을 해 봐요."

은혜는 어머니의 등을 껴안는다. 울음에 턱턱 목이 막히며, 어머니는 띄엄띄엄 말한다.

"의사가 그런다. 늬 아버지, 아버지가, 장님이, 장님이 됐다는구나. 이 일을 어떡하니?"

"뭐라구? 그 의사 어디 있어? 또 아버지는 어디 있구?"

그제야 은혜가 두리번거려 살피니 병원 복도다. 흰 벽 통로가 끝이 없을 듯 멀다. 무표정한 간호사들이 바쁘게 복도를 지나다

닌다. 간호사들의 눈에 동공이 보이지 않는다. 섬뜩하다. 이상하기도 해라. 내가 언제 병원엘 왔나. 분명 사무실에 있었는데. 시공을 넘어 자신이 순간 이동을 한 것 같다.

그럴 리 없다. 아버지는 평생 남을 위해 살아온 사람이다. 그런 아버지가 장님이 됐다는 것은 있을 수 없다. 의사가 무언가 잘못 진단했을 것이다.

"내가 의사를 만나야겠어요."

"쓸데없는 소리다. 갔다."

"가다니?"

"얘는, 아버지는 부르심 받고 천당에 갔잖니?"

"그건 또 무슨 소리야. 천당? 어, 돌아가셨어? 어떻게 아버지가 돌아가실 수 있어?"

불현듯 아득한 낭떠러지 아래로 내동댕이쳐진다. 번쩍 정신이 든다. 침대다. 꿈이다. 꿈을 깨서 다행이다. 진땀에 젖은 잠옷이 몸에 휘감긴다.

어떤 사악한 기운이 머릿속으로 숨어들었기에 이런 불길한 꿈을 꾸는가. 은혜는 맥이 다 빠진 몸을 일으켜 무릎을 꿇고 앉아 주기도문을 왼다. '……하늘에 계신 우리 아버지, 아버지의 이름을 거룩하게 하시며, 아버지의 나라가 오게 하시며, 아버지의 뜻이 하늘에서와같이 땅에서도 이루어지게 하소서. 오늘 우리에게 일용할 양식을 주시고, ……우리를 시험에 빠지지 않게 하시고,

악에서 구하소서. 나라와 권능과 영광이 영원히 아버지의 것입니다. 아멘.'

은혜는 지금 주기도문만이 사악한 기운으로부터 자신을 보호하고, 가족의 해침도 막을 수 있다고 생각했다. 이 주기도문을 외는 동안 사탄은 성령의 불에 데어 황급히 자신의 몸과 마음에서 빠져나가 다신 돌아오지 못하리라. 정성 들여 주기도문을 다섯 번 암송하고 나서야 조금은 가벼워진 마음으로 침대에 도로 누웠다.

잠은 영 저만큼 달아났고, 창을 비추는 푸르스름한 달빛만 눈에 또렷해진다.

아버지는 백내장이 깊어져 거의 명암이나 구분할 정도로 시력이 떨어져 있었다. 그러나 가장 가까운 가족도 그것을 눈치 챈 사람이 없었다. 교인들 누구 하나도 알지 못했다. 아버지는 사라져가는 시력으로도 발걸음의 습관을 기억해 용케 사택에서 교회로 갔고, 강단에 찾아올라 준비한 설교에 열성을 다했다. 아버지는 늘 개척교회로만 돌아다녀 신도 수가 오십 명을 넘지 못했지만, 그 사람들 하나하나를 음성과 음색으로 구분해 아주 자연스럽게 가정사며 일상사의 대화를 나누었다. 어쩌면 개개인에게서 풍기는 체취까지도 판단의 자료로 삼았을 것이다. 사실 백내장이 절정에 달했을 무렵엔 아버지의 설교가 깊어져 성령이 깃든 감동을 자아내었다. 회중 가운데 누군가가 격한 감동을 이기

지 못해 통곡을 터뜨리면, 그것을 신호로 회당 전체가 울음바다
가 되기도 했다. 시력상실을 하느님이 돌보지 않는다는 자존심
의 손상과 불구에서 오는 고통이 어쩌면 아버지의 영혼을 더욱
정화시켜 이것이 회중에게 감동으로 이어졌을 것이다.

그때 아버지는 신도들이 안식에 든 깊은 밤, 허름한 개척교회
의 거칠고 찬 마룻바닥에 꿇어 엎드려 눈물을 흘리며 홀로 철야
기도를 바쳤다. 나중에 생각해 보니 아버지는 백내장이 깊어질
수록 더욱 신심으로 치유의 은사를 받고자 했음이 분명하다. 그
래서 교회의 찬 마룻바닥에 홀로 꿇어앉는 횟수가 늘고 시간도
점점 더 길어졌을 것이다.

그러던 어느 날 아침, 아버지는 어머니와 딸 셋이 둘러앉은 밥
상머리에서 일상적 식기도를 올렸는데, 그것이 끝나자 무슨 큰
기적 같은 은사라도 받은 듯, 힘들여 말했다.

"너희들은 지금 내 눈이 어떻게 되어있는지 모를 것이다."

가족은 모두 수저질을 멈추고 아버지를 쳐다보았다.

"이제 내 눈은 불빛과 그림자의 명암 정도만 구분된다. 이건
장님에 가깝다. 나는 아예 장님이 하는 행동을 익혀 살아가고 있
다. ……난 철야기도를 자주한다. 치유의 은사를 기구하기도 했
지만, 거의 실명 상태가 되니 오히려 하느님의 모습이 가까이 보
이고, 나를 어루만지는 손길도 느껴져 내 정신이 맑아지는 것을
보았기 때문이다. ……그러다가 이제야 철야기도 중 하느님이

음성으로 나에게 현신하셨다. '박상태야. 미련스럽기도 하구나. 내가 왜 인간 세상에 의사를 만들어 놓았겠느냐. 의사의 손을 통해 너에게 치유의 은사를 주겠노라. 주저하지 말라.' 나는 분명 이렇게 말씀하시는 하느님의 음성을 들었다."

가족들은 모두 놀라 입을 다물지 못했다. 하느님의 음성을 들었다는 이적보다, 그 동안 그렇게 태연하게 살아온 아버지의 시력상실이 경악이었다. 사물의 명암밖에 구별하지 못하는, 거의 장님이었다니. 어떻게 그 고통을 참으며 기도의 힘으로 극복하려고 했을까. 불쌍한 아버지.

잠깐 동안 경악의 침묵이 흐르고 나서, 어머니가 크득크득 오열하기 시작했고, 세 딸도 왕, 소리쳐 울음을 터뜨렸다. 불쌍한 아버지, 얼마나 고통스럽고 번뇌에 찬 나날을 보냈을까.

다음날, 아버지는 바로 안과전문병원에 가서 부옇게 흐려진 동공을 적출하고 인공 수정체를 끼웠다. 며칠 사이를 두고 남은 눈을 마저 다 수술해 심 봉사 개안하듯 밝고 환한 광명을 찾았다. 아버지는 더 이상 신문을 읽는 체하며 티브이 뉴스를 훔쳐들을 필요가 없어졌다. 십자군 전사처럼 근엄하고 심각하던 표정도 점차 누그러들어 온화한 미소가 살아났다.

그러니까, 그 시절 여고생이었던 은혜에게는 아버지의 시력상실이 큰 충격이었고, 그것이 지워지지 않는 내적 상흔으로 남아 있었을 것이다. 신은 어찌하여 당신의 가장 충성스러운 종인 아버지에게 실명이라는 시련을 주셨을까. 그 충격이 대뇌 피질 속 어디엔가 숨어 있다가 이제야 꿈으로 재현되었을 것이다,

정말 꿈이었기에 다행이라는 생각이 들었다. 창문에 아침놀이 연분홍으로 물들어 온다. 잠은 더 올 것 같지 않았다. 침대에서 일어났다.

오늘 낮에 요한이 점심을 같이 하자고 하니, 샤워나 머리 손질, 옷, 화장도 좀 신경을 써야 할 것 같았다. 식은땀은 채 마르지 않아 잠옷이 끈끈했다. 은혜는 샤워를 하기 위해 이내 화장실로 갔다. 어머니는 주방에서 달그락달그락 그릇 소리를 내었다. 그 그릇 부딪는 소리가, 여운처럼 남은 악몽의 불쾌감을 씻어주는 것 같았다. 아버지는 이 시간엔 교회에서 새벽예배를 인도하고 있을 것이다. 아버지가 교회에 있다는 사실만으로도 마음이 든든했다.

잔상

짙은 안개가 뭉글뭉글 흐르듯 밀려간다.

그는 숲 속 벤치에 누워있다. 안개 속에서 한 여인이 흔들리듯 다가온다. 웬 여인인가. 그는 슬그머니 몸을 일으킨다. 이상하다. 그 여인의 얼굴이 보이지 않는다. 안개에 감싸여 얼굴이 흐려있다. 누구일까.

"성탄아."

그녀의 목소리만 들린다. 성탄이라니. 이건 원장님이 붙여준 이름 아닌가. 웬 여자가 생각하기도 싫은 시절의 이름을 부르는가.

"난 피터예요. 누구세요. 얼굴을 보여주세요."

여인의 얼굴을 감싸고 있던 안개가 조금씩 흩어진다. 얼굴이 드러난다. 처음 자세히 보건만 늘 익숙하고 친근한 얼굴, 늘 그리워했던 그 얼굴이다. 엄마를 만나게 해달라고 기도하면 떠오르던 그 얼굴이다. 늘 맡던 것처럼 친숙한 몸 냄새까지 난다. 어쩌면 세 살 때 기억했던 어머니가 그 얼굴일 것이다.

"어머니? 내 엄마가 맞지?"

그 여인은 슬프고 애처로운 표정이다.

"너 이렇게 살아도 되니?"

음성도 낮고 애조를 띠고 있다.

그는 멈칫한다. 그러나 이세상을 향해 늘 내뱉고 싶었던 말을 퍼붓듯 쏘아댄다.

"내가 이렇게 사는 것이 내 책임이야? 엄마는 날 낳아서 고아원에 버렸고, 고아원에서는 형들이 매일 날 두들겨 팼어. 늘 허기지고 배고팠어. 도망쳐 나왔으면 나도 내가 마련해 먹고 살아야지. 누가 먹여준대? 많이 가진 사람들 것 조금씩 갈라먹고 사는 게 무어가 어때. 난 그래도 지금 불쌍한 애들 불러 모아 내

가 밥을 먹여. 나를 학대한 만큼 세상은 나를 보살피고 보답해야
해."

그 여인은 그의 말에는 대답 없이 같은 말을 되풀이 한다.

"성탄아, 너 이렇게 살아도 되니?"

여인의 얼굴이 안개에 흐려지면서 슬금슬금 뒤로 물러난다.

"내 어머니가 맞지? 엄마지?"

그는 조급하게 캐물으면서 뒤따른다. 여인은 흔적도 없이 사
라진다.

"그래, 내가 네 엄마다."

안개 속에서 메아리 같은 목소리만 울려온다. 조금 있다가 안
개도 숲도 사라진다. 그저 어둠뿐. 그는 벌떡 일어나 앉아 꿈과
현실의 중간에 머물러 혼미하다. 어머니 얼굴의 잔영은 아직 눈
속에 남아있고, '내가 네 엄마다'하는 음성의 여운도 귓속에 남아
맴돈다.

자그마한 출입문 창호지에 달빛이 푸르게 물들었다. 어슴푸
레 보이는 방바닥에 세 녀석들이 좌판에 던져놓은 생선처럼 이
리저리 쓰러져 자고 있다. 머리맡을 더듬어 야광시계를 찾는다.
겨우 4시다. 왜 이렇게 이상한 꿈을 꾸었을까.

전에도 이 비슷한 꿈은 더러 꾸었다. 안개, 보일 듯 말 듯한 얼
굴, 너 이렇게 살아도 되니? 그러나 확실한 얼굴 모습을 보여준
것은 이번이 처음이었다.

세 살 때 성탄절 날 고아원에 버려진 그는 이름은 물론 생일도 모른다. 성탄절 날 고아원 문 안에 내려놓였고, 그는 반짝거리는 오색 등불에 이끌려 건물을 향해 아장아장 걸어갔다.

원장은 그를 성탄절 날 하느님이 보내준 선물이라고 '성탄'이라는 이름을 붙였다. 나이는 세 살 쯤 되어 보이니 삼년 전 성탄절 날을 생일로 호적을 만들었다.

철들면서 어머니의 얼굴을 기억해 내려고 무척 애를 썼다. 그러나 그 얼굴은 떠오르지 않았다. 꿈속에서나마 이렇게 선명한 얼굴을 본 것은 이번이 처음이었다. 그는 늘 이렇게 생각했다. 어머니는 나를 버린 것이 아니다. 잠시 맡겼다가 다시 찾으려 했지만 무슨 사정이 있었다. 아니, 교통사고로 죽었을지도 모른다. 정말 나를 버린 것은 아니다. 최면을 걸 듯 자꾸 생각을 다지니 그것이 사실인 것처럼 머릿속에 자리잡았다.

그는 꿈속에서 본 그 얼굴을 기억하려고 눈을 감고 잔상을 음미하고 있었다. 어제 불을 조금 넣었는지, 방바닥에 냉기가 돈다. 차버린 이부자리를 들어 하나하나 다 덮어주고 그도 이불 한 자락을 끌어 덮으며 다시 누웠다. 그는 손을 뻗어 옆에 모로 누워있는 지수를 제 품으로 끌어온다. 지수는 이내 그의 품으로 딸려와 얼굴을 묻으며 안긴다. 고양이처럼 부드럽고 가녀리다.

눈을 감고 다시 잠을 청해본다. 그러나 눈앞에는 꿈속의 여인 얼굴이 아직도 어른거린다. 그는 잠이 들면 영영 그 얼굴을 잊어

버릴 듯해 떠오르는 얼굴을 조각도로 다듬듯 마음속에 새기고
있었다.

네버랜드

가을 산이 원색으로 곱다.

온갖 유화 물감을 다 짜내어 산에다 이겨 바른 듯 윤기 흐르고
현란하다. 피 빛깔, 주황, 노랑, 미색에서 갈색으로 변해가는 활
엽수들이 뒤섞여 한 폭의 아름다운 그림이다. 미풍에 물결치는
단풍 능선 뒤로 삐죽삐죽 솟은 바위봉우리가 보이고, 그 위에는
구름 한 점 없는 하늘이 얼어붙은 듯 써늘하다. 고함을 치면 금
방이라도 쏟아져 내릴 듯 시퍼렇다.

북한산, 3년간 휴식년으로 지정된 이 골짜기에서 이 토굴을
발견하고 이것을 소유하게 된 것은 피터의 한없는 행복이었다.

엎힌 큰 바위 처마를 의지해 흙벽돌을 쌓아 방을 들이고, 문틀
을 박아 출입문을 내었는데, 앞은 작은 마당, 그 앞으로 잡목 숲
이 가려 은신처로서는 제격이었다. 더구나 몇 걸음만 내려가면
계곡이 있고, 그 위로는 작은 폭포도 있어 샤워장으로 알맞았다.
불을 때면 구들장이 깔린 방바닥이 등 따습게 하고 습기를 말려
보송보송했다. 넷이 굴러다니며 잘 충분한 공간이 되었다. 다른
바위 밑 창고에는 쌀도 몇 포대 있고, 간장 · 된장에 라면까지 갖

쳐 인간 세계와는 동떨어져 있지만, 배곯아 죽을 염려는 없어 든든했다. 창고 옆 바위 밑에는 옹달샘이 하나 있어 늘 깨끗한 물을 흘려보내고 있었다. 무엇보다 모텔이나 여인숙에서는 잠자다 불심검문을 받을 수 있다는 걱정 하나는 덜었다. 토굴 앞 반반한 맨땅에는 나뭇가지에 매달린 샌드백, 장의자, 역기 따위의 운동기구들이 흩어져 있다.

피터와 지수는 서로 제 일에 몰두하고 있다. 피터는 각목에 판자를 박아 만든 작은 탁자에 앉아 두툼한 목판에 조각도로 살점을 저며 내고, 나무망치를 두드려 깊이 도려파내기도 한다. 그의 얼굴은 제법 근골이 꽉 차고 가슴팍이 단단하고 단아해 보인다. 앳된 얼굴의 지수는 가스버너에 김치찌개를 끓이고 있다. 피터는 유난히 지수가 만든 신 김치찌개를 좋아했다. 일부러 김치를 시게하고 돼지고기와 두부를 넣고 버글버글 끓인 찌개를 해달라고 늘 지수에게 부탁했다. 그 바람에 지수는 하루가 멀다고 인간들이 사는 동네 슈퍼마켓을 다녀와야 했다.

어제 아침에 나간 규덕이와 일호는 아직 돌아오지 않았다.

까아옥, 까옥. 계곡 건너 전나무 군락지에서 제일 높은 나무를 택해 맨 꼭대기에 앉아있는 까마귀 한 마리가 이 작은 공지를 내려다보고 있다. 흉물스럽게 크고 날갯빛이 검다 못해 파란 인광을 내뿜는다. 까마귀는 미동도 않고 내려다보고 있다가 가끔 음산한 울음으로 제 존재를 알리고 있었다. 까아옥, 까옥, 까옥. 음험하고, 비애에 서린 울음이 가슴속으로 스며들어 어둠을 뿌리고, 머리끝이 쭈뼛쭈뼛 정신마저 섬뜩하게 휘둘린다.

피터는 목각을 파내다가 가끔 까마귀를 쳐다보며 중얼거렸다. 이 명당자리에 하필 저런 흉물스런 까마귀가 살아.

피터가 시작한 목각은 여인의 얼굴이었다. 목재소에서 구입한 목판은 제법 크고 두터웠고, 화방에서 구입한 크고 작은 10종짜리 조각도 세트도 고급이었다. 너무 현실 같은 꿈을 꾸고 나서 잊히기 전에 바로 시작한 것이 이 목각이었다. 연필로 꼼꼼히 스케치하고 조각도를 들이대었다. 목재는 연하고 가벼운 오동나무를 택했기에 조각도가 속살을 파고들 듯 사각사각 경쾌한 소리를 내었다. 깊은 곳은 원형 칼을 나무망치로 가볍게 두드려 밀어 떠내었다.

초등학교 시절 미술시간이었다. 선생은 손바닥만 한 판자쪽에 제가 좋아하는 어떤 것이라도 조각해 보라고 했다. 피터는 판자는 어떻게 구입했는데, 조각도를 살 돈은 없었다. 옆의 아이가 바꾸어 쓰는 동안만 살짝살짝 노는 조각도를 빌려 써서 그런 대로 목판을 완성했다. 선생은 그 목판들을 검정 인쇄잉크를 묻힌 롤러로 밀고 화선지로 찍어내어 하나하나 점수를 매기며 평을 해 주었다.

피터의 차례가 오자 선생은 눈을 번쩍 뜨고 들여다보았다.

"야, 김성탄, 너 제법 소질이 있구나. 잘했다. 그래 이 사람 누구냐?"

피터의 목판화는 퍼머를 한 여자를 선각했고, 배경에는 다섯 장짜리 꽃잎을 단 꽃 몇 송이를 깔았다.

"엄마요."

엉겁결에 나온 말이었다. 그렇지만 어찌 피터에게 엄마의 모습이 머릿속에 남아있었겠는가. 그저 엄마를 상상하며 칼질을 했을 따름이다.

그는 그 시절을 회상하며 지금의 목판이며 조각도가 턱없이 고급해서 만족했다. 두툼한 판자에 양각으로 볼륨을 넣어 부조로 만들 셈이었다. 꿈속에서 만난 어머니 얼굴을 약간 측면으로 넣고 배경에는 또 꽃 몇 송이를 앉혀볼 셈이었다. 웬 만큼 완성이 되면 사포로 곱게 연마하여 이 토굴 앞에 걸어둘 생각이었다.

피터의 코끝에는 땀방울이 맺혔고, 입술은 조각칼이 돌아가는 방향에 따라 괴이하게 비틀리며 움직였다.

"형, 그 피터란 이름 바꾸는 게 어때? 규덕이가 그 이름 웃긴다고 하던데, 내가 듣기에도 그래."

지수가 찌개 냄비와 밥공기를 쟁반에 받쳐 들고 오며 한 말이었다. 탁자 위에 목판이 치워지고 김치찌개가 올라앉았다. 지수도 마주 앉아 수저를 든다.

이름에 대한 힐난은 규덕이 늘 시비 걸 듯 하는 말인데, 사실 이건 규덕이 피터와의 어깨 겨룸이 완전한 판정이 덜 끝났다고 생각하는 증거였다. 그것이 안쓰러운지 둘만 남아있자 지수가 은근히 피터의 의사를 물었다.

"야, 이 네버랜드에 있는 동안은 난 피터다. 규덕이가 언제 한 번 된통 맞아야 찍 소릴 못 할 거다."

이 공간을 차지하고 나서 그는 즉시 입주기념으로 지수와 둘이 술 파티를 열었고 얼근한 술기운에 이 은신처를 '피터 팬' 동화에 나오는 꼬마들의 동산인 '네버랜드'라고 명명하였다. 제 이름조차 최근까지 사용하던 '최민수'에서 '피터'로 바꾸었다.

피터, 그는 고아원에서 지어준 이름 '김성탄'이 있건만 그곳을 떠나고는 한 번도 남에게 그 이름을 발설해 본 적이 없다. 성姓도 제 것이 아니지만, 이름 역시 웃긴다. 성탄절 날 고아원에 버려졌다고 이름조차 성탄이라니. 태어났을 때는 무언가 이름이 있었고, 버려졌을 때가 세 살이었으니, 부르면 대답도 했으련만 기억 속에는 아무 이름이 없다. 그는 고아원을 떠나 이리저리 떠돌아다니며 참으로 여러 가지 이름을 스스로 만들어 썼다. 활동 장소가 바뀔 때마다 새 이름을 만들었다. 중국집 배달, 남대문 시장에서 음식과 물품 배달, 술집 삐끼를 할 때에는 그래도 성을 붙인 점잖은 이름을 썼다. '김동원' '나훈아' '구봉서' '최민수' 주로 연예인들의 이름을 빌려 썼다. 그러나 또래들끼리 패거리지어 좀도둑질이나 치기배, 강도짓을 하며 살 때에는 그런대로 거기에 어울리는 이름을 만들어 썼다. '아비장' '장비' '개털' '진돌이'…….

그는 이 골짜기에 들어와 살면서 '피터'란 이름을 쓰기 시작했지만, 이것이야말로 어린 시절부터 꼭 붙여보고 싶은 이름이었다.

그는 초등학교 시절, 고아원을 떠나는 것이 꿈이었다. 실제로 새나 나비가 되어 고아원 울타리를 넘어 어디론가 훨훨 날아가는 꿈을 자주 꾸었다. 학급문고에서 동화 '피터 팬'을 읽었다. 바로 이 동화가 그의 꿈을 실현하고 있었다. 그는 그 동화를 읽고 일단 반납하였다가, 방과 후 교실에 숨어들어가 그것을 집어내어 제 소유로 삼았다.

읽고 또 읽어도 재미있었다. 피터 팬, 이 아이는 자유롭게 하늘을 날아다니고, 아이들에게 비행술을 가르친다. 어느 날 잃어버린 제 그림자를 찾으러 창문으로 날아 들어온 피터 팬은 웬디와 동생 존, 마이클 남매들에게 비행 연습을 시켜 네버랜드로 데리고 날아간다. 네버랜드는 피터 팬이 다스리는 평화로운 어린이 나라다. 거기에서는 아무도 늙지 않는다. 웬디는 어린이들의 엄마 노릇을 한다. 아주 즐겁고 행복한 나날을 보낸다. 그러나 이 낙원에도 훼방꾼 후크 해적 선장이 있다. 후크 선장의 팔을 잘라먹은 악어, 그 악어는 시계까지 삼켜 항상 똑딱거리는 시계 소리를 내며 나타난다. 네버랜드로 침입한 후크는 아이들을 모두 잡아간다. 피터는 해적선으로 날아가 후크와 결투를 벌이고 아이들을 모두 구출한다. 아이들은 다시 네버랜드로 돌아와 행복하게 지낸다. 피터는 웬디 남매들을 데리고 날아가 제집으로 돌려보내고, 자신은 나이를 더 먹지 않기 위해 다시 네버랜드로 돌아간다.

이런 이야기가 대충의 줄거리지만, 그는 네버랜드로 날아가서 어린이 나라를 건설하기보다, 우선 고아원 울타리를 넘어 날아가는 것이 꿈이었다. 어린 성탄에게는 형들은 늘 때리고 빼앗아가는 '악질'들이었다. 후크 선장보다 더 나쁜 존재들이었지만, 마땅히 물리쳐 줄 피터 팬이 없었다. 밤마다의 꿈은 피터 팬처럼 하늘로 날아올라 고아원 울타리를 벗어나, 빼앗기지 않고, 얻어맞지도 않는 네버랜드로 날아가는 것이었다.

"야, 피터 팬이란 이름이 멋있지 않냐?"

피터의 질문에 지수가 조심스럽게 대답한다.

"전에 같이 지내던 북경반점 시절처럼 다시 최민수라고 하면 어떨까?"

"야, 지수야. 지금은 이 골짜기에서 내가 짱인데 이름 하나도 내 마음대로 못하냐?"

"그렇지만, 쟤들이 형을 얕잡아볼 수도 있잖아."

"야, 너. 규덕이, 일호 믿지 마라. 걔들은 아무래도 우리하고 오래 있을 애들이 아니다. 곧 배신하고 우릴 떠날 거야."

김치찌개로 허겁지겁 늦은 아침 식사를 마치자 지수는 찌개그릇을 들고 샘터로 갔고, 피터는 다시 조각도를 잡았다.

"형, 쟤들 오네."

설거지 한 그릇들을 들고 토굴로 가던 지수가 계곡 아래쪽을 눈짓했다. 계곡이 휘돌아 사라지는 곳에 곰처럼 둥실한 덩치 규덕과 그 뒤로 키 큰 일호가 따르고 있었다.

햇살은 퍼져 아침의 서늘함을 거두고 살 속까지 따갑게 파고들었다. 어제 아침, 공동작업도 없고 골짜기에 머물러 있기도 심심하니까, 나가보아서 잘 걸리면 단독작전이라도 해 보겠노라고 했다. 그들이 어디서 밤을 보내고 이제 돌아오는 것이다.

그들의 자태가 훤히 드러나는 곳까지 왔을 때에야 피터는 몸을 일으켰다. 둘 다 손에 마트 비닐봉지가 하나씩 들려있다. 제법 묵직해 보였다. 어제 무언가 한 건 잡은 것이 분명하다. 계곡에서 토굴로 올라오는 그들의 얼굴에 웃음꽃이 피어있다.

"저것들이 왜 늘 저렇게 따로 노는지 모르겠네."

지수는 늘 이들을 못마땅해 했다. 하기야 이 둘은 벌써부터 얽혀 떠도는 것을 피터가 이 네버랜드로 받아들였다. 그래서 이 둘은 이 작은 조직 속에 또 다른 조직으로 있는 것이다. 따지고 보면 피터와 지수도 이들에게는 저희들이 뚫고 들어갈 수 없는 견고한 다른 조직으로 느끼고 있을 것이다.

잡목 숲을 헤치고 이들이 하나둘 공지로 들어선다. 그들의 얼굴에는 득의의 미소가 어려 있다. 원시시대 사냥을 나간 전사들이 그들의 수확물이 제법 그럴듯할 때 주거지에 남아있던 아녀자와 유아들에게 내보이는 의기양양함이 이런 것일 것이다.

"야, 규덕아. 어제 안 들어와 빵에 간 줄 알았다."

피터가 인사를 건넨다. 규덕은 씨름꾼처럼 큰 덩치와 큰 주먹이 남에게 늘 위압적으로 보인다. 규덕이라는 이름은 어느 레슬링 선수의 이름을 슬쩍 빌린 것인데, 그 역시 본명을 밝힌 바가 없다. 그는 가짜 이름보다 차라리 '비호'라는 별명으로 불러주기를 바랐다.

"야, 피터. 어제는 너무 늦어 움직일 수가 없었어. 아침에야 본부에 무얼 납품할까 마트 돌아다니느라고 땀 좀 뺐다. 고기하고 술이 제법 넉넉하다. 오늘 낮엔 편안하게 먹고 마시자. 핫하하."

그는 어제 못 들어온 변명을 하며 손에 든 마트 비닐봉지를 자랑스럽게 들어 보이고 웃었다.

"그래 어제는 무얼 좀 건졌나?"

피터의 물음에 일호가 우물쭈물하며 주머니에서 얼마간의 돈을 꺼내어 내밀었다. 십여만 원은 됨 직했다.

일호란 이름 역시 어느 가수의 이름을 빌린 것인데, 그도 차라리 별명 '마피아'로 불리기를 바랐다. 그는 태권도에 특기가 있다고 자신을 소개했지만, 공지에서 연습 삼아 하는 기본동작을 보면 어설프기 짝이 없다. 그는 규덕의 그늘에 묻어 다니는 개털에 불과했다.

"이게 뭐야."

피터의 음성이 곱지 않다.

"아, 적립금."

일호의 표정이 난처하다. 잠시 침묵이 흐르고, 피터도 더 이상 어색한 분위기를 끌고 가기 어렵다는 생각에서인지 받아서 나뭇조각 흩어진 탁자에 던져 놓았다. 적립금이란 운수 사나워 며칠을 쏘다녀도 헛바퀴만 돌거나, 단속이 심할 때 들어앉아 굶지 않으려고 모아두는 기금이었다.

피터의 표정에서 규덕이 무슨 기미를 느꼈는지 진상을 털어놓았다.

"양재동 외진 주택가에서 늙은 여자 하나를 낚아 목걸이, 반지를 훑었는데, 너무 쉽게 일당이 나왔어. 그 두 개에 다 다이아가 박혀있었어. 주머니에 빵꾸가 났으니 바로 곰보 애비한테 갔지. ……이 곰보가 늘 우리 피땀을 빨아먹고 살잖아. 곰보가 가짜일 것 같다면서 넘겨봐야 안대. 겨우 40만원 받았어. 나중에 진짜라면 더 쳐주겠대. 언제 그 장물애비가 나중에 더 쳐주는 것 보았어?"

그렇지만 피터는 조금 의아한 기분이 들었다. 다이아 박힌 목걸이와 반지라면 아무리 곰보 장물애비라 하더라도 그렇게 헐값으로 때리지는 못했으리라. 더구나 그 짓으로 평생을 늙어온 여우가 다이아 정도의 진품을 구별 못 할 리도 없다. 규덕과 그 똘마니의 단독작전은 늘 그 뒤끝이 아리송했다.

이들은 남쪽 항구 도시에서 조폭의 끄나풀로서 주먹을 썼고, 뽕과 마리화나 공급선으로 제법 어깨 펴고 부티 내며 살았던 모양이다. 그 좋은 세월도 그리 길지 못했다. 마약 소탕령이 내렸는데, 거기에 또 살인사건이 있었고 지명수배가 떨어졌다. 돌보아주던 끈도 떨어져, 멀리 뛴다고 서울로 숨어들어왔다. 거처도 못 정하고 노숙자 신세로 떠돌고 있었다. 피터는 큰 덩치가 비루해 있는 꼴이 불쌍해 네버랜드로 데리고 왔다. 지수는 이들을 받아들이는 것을 극구 반대했지만 그들은 돌아다니며 제 밥값은 거두어 들였고, 협동작전을 하려 해도 이만한 식구는 필요했다. 그러나 이들은 단독작전을 더 즐겼고, 몸은 피터에게 맡겼지만 주머니는 늘 따로 차고 있다는 의심이 들게 했다.

풀뿌리

피터가 지수를 만난 것은 북경반점 시절이었다. 둘은 배달 겸 식재료 손질하고, 주방에서 설거지나 하는 시다바리였다.

밤 깊어 주방장, 조리사들이 퇴근하고, 회계를 마친 주인까지 떠나고 나면 남는 사람은 늘 둘이었다. 둘은 식재료가 층층이 쌓여 있는 창고 방에 놓인 평상에서 그것을 침대 삼아 잠을 잤다.

가끔 텅 빈 고즈넉한 밤이면 둘은 냉장고에서 돼지고기를 꺼내 볶고, 배갈을 마셨다. 배갈은 지수가 손님 테이블을 치우다가 남은 것들은 거두어 모아 둔 것인데, 워낙 독주라 맛의 변질은 없었다.

사실 지수의 첫 인상은 작은 키에 몸매가 호리호리하고 날렵해 '이거 사내새끼가 뭐 이래' 이런 느낌이었다. 그 몸피로도 배갈은 제법 마셨다. 그때는 막 만나 함부로 대할 처지도 아니어서 우선 그의 나이와 원 이름부터 확인하고 싶었다.

"난 내 본이름은 말하고 싶지 않아. 부모형제 사는 내 고향에서 뿌리가 뽑혔으니까. 그냥 여기 사람들 부르는 대로 정지수라고 불러 줘. 나이는 스무 살이구."

그는 어느 가수의 이름을 제 이름으로 대었다. 제가 고향을 떠났지 고향에서 뿌리가 뽑혔다는 것이 말장난 같았다. 그러나 얼마 후 그 말이 사실인 것을 알았다. 지수의 나이가 두 살 아래라 동생 같은 친근감이 들었다. 더구나 작고 가녀린 몸매에 보호본능 비슷한 충동이 일기도 했다.

"날 형이라 부르고 잘 지내보자."

처음 지수의 손을 잡고 악수를 나누었는데, 이건 노가다나 주먹 세계의 손이 아니라 앳된 계집애의 손이었다. 그러나 나중에 목격한 일이지만, 그게 아니었다. 그가 제 옷 가방에서 이상하게 생긴 가죽 띠를 보여주었다. 겉옷 속에 입는 멜빵식 칼집이었다.

거기 매달린 칼집에서 꺼낸 단검 두 자루가 서릿발을 뿜고 있었다. 마치 부드러운 고양이가 발을 벌렸을 때 날카롭게 솟아나는 발톱, 바로 그 발톱을 보는 듯했다.

"이태원에서는 날 쌍칼이라고도 불렀어."

그는 예사롭게 말했다. 그는 지수를 쳐다보며 고양이가 발톱이 없으면 살아남기 어렵듯이, 그 역시 단검 두 자루가 목숨을 지켜주는 수단일 수밖에 없을 것이란 생각을 했다.

어느 날 둘이 배갈에 몹시 취했던 밤이었다.

"민수 형, 나 좋아해?"

듣기에도 좀 어색한 질문을 했다.

"아니, 꼭 말로 해야 아니?"

"그래, 말로 해줘 봐."

"내가 너를 대하는 태도에서 그런 걸 못 느끼냐?"

"말로 하라니까!"

지수의 목소리가 의외로 날카로웠다. 눈까지 치떠 성난 고양이의 얼굴로 변해 있었다. 고양이가 발을 벌려 들고 날카로운 발톱을 세운 꼴이었다. 너무 정색을 하고 덤벼들기에 피터는 웃음을 거두고 정색을 해 말했다.

"나 최민수는 정지수를 정말로 좋아한다."

그러자 지수는 또 이 말에 장난기가 들어간 것이 아닌지 한참 들여다보고 나서 눈물 몇 방울을 떨어뜨렸다. 갈수록 미궁이었다.

"형, 그러면 내 이야기 좀 들어볼래?"

"좋아. 너와 나 사이에 무슨 비밀을 가질 필요가 있겠냐. 털어놔 봐."

그러자 지수는 목소리를 낮추고 먼 허공을 응시하며 시냇물처럼 이야기의 실마리를 풀어나갔다.

그는 농촌에서 태어났고 부모는 천직 농사꾼이었다. 태어날 때는 아들을 낳았다고 어머니는 미역국 먹고, 아버지는 동네 어른들과 막걸리를 마셨다. 초등학교를 다니는 동안, 그는 키도 작고, 뼈다귀도 연하고 가느다랗게 변해갔다. 턱이 뾰족하고 눈이 퀭한 계집애 얼굴이 되었다. 중학교에 들어가자 이상하게 젖멍울이 커져 튀어나오고 젖몸살이 왔다. 짓궂은 친구들이 갑자기 가슴을 움켜쥐거나, 젖꼭지를 잡아당기면 자지러지게 비명을 지를 만큼 아팠다.

중2 때, 강당에서 신체검사를 했다. 모두 상의를 벗고 가슴둘레를 재었다.

줄자를 든 선생이 지수를 보고는 고개를 갸웃거렸다.

"너 언제부터 가슴이 이렇게 되었어?"

선생은 정색을 하고 물었다. 지수의 젖꼭지는 부풀어 오르기도 했지만, 발그스름한 빛깔이 돌았다.

"⋯⋯중학교에 들어와서요."

그는 기어들어가는 목소리로 대답했다.

"애를 길러도 되겠다."

선생은 슬쩍 농담을 던졌다.

신체검사장의 모든 시선이 지수에게 쏠리고 더러는 저희끼리 옆구리를 쿡쿡 찌르며 키득거리고 있었다.

지수는 점차로 아이들과 어울리는 것을 꺼리고 스스로 외톨이가 되어가고 있었다.

어느 날 등굣길에서였다. 떠벌리기 좋아하는 한 친구가 외톨이 지수에게 슬그머니 다가왔다. 재미있는 사실이라도 알려주듯, 그는 귓속말로 한마디 했다.

"야, 너 같은 애를 어지자지라고 한다더라."

"그게 뭔데."

"뭐긴, 어지자지는 남자, 여자가 다 있는 사람이지."

그 애는 웃음을 입에 물고 핑 앞장서 뛰어갔다.

지수는 그 자리에서 우뚝 멈춰 섰다. 팔에 힘이 빠져 책가방을 떨어뜨리고 말았다. 앞이 하얘지며 잠시 정신이 멍했다. 지금까지 쌓여왔던 괴로움이 일시에 가슴을 찢는 듯했다. 사실 그는 성기가 제대로 자라지는 않았지만, 여성기까지 달고 있지는 않았다. 그런데 이런 소문까지 떠돌고 있었다. 얼굴을 들고 다닐 수도 없게 되었다. 생각해 보니, 가방에는 납부할 공납금이 들어 있었다. 그는 책가방을 도로 집어 들었다. 발길을 돌려 기차역으로 향했다. 공납금이 있다는 것이 천만다행이었다. 그렇지 않으면 그는 걸어서라도 서울까지 갈 수밖에 없었을 것이다.

책가방은 열차에 버렸고, 남대문에서 헌옷 한 벌을 사 입었다. 교복까지 버리니 그렇게 시원할 수 없었다. 서울역 대합실에서 새우잠을 자고 여기저기 직업소개소를 떠돌았다.

중국집 배달을 시작했다. 밤에는 배달원끼리 작은 방에 오글거려 잠을 잤다. 어느 배달원 형이 지수를 껴안고 제 성기를 만지게 했는데 놀랍게도 가슴이 뛰고 흥분이 일었다. 자신은 분명 남자인데, 이것이 웬 일인가. 마음이 여자인 것을 처음 알았다.

"형, 내가 어떻게 해야 했겠어? 할 수 없잖아. 여자로 지내는 것이 편할 것이란 생각을 했어. 머리를 기르고 이태원에 들어가 게이 바를 떠돌았지. 생각보다 게이가 많았어. ……여장을 했지. 여장이 내 몸에는 잘 어울렸어. 테이블에 나가고 남색가들에게 술시중을 들었지. 공 마담에게 불춤 배우고 무대공연도 했어. 기름방울이 몸에 떨어져 화상 많이 입었지."

지수는 게이 가운데 뼈가 부드럽고 더욱 여성스러움이 있어 단골도 많았다. 그는 '마리'라고 불리고 있었다. 근육질에 우락부락한 남색가들이 게이 바의 주된 고객이었다. 지수는 이들에게 매춘도 하였다. 수입은 중국집 배달과 비교할 수 없을 정도로 좋았다. 화장품도 사고, 비싼 옷도 사 입었다.

"형, 그때 난 그 짓을 하면서도 고향이 그리워 미칠 지경이 되었었어. 말없이 고향을 떠난 지 6년이나 되었지. 집 근처에 가서 먼 눈빛으로나마 몰래 부모님, 형의 모습을 보고 싶었어."

여장을 하고 벌건 대낮에 고향집 근처를 배회할 수는 없었다. 황혼 무렵에야 집이 건너다보이는 동구 밖 정자나무 아래에서 서성거렸다. 아무리 기다려도 아버지, 어머니의 모습은 보이지 않고 담장 너머 집안의 움직임도 없었다. 그저 괴괴했다. 어머니의 얼굴만이라도 한번 본다면 더 바랄 일이 없었다.

그러다 문득 등 뒤 쪽에 인기척을 느꼈다. 첫눈에 형임을 알아보았다. 형이 동구를 들어서고 있었다. 형은 어딘가 출근했다가 돌아오는지 서류가방 비슷한 것을 들고 있었다. 잠바를 걸친 꾀죄죄한 옷차림이 대단한 직장을 다니는 것 같지는 않았다. 형과 눈이 마주치는 순간 지수는 멈칫멈칫 뒤로 물러섰다. 형은 낯선 여자의 쭈뼛거리는 태도가 이상한지 지나쳤다가 깜짝 놀라 돌아섰다. 청바지 입은 여장이고 머리칼은 길었지만 형제라는 육감은 지수의 실체를 바로 가려내었다. 억, 짧은 놀람이 있고, 순간 정지동작이었다.

"형이 낮게 고함질렀어. 큰 소리는 동네가 시끄러우리란 걸 알았겠지. '너 이 꼴로, 이 꼴로 여길 나타나! 집안 망신시키려고 환장했냐. 어머니, 아버지는 다 네가 어디 가서 죽은 줄 안다. 당장 떠나라. 두 번 다시 나타나지 마. 넌 우리 집에서는 죽은 애야. 다시 나타나면 이렇게 될 줄 알아.' 형이 손바닥을 휘둘렀는데 피하려다 하필 코에 맞았어."

코피가 주르르 흘렀다. 더 생각할 아무 것도 없었다. 독이 오른 형을 한 번 더 쳐다보고 그냥 돌아섰다. 코를 감싸 쥔 손가락 사이로 코피는 줄줄 흘러내렸다. 그는 감정을 추스르고 또박또박 침착하게 걸어 고향 마을을 떠났다. 형의 독이 오른 폭언은 그쳤지만, 노려보는 시선은 내내 뒤통수에서 떠나지 않았다.

그는 아무 일도 없었던 것처럼 다시 게이 바로 돌아왔다. 그곳이 오히려 서로를 이해하고 고향처럼 포근한 곳이었다. 고향은 그에게서 그렇게 떠나갔다. 아니, 그는 풀뿌리가 뽑히듯 그렇게 고향에서 내쫓겼다.

그는 어떻게 해서든 천만 원을 모으기로 했다. 수술을 하고 완전한 여자가 되기로 결심했다. 여기저기에서 트랜스젠더가 제 이력을 고백하는 커밍아웃이 유행하고, 연예계의 꽃인 티브이에서도 이들을 기용해 유명 연기자가 된 사람도 있었다.

"그러면, 너도 그렇게 해서 유명해지면 될 것 아냐."

"수술을 하려면 돈을 벌어야하니까, 남색가들이 부르는 대로 자꾸 외박을 나갔지. 외국 놈들도 있었어. 치즈버거 썩는 냄새가 나는 흑인들까지. ……형, 나 더럽다고 생각 안 해?"

"아니야. 살려면 무슨 짓인들 못하냐. 더구나 너처럼 한 주먹거리도 안 되는 몸뚱일 가진 애가 살려면 정말 남과 같을 수는 없지 않겠냐. 그런데 왜 다시 머리를 잘랐어?"

"형, 내 성깔 더러운 것은 나도 알아. 그 쌍칼은 지니고 다녀서는 안 되는데. 그것 없으면 내가 밟혀 죽을 것 같고."

외박을 나갔는데 기다리는 사람은 얼굴이 험상궂고 팔과 가슴이 역도선수 같은 근육질이었다. 가슴과 팔, 등판에 용 문신을 하고 있었다. 그는 팬티 바람에 가운도 벗은 채 문신과 근육을 과시하며 양주를 마시고 있었다.

"야, 나 남대문 왕손이다. 남대문에서 왕손이 하면 모르는 놈이 간첩이다. 너 뭐 필요한 것 있으면 남대문 시장에 와서 왕손이 찾아라."

그는 술이 웬 만큼 오르자 갑자기 그를 침대로 던져놓고 험하게 옷을 벗겼다. 블라우스 단추가 뜯기고 등판이 찢겼다. 그래도 그는 불만은 꺼 달라고 부탁했다.

"야, 이년아. 보는 재미도 있어야지. 산전수전, 양년, 검둥이, 러시아 년까지 다 겪다보니까 이제 너 같은 게이 년까지 불러들이는 거다."

그가 우격다짐으로 일을 시작했는데, 사전 준비를 하지 못한 그는 억 소리가 날 만큼 통증에 시달렸다. 그것도 자그마한 그를 공 던지듯 이리저리 자세를 바꾸었는데, 정말 게이 생활을 시작한 후 처음 만난 괴물이었다.

왕손이란 자가 일을 끝내고 다시 양주잔을 기울일 때, 지수는 뜯겨진 옷이나마 갖추어 입고 출장비를 달라고 했다.

그러자 그가 비웃듯 한마디 했다.

"맛도 더럽게 없는 년이 어디다 손을 내밀어. 오늘은 그냥 가."

술에 취한 그는 화대에까지 더럽게 굴었다. 지수는 교통비라도 달라고 했다.

"이년 보게. 정말 말 안 듣는 년이네. 너 이거나 받어."

그가 벌떡 일어서서 손바닥을 휘둘렀는데, 눈에 불이 번쩍 나고, 몸은 도로 침대로 나가떨어졌다. 코피가 흘렀다. 갑자기 고향 동네 어귀에서 휘두르던 형의 손길이 생각났다. 참을 수 없는 분노가 솟구쳤다. 핸드백을 뒤져 쌍칼을 잡고 침대 위에서 뛰어올랐다. 쌍칼이 그의 양 등판에 꽂혔다.

"어이쿠!"

그는 방바닥에 엎어졌고, 용 문신이 요동치듯 꿈틀거렸다.

지수는 그 정황에도 그의 주머니를 뒤져 닥치는 대로 현금을 쓸어 핸드백에 담고 재빨리 모텔을 빠져나왔다. 택시를 잡았다. 우선 이태원을 벗어나고 볼 일이었다. 이태원과 멀리 떨어진 곳을 생각했다. 처음 중국집 배달을 시작했던 구로동이 생각났다. 문신한 그가 죽었건 살았건 잠수해 몸을 숨기고 볼 일이었다.

그는 머리를 잘라 하이칼라를 했고, 블라우스를 벗고 청바지에 티셔츠를 입었다. 그런대로 날렵한 청년으로 되돌아갔다.

이렇게 그는 고향을 잃은 것처럼, 비슷한 인간들이 모여 흉허물 없이 편하게 지내던 이태원에서도 삶의 터전을 잃었다. 시간이 웬만큼 흐르고 지수는 불춤을 가르쳐주었던 공 마담에게 은밀하게 통화를 해 보았다. 형사들이 한동안 뻔질나게 '마리'를 찾았으나, 그 누구도 그의 근본을 모르는데 하물며 그의 종적을 알 사람은 아무도 없었다. 그렇지만 마담은 그가 다시는 이태원에 얼쩡거리는 일이 없도록 하라는 주의를 주었다.

이렇게 그는 마음 터놓은 또 다른 고향 이태원에서의 잡초 인생이 풀뿌리를 뽑혔다.

그날 밤 지수는 처음으로 피터의 품에 파고들어 잠을 잤다. 그날 이후 지수는 피터와 붙어 지내면서 그의 품에서 잠을 자는 것이 습관이 되었다.

스모그

서울의 시가지가 부옇다.

청명해야 할 가을인데 이렇게 안개 낀 듯한 스모그가 답답하다. 푸르스름한 매연 속에 꼬리를 문 차량행렬이 진딧물의 움직임처럼 둔해 보인다.

호텔 스카이라운지, 좀 늦은 점심시간이라 손님들은 많지 않다.

사무실 패들은 대개 대중음식점에서 간단히 점심을 들고는 짧은 시간이나마 헬스클럽이나 영어학원에라도 들렀다 사무실로 돌아간다. 그러나 오늘 지요한은 스카이라운지 창가에 점심 예약을 했고 박은혜 앞에서 한껏 호기를 부리고 있다.

"야, 은혜야. 무드 있으라고 창가 자리를 예약했는데, 보이는 풍경이 부연 게 뭐 그저 그렇네. ……비라도 한번 퍼부어야 시내 풍경이 깨끗해질까?"

"요한 오빠, 그래도 난 창가 쪽이 좋아. 다른 사람들 처다보며 밥 먹는 것보다 안개 낀 것 같은 창 밖 풍경이 미스테리 해서 좋잖아? 미래도 다 아는 것보다는 조금 예측 불가능한 안개에 싸여 있어야 신비롭잖아? ……오늘 여기 고기 연하고 정말 맛있네."

은혜는 행복한 미소를 띠고 스테이크 한 조각을 입으로 가져가며 눈빛을 반짝인다.

"제법 인생 아는 체하네. 그래 이번 주말 어디 간다고 어머니께 말씀드렸어? 순순히 허락하셔?"

"그냥 요한 오빠랑 낚시 간다고 했어. 그날 토요일이니 별 걱정 안하실 거야. 그런데 왜 하필 산속에다 천막을……. 양가 승낙도 다 떨어졌는데."

그러자 사내는 조금 진지한 표정으로 여자의 눈 속을 들여다보며 말했다.

"은혜야, 난 그렇게 남들처럼 세속적으로 사는 것이 싫거든. 호텔 룸에 드는 일이 바로 그런 속물 행위 아니야? 이번 주말 일은 어려서부터 꿈꾸어왔지만, 벼르고 벼르다 너에게 제안한 거야. ……내가 우연히 길을 잃어 가본 계곡이 있는데, 거기가 산의 정기가 오롯이 모인 신령스런 땅으로 보였어. 하느님이 모세에게 '이곳은 거룩한 땅이니 신발을 벗어라' 했던 바로 그 시내산이야. 그후 가끔 나 홀로 그 마당바위에 가서 천막을 펴고 밝은 달밤을 지새우면서, 내 아내 될 여자와는 거기서 서로 생애를 약속하는 성스러운 의식을 가지겠다고 생각했지. 죽는 날까지 우리는 그 아름다움을 잃지 않고 살아갈 생명의 양식이 되겠지."

"난 밤중에 산속이 싫어. 뱀도 있고 산짐승도 있을 것 아니야. 벌레도 많고. ……무서워."

"은혜야, 내가 태권도 5단이란 건 알지? 군대에서 특전대 장교 했다는 것 잊어버렸나? 짐승 아니라 인간 일개 분대가 덤빈다 해도 다 내 손아귀에 있다. ……그날은 보름달이 뜰 거야. 우리는 남에게 아무 방해 없이 하느님에게 생애를 서약하는 의식을 치르는 거야. 우리는 평생 그날을 기억하면서 어려움도 이겨내고, 아름다움도 오래 시들지 않게 살아갈 수 있을 거야."

요한은 벨을 눌러 웨이터를 부르고 와인 두 잔을 부탁한다.

"오빠, 며칠 전 참 끔찍한 꿈을 꾸었어. 글쎄 어머니가 울면서 아버지가 장님이 되었대. 사실 아버지가 백내장 수술 전에는 거의 실명 상태였거든. 그러더니 또 아버지가 돌아가셨대. 정말 꿈이라도 그렇게 끔찍할 수 없었어. 꿈이 무슨 예시기능이 있을까?"

"아버지 걱정을 많이 한 모양이지? 꿈은 예시라기보다 잠재의식의 표출이 아닐까?"

"우리 딸 셋은 아버지 걱정을 많이 했는데, 정작 아버지는 모든 것을 다 하느님이 이루어 주신다고 했어. 너희도 그저 기도하면 다 이루어진다고 하셨어. 한가하고 태평한 사람 같아."

"현대인들이 그 기도를 잃어버려서 세상이 험악해지는 거야. 기도는 실제로 사람을 바꾸고 세상을 바꾸는 힘이 된다고."

"아버지가 가난한 개척교회로만 돌아다니며 목회에 혼신의 정열을 쏟으니, 우리 집은 늘 가난했고 어렵게 지냈어. 우리 자매들은 교육은 그럭저럭 받았지만, 가정교사 아르바이트를 하거나 장학금을 받지 못했다면 중도하차 할 고비가 한두 번이 아니었어. 아버지는 자식들이 장학금 때문에 아등바등 학업에 매달린 고생보다는 오로지 하느님이 은총을 베풀어 우리 자매가 장학금을 받았다고 감사기도를 하셨어. 우습지? 이제 와 생각해 보면 그 가난은 지긋지긋했지만, 정신만은 오히려 맑았던 것 같아."

"결혼하면 우리는 장인 교회로 가고, 운영에도 내가 힘이 돼 드려야겠지?"

"아니야. 지금 교회는 이 정도면 됐다고 생각하셔. 곧 불모지 지방 개척교회로 나갈 생각이셔."

"그러면 우리는 어떡하나?"

"시아버님이 장로시니 우리는 당연히 그 교회로 가야지."

"그래야 하나? 야, 두 사돈이 상견례하면서 서로 종교관이 잘 맞는다고 즐거워하시던 때부터 이번 일을 구상하고 있었다."

"성스러운 행사라면서 엉큼하기는. 남자들은 모두 어떻게 하면 여자들을 지배하나 그런 방법만 연구하나?"

남자는 픽 웃어 답변을 피하고 잔을 들어 여자가 부딪쳐 오기를 기다렸다. 여자가 눈웃음을 보내며 잔을 들었다.

"우리의 영원한 미래를 위하여!"

남자는 여자의 잔에 제 잔을 부딪치고 단숨에 잔을 비웠다.

"어머, 벌써 시간이. 나 빨리 들어가 봐야 해. 우리 부서에서 공동으로 만드는 기획서가 있어. 누가 빠지면 안 돼."

여자는 당황해서 일어섰다.

"박은혜 대리, 책임감 대단하군. 아무래도 이 지요한 과장 회사로 전근을 해야 할까 보다. 그래서 내 업무도 성과가 오르고 늘 쳐다볼 수 있게."

"아, 농담할 시간 없어요."

"좋아, 그러면 토요일은 하늘이 두 쪽 나도 연장근무는 없다. ……거래처에 그날 저녁 도시락 미리 주문했어. 와인도 한 병 준비했고, 캠핑도구 다 차에 실었어. 점심은 먹고 떠나야 하니까 한 시에 만나면 여유가 있을 거야."

그들은 채 다 먹지 못한 스테이크 접시에 미련의 시선을 거두지 못한 채 자리에서 일어선다.

기압이 낮아지는지 그새 시가지는 스모그가 더욱 짙어져 차량들이 전조등을 켰고, 북악산 자태조차 어슴푸레한 수묵화처럼 흐려 보였다.

"웬 스모그가 이렇게 끔찍한가. 한치 앞을 못 내다보는 세상살이 같군."

남자가 조그맣게 중얼거렸다.

짐승의 집

토굴 앞 반반한 맨땅에서 젊은이 넷은 여기저기 흩어져 저마다의 일에 몰두하고 있다.

피터는 작은 탁자에서 목각에 매달려 있고, 지수는 샘물 앞에 쪼그려 앉아 제 단검 두 자루를 숫돌에 갈고 있다. 가끔 눈높이로 들어서 날을 살피는데 하늘빛을 되받아 퍼렇게 번쩍인다. 규덕은 넓적한 얼굴을 공들여 면도질하고, 일호는 태권 기본동작을 힘들여 연습한다. 합, 합, 합. 일호의 동작은 뻣뻣하고 영 어설프다.

까아옥, 까옥……. 계곡 건너편 전나무 숲에, 그중 제일 키 큰 나무 꼭대기에 까마귀 한 마리가 앉아있다. 제 자리처럼 늘 거기에 앉는 그 까마귀다. 몸집이 유난히 크고, 검은 깃털에서 반사하는 검푸른 인광이 섬뜩하다. 검은색이면 검은색이지 독소 품은 저 짙고 검푸른 인광은 무엇인가. 이것이 공지를 내려다보며 저승사자가 무언가를 고지하듯 낮고 음험한 소리를 낸다. 까아옥, 까옥, 까옥……. 그 울음이 가슴속으로 파고들며 불길한 어둠의 그림자를 드리워 머리끝이 쭈뼛해진다.

피터는 목각을 다듬던 조각도를 내려놓고 일어서서 그 쪽으로 돌팔매를 날려본다. 계곡 건너 전나무 숲에까지는 어림도 없는 거리다. 세차게 손뼉을 쳐보자 문득 그 울음소리가 멎는 듯하다가 이내 더 음험한 울음소리로 이어진다.

피터는 단념하고 주변 경치를 찬찬히 휘둘러본다. 며칠 전보다 단풍 빛깔이 더욱 짙어져 곱다.

"야, 천규덕. 여기 네버랜드 경치 죽여준다. 어떠냐? 내가 이 명당자리 하나는 잘 골랐지?"

면도를 하는 규덕은 목이 짧고 살이 꽉 차 뒤통수에 가로 주름이 몇 개 그어있다. 그는 산봉우리에서 능선으로 쓱 한번 훑어보고는 이내 입맛을 쩍 다신다.

"야, 피터. 넌 이름부터 바꿔야 해. 그래 짱이라는 게 피터 팬이 뭐냐? 네버랜드는 또 뭐고. 알카포네나 길동이 아니면, 차라리 후크 선장이라고 하든지. 꺽정이는 어떠냐? 하필 젖비린내 나는 피터라니. ……그래서 짱인 네가 쓸데없는 단풍 타령이나 하잖냐. 난 단풍 쳐다보면 벌겋고 먹음직스러운 쇠고기 등심 생각나 허기진다, 허기져."

규덕은 너부죽한 입술로 이기죽거리고 면도를 마쳤는지 토굴 속으로 들어간다.

저걸, 간뎅이가 부었나? 피터는 숨을 훅 들이켰다가 푹 내쉰다. 정말 내가 짱이란 걸 확실히 보여줘? 규덕의 말투가 싫은지 지수의 표정도 묘하게 비틀려 있다.

"형, 나 오늘 봉천동 쪽 아파트는 싫어. 일호가 그동안 정보를 모은 수고는 인정하지만, 이상하게 밤 두세 시에 가스관 타는 것이 진땀나고⋯⋯. 다 약아 빠져서 털어봐야 뭐가 제대로 나오기나 하나. 찾는 놈보다 숨기는 년이 한수 위인데. 커피포트에서 다이아반지 나왔을 때 얼마나 웃었어. 여편네들이 그런다니까."

빈집을 털 때 가스관을 타는 것은 항상 지수의 몫이었다. 몸피가 작고 날렵해 5층이건, 10층이건 가볍게 가스관을 타고 빈집에 숨어 들어가 소리 없이 출입문을 열고 패거리를 불러들였다. 그러나 오늘은 영 마음이 내키지 않는 모양이다.

"후후, 그래도 우리가 끝내 찾아냈잖아. 그러니 앉아서 오줌 싸는 년들보다 서서 오줌 누는 놈팽이들이 낫지 뭐냐. 새대가리 굴리지만 그년들은 다 우리 한수 아래다. 여하튼 오늘은 예정된 봉천동 아파트 작전이다!"

피터는 지수를 억누르며 회유한다.

일호가 못마땅한 눈으로 지수를 곁눈질한다. 일호는 키는 컸지만 얼굴이 검고 눈빛은 음울하다.

"야, 쌍칼. 내가 며칠 고생하고 정보를 수집해 찾아놓은 먹이인데 어떻게 거길 손 썻자는 거냐? ……너 정 싫으면 빠져서 공원 쪽에나 얼쩡거리다가 쓸 만한 것 잡아 걷어오라고. 아니면, 술 취한 놈 붙들고 아리랑치기라도 해오거나. 넌 오늘 독립작전이나 해. 수확 시원치 않으면 넌 따로 밥 굶고, 술 굶고, 뽕도 굶어."

일호가 도끼눈을 떴다. 그렇지만 그도 지수가 빠지면 가스관 타는 재간이 없으니, 이 협동작전이 무산될 것이란 것은 알고 있었다.

"어? 저 새끼 봐라. 너, 진짠지 가짠지도 모를 목걸이 하나 훑었다고 이렇게 의리 없이 말 함부로 나가도 되는 거냐? ……야 이 새끼야, 너 밥 처먹듯 하는 뽕은 누가 조달하냐? 정말 너 그것부터 굶어볼래? 토굴 속에서 몸 비비 틀고 버르적거리면서 게거품 품어 볼래? 아무래도 넌 내 칼 맛을 봐야 정신 차릴 것 같다."

밀매조직에 어떻게 줄을 놓아 뽕을 싼값으로 끌어오는 것은 지수였다. 그러나 이 순간에 일호는 그 은혜까지 챙기지 못한다. 평소에 늘 못마땅했던 이 작은 밤송이 같은 녀석을 꼬투리가 잡혔으니 한 주먹에 제압하는 것이 급선무였다.

일호가 큰 키를 흐느적거리며 슬금슬금 지수에게 다가갔다.

지수는 느리게 일어서며 갈던 칼을 혀 위에 얹어 침을 발랐다.

반사광이 칼날 위에서 반짝 뒤집었다. 가늘고 작은 몸피에서 고양이가 털을 세우듯 긴장감이 돈다. 그 시린 칼 빛에도 일호는 놀라지 않는다. 그는 슬그머니 주머니에서 금속 링을 꺼내어 주먹에 끼운다. 알맞게 밀어 넣고는 쓱 주먹을 한번 쓰다듬는다. 2,3초의 짧은 순간이지만 쭈뼛거리는 살벌함이 작은 공지 안에 서리처럼 깔린다.

"야, 이 새끼들 떨어져. 여기 짱이 누군지는 알지? 이것들 요즈음 좀 풀어먹인다 했더니 영 기압이 빠졌구만."

피터가 손마디를 꺾으며 둘 사이로 다가간다.

"너희들도 알지? 내가 여기 도사란 늙은이를 어떻게 했는가. 너희들 노는 꼴에 나 지금 혈압 올라 졸도할 것 같다."

둘은 여전히 노려본다.

피터가 갑자기 몸을 날려 지수의 가슴팍을 차 뒤로 넘어뜨리고, 돌아서면서 주먹을 뻗었는데 키 큰 일호가 얼굴을 감싸고 주저앉았다. 순간에 해치우는, 그 날렵함과 핵심을 찌르는 정확함이 눈부시다.

"야, 이 쌔끼들아! 우리가 왜 여길 접수했겠냐. 우리는 지금 사람이 아니야. 밟히고 멸시 받는 짐승들이라고. 여기서만은 우리도 사람이고 서로 사람 대접하며 거리낄 것 없는 생활을 하자는 것 아니냐. 여기서 너희들이 서로 배때기 쑤시고 골통 까면, 어느 놈들이 고소하다고 하겠냐. 다 우리를 짐승으로 보는 그것들이다. 이따위로 놀면 여기 네버랜드에 살 자격 없어. 그런 놈은 그냥 추방이다."

둘은 꿈지럭거려 일어났지만 눈의 살기는 여전하다.

"이것들이!"

피터가 다시 몸을 솟구친다.

오른발이 키 작은 지수의 머리통을 타격했고, 땅으로 떨어져서는 이내 돌려차기로 키 큰 일호의 옆구리를 일격한다. 그들은 아예 땅으로 몸을 눕힌다. 이번의 일격은 급소에 정확히 박힌 모양이다. 쓰러져 미동도 없다.

"이 개뼉다귀들, 일어나! 아직 멀었다. 너희들 손가락 하나씩 잘라 땅에 묻어야 알아듣겠냐?"

피터는 누워있는 녀석들의 옆구리를 한 번씩 발길질 한다. 꿈틀거리는 반응이 오고 느리게 몸을 일으킨다. 피터가 이번에는 주머니에서 무엇을 꺼낸다. 버튼을 누르자 칼날이 튀어나온다.

"이거 보기보다 제법이다."

피터는 앞에 서있는 오리나무를 잭나이프로 내리친다. 손가락 굵기의 가지가 소리 없이 끊어져 내린다.

"어때, 누가 먼저 손가락 내밀래?"

피터의 낮은 목소리가 은근하기까지 하다.

"……미안해 짱. 내가 잠깐 실수했어."

일호가 흐르는 코피를 손등으로 닦으며 먼저 꼬리를 내린다.

이때 규덕이 토굴에서 나오다 이 광경에 멈칫한다. 흰 와이셔츠에 검정 모직바지 차림이다. 머리는 무스를 발라 솔잎처럼 세웠다. 정성들여 면도한 살집 좋은 둥근 얼굴에 흰 와이셔츠가 받쳐주니 희부연 부티가 난다.

"야, 이 새끼야. 너 비호 천규덕, 빈집 털러가는 새끼가 한밤중 흰 와이샤스 꼴이 그게 뭐야. 날 잡아가라고 악쓰는 거야! 네가 강남 깔치나 꼬시러 가는 제비새끼냐? 너 이 새끼, 기본이 이쯤밖에 안 돼!"

피터가 뛰어가 규덕의 옆구리에 발길을 날린다. 대책 없던 규덕이 기우뚱하다가 퍽 쓰러지고 만다.

"어이쿠!"

쓰러진 규덕에게 또 한 번 피터의 발길이 날아간다.

"이 새끼, 일어나! 이 따위로 놀라고 내가 너를 이리로 거둔 줄 아냐?"

규덕은 피터의 살기를 의식했는지 이내 일어선다.

"이 새끼들, 다 이리와!"

피터의 한 마디에 셋은 죄인처럼 피터 앞에 가지런히 모여 선다. 이때만은 길들인 양들 같다.

"살아도 같이 살고, 죽어도 같이 죽자는 게 우리 의리 아니냐. 서로 목숨을 내줄 만한 동지애가 있어야지. 이세상에 누가 짐승 같은 우리를 불쌍하다고 감싸 줄 사람이 있냐. 우리는 부잣집 똥

강아지 새끼만도 못해."

피터는 잠시 뜸을 들인다.

감정을 가라앉히고 어조를 낮추어 말을 이어갔다.

"내가 너무 흥분했다. 미안하다. 자, ……오늘 일 잘 끝나면 부산 해운대에나 가자. 거기서 며칠 쉬면서 마시고 몸도 좀 풀자. 자, 각자 오늘 일이나 잘 준비하자."

형식적이긴 하지만 피터의 사과와 은근한 보상도 있어, 그들은 좀 전의 살벌한 분위기를 잊고, 무슨 일이 있었냐는 듯 일상으로 돌아간다. 규덕은 옷을 갈아입으려는지 토굴로 들어갔고, 일호는 담배에 불을 붙여 문다. 푸르스름한 연기가 대마초임이 분명했다. 지수는 냄비에 돼지고기를 썰고, 두부와 신 김치를 쏟아 부어 가스버너 위에 얹는다. 점심 준비. 피터는 그래도 의리 깊은 지수에게까지 발길질을 퍼부어댄 것이 영 마음이 아프다. 그렇지만 조직생활에서 그것도 이해 못할 지수가 아니라는 생각은 했다.

피터는 아무래도 점심에는 배갈이라도 한 잔씩 돌려 속으로 맺힌 기분을 풀어주어야겠다는 생각을 했다. 그러나 이 기분으로 야간 공동작업이 손발이 서로 맞고 일을 성공적으로 마칠 수 있을까 하는 의구심이 일어남은 어쩔 수 없었다.

운학 도사의 인드라 망

피터는 시계를 본다. 해는 오후로 기울어지는 듯한데, 왜 이리 시간이 더디 가는지 모르겠다. 겨우 오후 2시가 조금 지났다.

피터의 조각도도 시름을 담았다. 칼질이 느려지고 오동나무 살점도 얇게만 저며진다.

가을이 깊어 가는지 바람 끝이 냉기를 머금었다. 한 차례의 거센 바람이 산의 발치에서 불어올라와 공중으로 날아오른 낙엽이 나무에 매달린 단풍잎을 끌어내리며 골짜기 위로 몰고 올라간다. 목덜미가 서늘해지며 옆구리가 허전하다.

규덕은 기둥에 매단 샌드백을 상대로 스파링하고, 일호는 아직도 틀에 안 잡힌 태권 기본동작을 연습하고 있다. ……합, 합, 합. 기합소리가 김이 빠져있다. 지수는 여전히 우물곁에서 칼갈이를 하고 있다. 저렇게 갈아댄다면 얼마 안 있어 칼은 자루만 남게 될 것이다. 그 애의 칼에 대한 집착은 무엇에도 비교할 수 없다.

저 아래 계곡 쪽에 분명 어떤 그림자가 어릿하고 나무 그늘에 가린다. 피터는 이것이 헛것을 본 것이 아닌가, 미간을 좁힌다. 지난 삼 개월 동안 피터는 이 네버랜드에서 낯선 사람의 그림자를 본 적이 없었다. 산짐승일까. 멧돼지라면 그걸 때려잡아 파티라도 하련만. 잠시 후, 저 아래 바위 뒤에서 불쑥 사람의 머리통

하나가 솟는다. 분명 갈색 등산모를 쓴 사내다.

젠장, 저게 길을 잃었나. 피터의 시선은 자작나무 숲이 있는 계곡 왼편 아래쪽 언덕을 살핀다. 자작나무들은 벌써 잎을 다 떨어뜨리고 흰 줄기만 앙상하고, 그 아래로 갈색 낙엽이 다보록이 깔려있다. 등산모 쓴 머리통은 출렁출렁 사라졌다가 또 나타나곤 하며 위로 오르기를 멈추지 않는다.

"저 새끼가 후크 선장이야 뭐야. 죽으려고 환장을 했나."

피터가 짜증스럽게 중얼거렸다.

이 낯선 틈입자는 갈색 등산모에 갈색 개량 한복을 입고, 어깨에 조그만 바랑 같은 망태기를 메고 있다. 피터는 앞의 싸리나무 그늘에 몸을 숨기고 눈만 빠끔히 내밀어 그를 주시하고 있다. 그가 계곡을 따라 그냥 스쳐 올라가기만을 빌고 있었다. 그는 길도 없는 계곡을 타고 오르며 눈길은 자꾸 토굴 쪽을 향해 두리번거리며 무언가를 찾고 있었다.

오후의 햇살만 토굴 앞 맨땅에 정적을 쌓고, 그 고요는 바람결 따라 말갛게 출렁거렸다. 드디어 그가 무엇을 찾아낸 듯, 토굴을 향해 시선을 고정하고 허겁지겁 바위를 타넘어 오고 있다. 그가 계곡을 벗어나 왼쪽 둔덕을 올라 토굴 마당에 들어서기까지 피터는 꽤 초조한 시간을 보냈다. 그가 토굴 마당에 들어서기 전에 피터는 마당 입구로 썩 나섰다.

마당으로 들어서던 그가 놀라 멈칫했다. 그는 피터를 위아래로 훑으며 의아해 했다. 피터는 담담히 그를 쳐다보았다.

거친 숨을 겨우 진정한 그가 합장으로 인사를 했다. 나이는 사십대 초반은 되어 보인다. 피터는 어색했지만 엉거주춤 합장으로 마주 인사했다.

"아, 젊은 처사님. 운학 도사님 안 계십니까?"

"아, 전의 여기 주인 말씀인가요?"

체력 단련 중이던 젊은이들이 뜻밖의 내방객에게 의아한 눈으로 일제히 시선을 모았다. 그는 이 젊은이들의 시선을 거북스러워하며 목을 늘여 탐색하듯 살핀다.

"전의 주인이라니요? 아니, 그럼 도사님이 여기 안 계신단 말입니까? 나는 그분 제자 효원이라고 합니다만."

"아, 그분은 여기가 답답하다고 우리에게 팔고 유람을 떠났습니다. 이 움막 값을 호되게 불러 나도 따로 하나 지을까 하다가 깎아주는 바람에 우리가 그냥 살게 됐습니다."

"그래요? 그분은 세상 두루 살다가 마지막으로 여길 택했는데. 참 이상하군. 그래, 언제 만행을 떠나셨습니까?"

"이제 석 달 되지요. ……어쩌면 먼 섬으로 들어갔는지도 모릅니다. 섬 이야기를 했거든요."

피터는 이 땡초가 귀찮고 무얼 냄새 맡으려고 뜯어보는 눈길이 있어 아예 미련을 끊으라고 도사를 먼 섬으로 떠났다고 둘러댔다.

"아, 이런. 이 가을부터 나한테 역술을 마저 전수해주시기로 했는데, 그분과 사제의 인연이 여기서 무상으로 돌아가는군요. 금생에 인연 없으면 내생에라도 뵐 날 있겠지요."

그는 이 정황에도 약간 감상에 빠진 말투를 썼다.

그는 지방대학을 중퇴하고, 서울로 올라와 고시촌 쪽방에서 8년 동안 심신을 썩혔다. 그렇지만 거듭되는 낙방과 늙어가는 나이는 기약 없는 미래였다. 그새 농사꾼 아버지가 세상을 뜨고, 어머니마저 앓아누웠다. 앞길이 캄캄하여 죽어버릴까 하다가 마지막 찾아본 곳이 모래내의 허름한 운명철학연구소였다. 간판과 달리 철학은 없고, 사주나 성명 풀이로 운명을 점지해주는 역술원이었다. 그때 운학 도사는 그에게는 관운이 전혀 없으니 당장 고시원을 떠나라고 일갈했다. 막상 고시원을 떠나도 갈 곳도 없고 할 일도 없었다. 그리하여 그는 보배처럼 껴안고 있던 책을 몽땅 헌 책방에 팔아넘기고 운학 도사 밑으로 들어갔다. 말은 제자였으나 밥 짓고, 빨래·청소하는 몸종 같은 생활이었다. 그러면서 조금씩 역술이란 것을 배웠다. 삼 년을 이렇게 도제 관계를 맺고 효원이란 법호도 받았다. 주역의 한자가 제법 눈에 익자 그는 시골이 어수룩할 것 같아 문막에 방 한 칸을 얻고, 만卍자 깃발을 세우고 역술원을 내었다. 그럭저럭 먹고 살 걱정은 덜었다. 그러나 무당도 신기가 떨어지면 명산대천에 가서 속기를 씻고 신기를 새롭게 하듯, 그도 고객을 받는데 한계가 왔고, 다시 도사를 만나 좀더 깊이 있는 역술을 전수 받고 싶었다.

그러나 이 젊은이는 운학 도사가 어디로 떠났다고 하지 않는가.

"……그래, 젊은 분들인데 여기서 무얼 하슈?"

그는 집요하게 물었다.

"우리야 그저 자연이 좋아서 여길 왔고, 앞으로 여기서 무예나 닦을까 합니다."

"그런 일을 할 분들이 아닌 것 같은데, 수도란 마음을 다 비워야 하고, 하루아침에 되는 것이 아니거든. 젊은이들이 참아낼 수 있겠는가. 세상에 쫓기어 여기로 도피 온 것은 아닐 테고. …… 여하튼 젊은 사람들이 세속을 떠났다니 뜻은 장합니다."

그는 피터와 일행을 뒤지듯 꼼꼼히 뜯어보며 무엇이 아쉬운지 미적미적 떠날 생각을 하지 않았다. 피터는 아예 그를 무시하며 딴전부리듯 태권도의 기본 동작을 시작했다. 홉, 홉……. 그는 머쓱해서 몸을 돌리다가 다시 한 번 말을 던졌다.

"처사님, 혹 운학 도사님이 여길 들르시면, 문막에 사는 효원에게 꼭 소식 주십사고 전해주시오."

"그럴 일이 있겠습니까? 이젠 여길 팔아 남의 움막인데 무엇하러 여길 또 오겠습니까?"

"그렇긴 하겠습니다만, 세상일은 알 수 없지요. 도사님은 여기를 굉장히 좋아했어요. 도로 이 토굴에 살고 싶어 하실 수도 있습니다. 그때나 내가 찾아왔단 말 전해 주시오."

그러다가 그의 시선이 토굴 문짝 옆에 세워놓은 놋쇠 고리 달린 검은 지팡이에 머물렀다. 그가 놀란 빛을 보이다가, 피터의 얼굴을 의아하게 쳐다보았다.

"저 지팡이는 도사님 것인데……."

"그렇지요. 기념으로 우리에게 주었습니다."

운학 도사는 소아마비를 앓아 한쪽 다리가 가늘고, 절며 걷는다. 그런데 지팡이를 주고 떠났다니. 판단의 톱니바퀴가 맞물려 돌아가지 않았다.

기이한 살기가 제 뒷목에서 한기를 느끼게 했다. 효원은 더 머물 구실도 없고, 그럴 마음도 없었다.

땡초 흉내나 내는 효원이란 사내는 머리를 갸웃하고 착잡한 표정으로 합장을 하고 돌아섰다. 피터는 또 어정쩡 합장으로 그를 배웅했다. 땡초 같은 그의 자태가 계곡 속으로 잠기는가 하더니, 이내 모습이 드러나고, 계곡 건너편 자작나무 숲에 모습을 보였다. 피터는 긴장해 손가락 마디를 꺾으며 그를 주시하고 있었다. 그의 자태는 시나브로 시야에서 사라졌다. 그에게 시선을 떼지 못하던 피터는 그제야 숨을 내쉬고 옹달샘으로 가 물 한 바가지를 떠 마셨다.

토굴에서 물러난 효원은 맥이 빠졌다. 철학원에 휴업공고를 붙이고, 허위허위 달려왔건만 기다리고 있는 것은 뜻하지 않은 젊은이들이었다. 첫눈에 그들이 불량배라는 것을 알았다. 어째서 이것들이 토굴을 차지하고 있나.

산 하록으로 내려오자 그는 바위에 엉덩이를 내려놓고 잠시 다리를 쉬었다. 운학 도사를 생각했다. 운학 도사는 세상은 불법을 지키는 신 제석천帝釋天이 늘어놓은 그물망인 인드라 망으로 서로 유기적으로 연결되지 않은 것은 없다고 했다. 나비의 날갯짓이 바다의 폭풍을 만들고, 발등 밟힌 사람이 밟은 사람에게 시비를 걸면 중동에서 전쟁이 일어난다. 인드라 망은 불교의 근원이지만 이것을 직관하는 것이 주역이 풀어야 할 숙제라고 말했다. 지금 이 토굴은 불량배들이 차지하고 있다. 운학 도사의 인드라 망은 이자들과 어떻게 연결된 것인가. 무슨 인과에 의해 이들이 토굴을 차지한 것인가. 효원은 머리가 터질 듯했지만, 운학 도사와 이 젊은이들이 무슨 연기緣起로 얽혔는지 그의 직관으로는 도저히 풀어낼 수 없었다.

시내 산

그들이 북한산 간이주차장에 주차하고, 계곡을 향해 들어서고 있을 때는 4시 30분, 바람에 흔들리는 단풍에 석양이 붉은 조명을 퍼부어 온 산이 불타오르는 듯하다.

"아, 요한 오빠. 정말 가을 산이 늘 이렇게 아름다워?"

여자는 산과 구릉, 계곡을 휘둘러보며 감탄한다.

남자의 배낭은 천막을 위에 얹고, 침구들을 아래에 매달아 지 겟짐만큼 컸다. 그런 배낭을 지고도 그는 여자의 손을 이끌고 앞 장서 간다.

"아름답기만 해? 우리는 생애의 소명과 계명을 받으러 시내 산으로 가는 거야."

"모세도 달밤에 십계명을 받았나?"

"어허, 누가 본 사람이 있어야지. 모세가 저세상에 가 있으니 십계명을 밤에 받았냐고 물어볼 수도 없고."

남자는 쾌활하게 웃었다.

"아마도 그때는 보름달밤이었을 것 같다. 그래야 신의 은총이 더욱 빛날 것 같거든. ……이제 달이 떠올라 보라고. 신비로운 은빛 조명이 세상을 아름다운 바다 속으로 만들고, 바람은 물고 기처럼 나무 사이를 빠져 돌아다니지. 밤새들이 행복한 꿈을 꾸 면서 꾸르륵꾸르륵 잠꼬대를 하는 거야. 계곡 물소리는 커지고, 가재가 제 굴에서 기어 나와 '너 여기 왜 왔니' 하며 사람 구경을 하는 거야. 온통 자연이 내 가슴에 들어와 황홀한 음악을 연주하 지. 밤 하늘에 방주를 띄우고 우리는 신비로운 무한 우주 공간으 로 여행을 떠나는 거야."

"어머, 요한 오빠, 꼭 시인 같다. 나 고등학교 때 문예반 했거 든. 정말 시인이 되고 싶었어. 그런데 문예반 선생님이 내 시는 하느님이 머릿속에 무겁게 자리잡고 있어서 너무 엄숙하고 딱딱하다고 했어. 그때는 그 말이 무슨 뜻인지도 몰랐어. 아버지가 가족 예배 때 하는 기도가 시인 줄로만 알았었지. 시를 마치 훈계하는 설교처럼 썼겠지."

"그래서 시인이 될 남편을 만나잖아. 우리 회사 사보에 내 시 몇 편 실렸어. 유명한 시인이 뽑고, 아마추어 수준은 넘는다는 평도 했었어."

"아, 그런가. 하느님의 섭리는 오묘하네. 내 부족한 것을 오빠가 채워주니. 그래서 결혼이라는 것으로 서로 완전해지는 것인가."

계곡으로 바람이 화들짝 놀란 듯 휘몰아가며 단풍잎을 파도처럼 흔들었다. 서녘 햇살을 받은 여러 빛깔의 단풍이 반짝반짝 현란했다.

갑자기 멈추어 선 남자는 배낭을 내려놓고, 여자를 품에 안고 그녀의 턱을 움켜쥐었다. 깊은 입맞춤을 했다. 여자의 여린 몸에 전율처럼 후루룩 경련이 물결쳐 내려갔다. 남자는 격정이 치솟고 숨이 막힐 듯한 고비를 지나서야 여자의 입술에서 얼굴을 떼었다. 여자는 전신에 맥을 풀고 스르르 무너져 내렸다. 남자는 그녀의 상체를 안아 편하게 제 무릎에 뉘었다.

"은혜야, 괜찮아?"

남자는 여자의 뺨을 가볍게 두드렸다. 여자는 큰 숨을 쉬고 몸을 움직였다.

"나 기절하는 줄 알았어. 이런 경험 처음이야."

"그래? 은혜만 한 숙맥도 없다. 내가 미리 가르치지 못한 것이 잘못이야. 어두워지기 전에 빨리 우리의 시내 산으로 올라가자."

"전에 오빠가 우리 집 앞 차속에서 그랬을 때는 몰랐는데, 지금은 정신을 잃고 정말 죽는 줄 알았어."

"달빛과 밤의 신비로운 자연의 소리, 우리는 그 황홀경 속에서 하나가 되어 죽을 것이다. 핫하하하."

남자는 여자를 일으켰고 그녀의 손을 잡아끌고 좀 더 발걸음을 빨리했다.

사망의 음침한 골짜기

피터의 네 명이 원정 준비를 마치고 막 토굴을 떠나려 할 때였다.

"어허, 저것들이 겁도 없이 우리 네버랜드에 무단침입을 해. 저것들이 모텔비가 떨어졌나."

피터는 계곡에서 남실남실 떠오르고 있는 남녀를 보고 의아했다. 개량 한복을 입고 땡초 흉내를 내던 사내에게 신경이 곤두섰던 피터는 또 누가 이 계곡으로 들어서는 것이 눈에 띄자 얼굴부터 굳어졌다.

석양 무렵에 등산복 차림으로 가볍지 않은 배낭을 지고, 더구나 삼 년 안식년으로 출입금지가 되어 있는 이 계곡으로 들어오

고 있다는 것은 아마도 이 밤을 이 근처에서 야영할 것이란 판단
이 섰기 때문이었다.

저걸 어쩌하나. 공원 감시원인 체 연극이라도 해서 으름장을
놓고 쫓아 버릴까. 아니면 멋대로 놀고 가게 못 본 체할까. 판단
이 서지 않았다.

그들은 도란도란 웃음소리를 섞어 점차로 위로 오른다. 자작
나무 숲 쪽으로 그들의 자태가 드러나고 토굴 아래 계곡까지 왔
다. 그들은 서로에게 정신이 팔려 토굴 쪽으로는 한 번도 시선을
주지 않은 채 계속 상류로 오른다. 그들의 자태가 계곡의 휘어진
데서 사라지고, 재잘거리는 소리도 멀어졌지만 여전히 귀에 여
운처럼 남는다.

"어이 대장, 자존심 다 구기네. 저것들이 눈앞에서 저렇게 꼬
리를 쳐대는데 그냥 눈감아 주어?"

규덕이 가래침을 탁 내뱉는다.

"야, 그 까이 상판 삼삼하다. 오늘밤엔 그 새끼가 올라탈 것 아
냐? 내 오장에 불 지르네. 저걸 보고도 내가 오늘 빈집이나 쑤셔
대야 하나?"

일호가 옆차기로 샌드백을 한 번 내지른다.

"야, 이 쇠대가리들아. 등산 오는 것들은 털어봐야 다 거지라
는 것도 몰라? 뭘 털어? 그리구 우리 이 네버랜드 지역에서 일을
벌이자는 말이야? 그래서 이 본부를 버리고 여길 떠나잔 말인가?

그래도 되는 거야?"

"그러니까 저것들이 어디로 가는지 끝까지 따라갔다가 본부에서 멀리 떨어진 데서 일을 끝내면 될 것 아니야. ……당분간 속초쯤 가서 바다 바람 쐬며 쉬어도 좋고. 거기도 우리 먹거리는 바글댈 텐데 무슨 걱정이야."

일호가 피터에게 애원조의 간청을 한다.

"어, 그것도 한 방법이네."

지수가 일호에게 동조한다. 그는 오늘 가스관 타는 것을 이상하게 꺼렸다.

그러고 보니 이들에게 동조하지 않는 사람은 피터뿐이었다. 피터의 가슴 속에는 오늘 셋에게 주먹질, 발길질을 퍼부은 미안함이 남아있었다. 분명 이들이 하자는 대로 해서는 좋은 결과는 없을 것 같지만, 또 기를 꺾기는 미안하다는 생각이 들었다. 어쩌면 보스라는 제 모습이 똘마니들에게 지나치게 소심하게 보일 수도 있다는 생각도 들었다.

"좋다, 저것들이 점잖게 나오면 그냥 거두어가지고 시내 나가고, 수작 붙으면 너희 하고 싶은 대로 해."

피터가 체념하듯 결론을 내린다.

"야, 역시 대장답다, 피터. 자, 가자."

규덕이 물푸레 작대기를 들고 성큼 앞장섰다. 일호와 지수도 나는 듯 뒤따랐다. 마지못한 듯 피터도 어슬렁거리며 이들을 좇

왔다.

해는 이제 한 뼘도 남지 않았다. 촛불이 꺼지기 전에 마지막 한번 타오르듯, 햇살은 한낮처럼 밝아졌다.

오백 미터쯤 계곡 상류로 오르고 나서야, 이들은 남녀의 모습을 시야에 잡았다. 그들은 계곡 옆 펑퍼짐한 마당바위에 천막을 펼쳐 놓았다. 그 천막 앞에서 그들은 음식을 늘어놓고 재잘거리고 있었다. 마지막 타는 놀의 조명을 받은 이들의 모습은 마냥 아름답고 행복해 보였다.

지체할 이유가 없었다. 규덕이 먼저, 이어 일호와 지수가 차례로 계곡에서 마당바위 위로 뛰어올랐다. 놀란 남녀는 벌떡 일어섰다. 여자는 남자 뒤로 몸을 숨기듯 붙어 섰다.

"이거 봐. 여긴 안식년이라 출입금지 구역이라는 것 알고 들어왔어?"

덩치 좋은 규덕이 물푸레 작대기로 바위를 툭툭 내리치며 시비조로 말을 던졌다.

"당신들은 무언데 출입금지 구역이라면서 들어와 시비인가."

사내는 다부져 보이는 체격도 웬만했지만 말투도 침착하고 의외로 호락호락하지 않았다.

"내가 누구건 그건 상관 말고, 여기 출입금지 구역에 들어온 벌칙으로 가진 것이나 꺼내 놓으시지. 현금, 반지, 시계, 목걸이……. 모조리 다 내놓으시면 용서할 테니 서로 좋게 해결하자고. 여자도 딸렸네. 남자라면 당연히 여자를 보호해야지."

규덕은 목소리를 차분하게 내리깔았다.

"이것들 어린 것들이 불량배들이구만. 당장 내 앞에서 떠나라. 나 성질 급하다."

사내의 듬직한 기세가 더욱 당당해졌다. 해가 산을 넘었는지 천지는 온통 붉은 놀빛으로 물들었다.

"그래? 좋은 말은 안 통하는구만."

말을 마치기도 전에 규덕의 주먹이 앞으로 뻗어갔다. 사내는 만만치 않았다. 규덕의 주먹을 왼팔로 걷어 올리며 그의 앞차기가 오히려 규덕의 가슴팍에서 터졌다. 어슬렁거리듯 뒤따라오던 피터는 정말 놀랐다. 아니, 웬 녀석이 제법 무술을 알고 저런 완벽한 발차기를 쓰는가. 비실거리며 쓰러졌던 규덕이 자존심이 몹시 상했는지 몽둥이를 추켜들고 공중으로 붕 떴다. 그러나 규덕의 지팡이가 내려치기도 전에 그가 뻗은 옆차기에 가슴을 맞아 계곡 물속으로 퉁기듯 나가 떨어졌다. 펑! 다음 순간 일호와 지수가 좌우에서 동시 공격에 들어갔다. 일호는 링을 끼고 주먹을 내뻗었다. 그는 오히려 일호 쪽으로 몸을 돌려 안면 공격으로 주먹을 날렸다. 주먹을 피하려다 일호는 몸의 균형을 잃었다. 그 순간 그의 돌려차기가 일호의 옆구리에 가서 퍽 소리를 내었다. 그도 계곡 물속으로 나가 떨어졌다. 철퍼덕! 어느 틈에 작고 고양이처럼 날랜 지수가 양손에 칼을 갈라 쥐었다. 칼날이 허공에서 번쩍 핏빛 놀을 반사했다. 그가 일호에게 옆차기를 하고 채 몸을 돌리기도 전에 쌍칼 하나가 그의 등판에 꽂혔다. 아, 하며 그가 몸을 돌리는데, 이번엔 그의 가슴으로 또 다른 칼 하나가 깊이 꽂혔다. 지수는 재빨리 칼을 뽑고 또 내리 찍었다. 기세 좋던 사내도 허물어져 뒤로 나자빠졌다. 지수가 그의 옆구리를 걸어찼지만 그는 아무런 반응이 없었다.

그제야 천막 앞에 당도한 피터는 사태의 심각성을 바로 알았다. 살인은 벌어졌고 오늘 밤으로 이 조직을 해체하고 흩어져 어디론가 각자 깊이 잠수하는 수밖에 없는 정황임을.

일호가 옆구리를 움켜쥐고 물속에서 부스스 일어났고, 물속에 처박혔던 규덕도 흠뻑 젖은 채 무겁게 바위 위로 기어 올라왔다. 사방은 이제 핏빛에서 어둑어둑 짙어지는 어둠으로 차올랐다.

"아, 이년 어디 갔어. 텐트에 숨는다고 모르냐. 대장, 먼저 식사하실까?"

두리번거리던 규덕이 피터를 발견하고 짐짓 양보하는 체한다. 피터는 소중한 보금자리를 잃었다는 생각에 정신이 내둘리고, 가슴이 무너져 내렸다.

"난 입맛 없다. 너희들이나 식사해라."

피터의 허락이 떨어지자 규덕은 더 지체 않고 천막 속으로 기어들어갔다.

"이년아, 너도 성깔 더러운 놈 만나 신세 조지는 줄 알아라. 순순히 얌전히 굴어. 그렇지 않으면 무엇 주고 너도 칼침 맞어."

천막 안에서는 에어매트 위에서 무언가 부딪치는 소리, 주먹이 날아가고, 퍽퍽 터지는 소리, 신음소리가 이어졌다.

"오, 주여, 물리쳐주소서. 구해주소서."

또 주먹질 소리, 잠시 후 잠잠해졌다. 여자가 의식을 잃은 것이 분명했다.

"어, 규덕이 형, 후장은 내꺼다. 거긴 따지 마."

물쥐 꼴인 일호가 천막 안으로 던진 말이었다. 날은 완전히 어두워졌다. 바위 위에서의 난장통에 걷어차여 날아간 형광램프가 계곡에 떨어져 초점을 잃고 아무렇게나 숲을 비추고 있었다.

흔적

"……형사님들, 이건 머리가 아주 나쁜 사람이라도 바로 해답이 나오는 추리 문젭니다. 어떻게 다리를 저는 노인네가 지팡이를 젊은 불량배들에게 선물로 주고, 평생 살겠다던 거처를 떠날 수 있겠습니까."

맑은 가을 햇살이 계곡 속으로 쏟아져 내린다. 개울물은 맑고 공기는 신선하다. 보랏빛 구절초 꽃향내가 은은하다. 자갈 밟히는 소리만 유난히 버걱거렸다. 티 없이 깨끗한 오후다.

예의 그 효원이란 사내가 앞장서고, 그 뒤로 형사라고 호칭된

두 사내들이 뒤따랐다. 뒤쪽 사내의 손에는 개 목줄을 잡았고, 셰퍼드는 그들에 앞서 이끌 듯 오르고 있었다.

"이것 봐요, 당신. 이 김 형사를 데리고 놀면서 헛걸음질 시키면 무고죄로 처벌받는다는 것은 알고 있지? 공무집행방해죄가 성립된다는 것도 알고 있어?"

김 형사라고 자칭한 사람은 조금 늙어 보였다. 나이만큼 눈빛도 예사로워 보이지 않았다.

"알다 뿐입니까. 다리 저는 노인이 섬으로 갔다는 것도 말이 됩니까? 운학 도사님은 토굴을 떠나서는 갈 곳이 없는 분입니다. 거기엔 틀림없이 살인사건이 있을 것입니다."

"여러 소리 말고 현장에 가보면 당신이 헛소린지 무언지 다 드러나. 내가 형사 밥 먹은 지 이십오 년이요. 척 보면 바로 다 알아. 그놈들이 불량밴지, 부랑잔지, 살인잔지 내가 다 알아서 판단할 거요."

"나 효원도 남의 사주·관상을 보아온 지 십 년입니다. 남들은 다 나를 도사라고 불러요. 이제는 신기까지 몸에 들어와 인상만 척 보면 그 인생 앞뒤가 다 떠오릅니다. 이놈들은 아무 생각 없이 무슨 일이나 저지를 수 있는 철부지들입니다. 강도, 강간, 살인이라는 것을 아무 죄의식 없이 장난처럼 해치울 수 있는 그런 놈들입니다."

"허허허, 어쩌면 이것들은 선과 악을 초월한 순진무구한 것들이군."

"김 형사님, 죄의식을 판단할 능력이 없다는 것과 순진무구가 동의어인가요?"

젊은 형사가 물었다.

"허허허, 동전의 앞뒤지. 결과는 똑 같으니까. 요즈음 애들은 현실과 환상에 구분도 없고, 죄라는 것도 구분하며 살 필요를 느끼지도 않고, 그렇게 살아가고 있어. 신종 바이러스에 감염된 상태지. 이 형사, 애들은 인생 고민할 것이 없어. 본능에 따라, 저희들끼리 만든 규범에 따라 물 흐르듯 살아가면 그뿐이니까."

"그러면 외계인들이군요."

이 형사가 대답했다.

"허허, 이 형사. 외계인이란 말이 그럴 듯하구만. 전통과는 무관하니까."

효원이 이들 대화에 끼어들었다.

"운학 도사님은 세상은 인드라 망이라고 했습니다. 만상이 다 한 그물처럼 연기緣起에 짜여 있다고 했습니다. 그래서 '너는 나이고, 나는 너다'라고 했지요. 그러니 '그 불량배는 나이고, 나는 그 불량배'가 되는 것입니다."

김 형사가 효원에게 힐난하듯 말했다.

"그 운학 도사라는 사람 정신이 좀 이상하지 않았나?"

"아, 그것은 도사님의 말씀이 아니고 부처님 말씀입니다."

"허허, 그 말씀하신 부처님이 강림해도, 그런 말로 세상 다스리지 못하지. 이미 세상은 제 멋대로 저 멀리 굴러가버렸으니까."

"그럴까요? 세상 사람들이 모두 자기는 남들과 아무 관계가 없고, 인드라 망 밖에 있다고 잘못 생각한데서 세상의 비극이 시작되는 건 아닌가 합니다."

효원은 새삼 운학 도사의 말을 떠올리며 그 말이 제 주장인 것처럼 말했다.

길 없는 계곡을 타고 오르기는 쉽지 않았다. 숨이 턱에 차고, 땀은 눈을 맵게 하고 턱에 매달려 근지러웠다.

갑자기 셰퍼드가 왕왕 몇 번 짖고, 목줄을 잡아당기며 앞장서 뛰었다.

"김 형사님, 로키가 무슨 냄새를 맡은 모양이네요."

"어, 이 형사, 개 목줄을 풀어놓아 봐. ……정말 무슨 일이 있긴 있나 보네."

탐지견은 쏜살같이 계곡을 타고 뛰어올랐다. 셋은 개를 따라 숨을 헐떡거리며 따라 올랐다. 휘어진 계곡을 돌자 탐지견은 오른쪽 자작나무 숲 언덕으로 뛰어올랐고, 앞발로 낙엽을 긁어 흩뜨리고, 밑의 흙을 파헤쳐나갔다.

셋이 자작나무 숲에 당도했을 때, 탐지견은 웬 만큼 흙을 파헤쳐 놓았다. 거기에 반쯤 부패한 사람의 손 한 개가 드러나 있었다.

"아! 저 염주. 바로 운학 도사가 맞습니다."

효원은 드러난 손목뼈에 감긴 염주를 손가락질 하며 놀라 뒷걸음질 쳤다.

"그래, 그 불량배들이 어디 있다는 거요?"

"김 형사님, 저 위, 왼쪽 큰 바위 아래 토굴입니다. 조심하세요. 그것들이 무기를 가지고 있을 수도 있습니다."

두 형사는 시체는 팽개쳐두고 재빨리 계곡을 타고 올랐다. 가슴 가죽띠 케이스에서 권총을 빼들고 바위 아래 토굴로 달려갔다.

토굴 앞마당에 맑은 고요가 고여 있었다. 토굴 문짝을 제치고 권총을 들이댔지만, 사람의 그림자는 없었다. 냉기가 감돌아 나오는 토굴은 이미 그들이 버린 빈 둥지였다.

그 시간쯤 어디를 헤매 다녔는지, 피멍이 들고 부풀어 올라 찐빵처럼 커진 얼굴을 하고, 머리가 짚북데기처럼 헝클어진 여자가 상가가 즐비한 도심 네거리에 모습을 나타냈다. 맨발과 종아리는 온통 찢기고 긁히어 흘린 피가 말라붙었고, 찢어지고 피 칠한 와이셔츠, 그 속에 팬티만 걸친 아랫도리에는 허벅지를 타고 종아리로 흘러내린 핏자국이 선명했다. 손등에도 온통 긁힌 상처투성이었다. 이 여자는 비틀거리며 장님처럼 차도 속을 헤매 다니고 있었다. 차들은 놀라 급정거를 하고 뒤차가 추돌하고, 클랙슨이 비명처럼 소리를 질러댔다. 행인들도 놀라 구름떼처럼 몰려서서 여자를 쳐다보고 있었다. 세상에, 청명한 백주에 도심 한복판 차도에 저런 형상의 여자가 헤매다닐 수도 있는가. 행인들은 벌린 입을 다물지 못했다.

인근 교통경찰이 차도에서 겨우 그녀를 끌어내어 근처의 파출소에 인계했다.

파출소 경찰은 너무 험한 형상에 우선 보자기를 하나 찾아내 그녀의 허리에 둘러 묶어주었다. 그 다음 그녀를 의자에 앉히고 물 한 컵을 따라 손에 쥐어주었다. 물 컵은 그녀의 손에서 미끄러져 이내 바닥에 떨어져 깨졌다. 그녀의 시선은 멍했고, 손에는 아무 감각도 없는 듯했다.

경찰은 우선 그녀의 신원부터 파악하려고 했다.

"이름이 무업니까?"

여자는 멍한 눈길을 허공에 둔 채 중얼거리듯 말했다.

"내가 사망의 음침한 골짜기를 다닐지라도……."

경찰에게 하는 답변이라기보다 환영을 보며 누군가와 나누는 대화 같았다.

경찰은 언성을 높였다.

"아니, 이름을 말하라니까요."

"해(해침)를 두려워하지 않는 것은……."

여자는 허공 속에 분명 무엇을 보고 있었다.

"지금 농담하는 겁니까? 뭐 하는 겁니까? 사는 곳은?"

경찰은 조금 화가 났다. 어쩌면 이 여자가 연극을 하고 있을 수도 있다고 생각했다.

"주께서 나와 함께 하심이로다."

"이거 봐요. 집 전화번호는?"

"주의 지팡이와 막대기가 나를 안위하심이로다."

"주민등록번호 대봐."

"주께서 내 원수의 목전에서 상을 베푸시고……."

"어허, 이 여자 완전히 돌았군."

"기름으로 내 머리에 바르셨으니, 내 잔이 넘치나이다."

한동안 애를 쓰다가 경찰은 신문을 포기했다. 자신은 이 여자를 신문할 능력이 한계 밖에 있다는 생각이 들어서였다.

여자는 일단 행려병자 수용병원으로 보내졌다. 그 여자가 박은혜라는 사실을 아는 이는 없었다.

이틀 후, 형사대는 휴대폰을 위치 추적해 안식년으로 몇 해째 출입이 금지된 북한산 한 계곡에서 살해된 지요한의 시체를 찾아내었다. 이미 푸릇푸릇 부패반점이 시신의 여기저기에 돋아나 있었다. 그의 등과 가슴에는 여러 차례 찔린 칼날 흔적이 있었다.

무슨 단서라도 얻을 수 있을까 하여 형사대는 토굴과 그 근처를 면밀히 수색했다. 무엇 하나 단서가 될 만한 물증이 없었다. 작은 탁자 위에 흩어진 조각도와 양각으로 거의 완성 단계에 있는 목각 부조가 하나 놓여 있었다. 부조는 여인상이었다. 이것을 누가 왜 이렇게 정성들여 조각했는지는 알 길이 없었다. 이 여인상이 성모 마리아와 비슷하게 닮았지만, 우수에 찬 미소를 띠고 있다는 것을 본 사람이면 누구나 다 느낄 수 있었다.

맑고 깨끗한 햇살이 여전히 이 부조 위로, 마당과 바위 위로 적요처럼 내리고 있었다.

까아옥, 까옥. 전나무 군락지에서 제일 높은 나무를 택해 맨 꼭대기에 앉아있는 까마귀 한 마리가 이 토굴 마당과 계곡을 내려다보고 있다. 검은 날개에서 짙고 검푸른 인광을 반사하며 미동도 않고 앉아 있다가 가끔은 음산한 울음으로 제 존재를 알리고 있었다. 까아옥, 까옥, 까옥.

아버지의 초상

　혼령처럼 피어오르던 만수향 실연기, 제상 좌우의 촛불이 방안을 휘도는 바깥 바람에 흔들려 아버지의 영정도 일렁거려 보인다. 1월의 찬바람이 촛불을 꺼뜨릴 듯 위태롭다.

　어머니는 내가 진설만 끝내면 바로 나가 대문을 열고, 방문과 창문까지 활짝 열어놓는다. 오늘도 아버지의 혼령은 바람결 타고 거침없이 방안으로 들어와 영정에 자리 잡을 것이다. 임종을 바로 앞두고 찍은 카메라 사진이라 뼈에 가죽을 씌운 듯 바짝 마른 얼굴에 음울한 눈빛만 날카롭다. 그 눈빛은 나에게 무언가를 이야기하려는 듯한데, 꼭 다문 입술은 얼어붙은 듯 열리지 않는다. 아버지는 가슴 속에 비밀을 묻어두고 끝내 저세상으로 가셨다. 임종을 지킨 어머니에게조차 한마디 유언도 없었다.

　무정한 아버지. 아버지를 회상하면 컴컴하고 혹독한 추위, 그 끝에 오직 한 번 따스한 체온을 느끼게 했던 아련한 정경이 떠오른다. 내가 대여섯 살이었던가. 동네 앞 미나리꽝 얼음판에서 아이들과 팽이를 치고 있었다. 상길아, 이리 온나. 동구 밖으로 나가는 마찻길에서 아버지가 손짓하고 있었다. 이상하게 그날은 얼굴에 미소까지 어려 있었다. 아버지는 내 한 손을 잡고 말없이 휘적휘적 걸어가고, 나는 나머지 한 손에 팽이와 팽이채를 든 채 종종걸음을 쳤다. 면 장터까지 근 오리나 되는 길에 아버지는 한마디도 나에게 말을 건 일이 없었다. 나 역시 한마디 말붙임도 없이 장거리에 닿았다. 그렇지만 아버지의 큰 손에 싸여 느끼던 따스한 온기는 지금도 잊을 수 없다. 국밥집이었다. 거기에는 이미 아버지 친구들인 금광 광부 금점꾼들이 모여 꽤 술기운이 올라 와작와작 웃고 떠들고 있었다. 무쇠 솥에서 김이 구름처럼 무럭무럭 솟아오르고, 무르익는 쇠고기와 마늘·파 냄새가 향기로웠다. 아버지는 나를 건너편 구석자리에 앉혀놓고, 국밥 한 그릇을 시켜주었다. 나는 돌아앉아 노란 기름이 동동 뜬 쇠고깃국밥을 허겁지겁 퍼먹었다. 뚝배기 바닥에 깔린 밥알까지 다 긁고도 숟가락을 놓지 못했다. 추위에 얼었던 몸이 활활 타오르는 아궁이의 장작불과 더운 국밥으로 풀어져 졸음이 쏟아졌다. 어른들의 호탕한 웃음소리가 가물가물해졌다.

맛 있드나? 나는 소스라쳤다. 그새 잠에 빠져있었다. 야. 니 먼저 집에 가그라. 나는 일어섰다. 그러자 아버지가 무슨 생각을 했는지 내 뒤를 따라 나왔고, 어물전에 들러 자반고등어 한 손을 묶은 새끼줄을 내 손에 들려주었다. 아버지는 말없이 도로 국밥

집으로 들어갔다. 집으로 돌아오면서 나는 내내 쇠고깃국밥의 감미로움에 빠져 입맛을 다셨고, 그 먼 길이 조금도 춥지 않았다. 나는 아직도 시골 장터를 지나게 되면 국밥집을 그냥 지나치지 못하고 국밥 한 그릇을 앞에 놓고 그날의 황홀했던 맛을 추억한다.

방문을 닫기 전에 밖을 한번 내다본다. 방안 불빛이 정원의 향나무 몇 그루에도 미치지 못한다. 어둠 속에 나무의 자태만 어룽거린다. 촛불이 크게 일렁거린다. 정말 혼령이 있고 그 혼령이 바람을 타고 돌아온 것인가. 제사상의 영정으로 시선을 두었다가 다시 밖의 어둠을 쳐다본다. 제사 때마다 영정 사진을 보며 어머니는 늘 탄식한다. 그 잘 생긴 사람이 달랑 저 귀신 겉은 사진 한 장만 냉깄다니.

어느 날 저녁이던가, 그 옛날 고향집에서였다. 소리 없이 안방문이 열렸고, 어둠을 등에 진 사내 하나가 방문 앞에 유령처럼 서 있었다. 그는 선뜻 방으로 발을 디밀지 못하고 그림자처럼 그렇게 서있었다. 저녁을 먹던 우리 가족은 누군가하고 놀라 한참을 쳐다보았다. 아부지구나. 어머니가 조그맣게 중얼거리고 모로 쓰러져 누우며 기절했다. 두 여동생은 악, 소리를 지르며 서로 부둥켜안고 눈을 감았다. 나 역시 방바닥으로 숟가락을 떨어뜨렸다. 사실 방문 앞의 아버지 모습은 무덤에서 나온 유령이지 사람 꼴은 아니었다. 옷가지는 풍우에 삭은 듯 추레했고, 부스스한 머리칼에 얼굴은 미라처럼 비쩍 마르고 시커멓었다.

해방 되고 일인이 운영하던 금점이 폐광하자, 살길을 찾아 일본으로 밀항한 지 실로 15년 만의 아버지의 귀향이 이런 모습이었다.

방문을 닫자 촛불과 만수향이 비로소 안정을 찾아 제 모습으로 돌아간다. 주가酒架에서 잔반을 들자 큰아들이 주전자를 들어 술을 따르며 우집사右執事를 한다. 잔반을 향 연기에 세 번 돌려 씻어내고 술은 모사그릇에 붓는다. 강신降神, 아버지의 혼령은 분명 영정으로 돌아와 있을 것이다. 내가 두 배拜로 참신參神을 하자, 아들 둘도 절을 올린다. 어머니는 굳이 네 배를 올리고, 곁에 선 며느리와 손자며느리도 따라서 네 배를 올린다. 어머니는 옛날 법도를 버리는 것은 씨 있는 집안이 할 일이 아니라면서 어쩌다 제사에 참례하는 두 누이들에게도 꼭 네 배를 시켰다. 어머니의 이 고집을 당해낼 사람은 아무도 없다. 이렇게 아버지에게 정성을 바치는 어머니를 나는 좀 의아해 한다. 아버지가 가장 역할은 무엇을 제대로 했는가. 금광 금점꾼으로 막장을 떠돌면서 돈을 벌면 작부들에게 탕진했고, 어쩌다 집으로 돌아와서는 아이나 만들었다. 그나마 아버지가 도망치듯 일본으로 떠난 집안은 늘 가난했다. 어머니는 어린 우리를 이끌고 얼마 안 되는 논밭이나마 손발이 닳도록 일구어 입치다꺼리를 했다. 그런 베푼 것 없는 아버지의 제사를 긴 세월 정성을 다해 모셔오는 어머니의 태도는 변함이 없다. 어떤 풍우에도 마멸되지 않을 마애불처럼 거룩하기까지 하다.

"오늘 어시장에 참 훌륭한 돔배기[염장 상어]가 났더라."

어머니는 슬그머니 주방 쪽으로 가더니 고기산적과 찐 생선, 밥[飯]과 국[羹]을 쟁반에 담아 내온다. 진찬進饌 순서에 맞추어 조금도 지체됨이 없다. 며느리는 그저 시어미의 궁둥이만 따라다닐 뿐이다. 찐 생선은 상어다. 돔배기 없이 무신 제사꼬. 멩절 차례는 몰라도 기제사에 돔배기 없으믄 걸뱅이 풀어멕이는 개다리밥상이지 뭐꼬. 아무리 곤궁해도 어머니는 손바닥만 한 상어라도 꼭 제사상에 올렸다. 객지로 떠돌던 아버지가 할머니·할아버지 기제사에는 밤을 타서라도 꼭 참례하고 새벽같이 떠났다는데, 그때 상어가 오르지 않으면 벌컥벌컥 화를 내었다 한다. 그건 상어찜이 조부모님이 좋아하시기도 했지만, 아버지의 구미에 딱 맞는 음복주 안줏감이었기 때문이라고 어머니 자신이 고백한 바 있다.

진찬 음식을 올리니, 어머니는 비로소 자신이 완성시킨 제사상을 흐뭇한 미소로 바라본다. 그러면서 금반지 낀 왼손 약지를 오른손으로 슬쩍 쓰다듬는다. 이 반지는 아버지가 금점꾼일 때 어른들 몰래 어머니에게 해준 것이라는데, 깊이 감추었다가 지금도 특별한 날에만 끼었다. 아무리 생활이 곤궁해도 어머니는 이것만은 팔지 않았다. 금반지는 아버지가 내린 훈장처럼 아직도 어머니 손을 장식하고 있다.

고향이라고 죽을 자리를 찾아 기어들어온 아버지를 병원에서는 폐암이라는 진단을 내렸고 아예 치료조차 거부했다. 60년대의 의술이니 낙후되기도 했겠지만, 유리파편처럼 폐 전체에 흩어져 무수히 깔린 콩알만 한 암 덩어리들은 병원에서도 속수무책이었다. 설령 병원에서 받아주겠다 한들 집엔 입원시키고 치료할 만한 돈도 없었다. 하릴없이 초라한 시골집 안방을 차지하고 그렇게 죽음을 기다리고 있었다. 근 5년을 끌며 종래는 식음을 끊고 있다가 돌아가셨는데, 그것이 미음조차 넘기기 어려운 상태였기 때문인지, 음식을 거부하고 스스로 죽음을 향해 걸어갔는지는 알 길이 없다.

아버지가 병석에 있는 기간, 나는 서울로 진학하여 대학생활을 하고 있었다. 첫 등록금은 외삼촌이, 약간의 용돈은 문중 어른들이 마련해 주었지만, 그 이후는 막막했다. 난생 처음 서울이라는 곳에 온 시골뜨기는 기댈 언덕도 없는 고립무원이었다. 학교 선배가 입주 가정교사를 알선해 준 것이 서울에서 발붙일 수 있는 발판이 되었다. 초등학교 2학년, 4학년 남매를 가르치며 숙식과 등록금의 일부를 해결할 수 있었다. 장학금이 없었던들 학업은 중도에 포기했을 것이다.

내가 첫 잔[初獻]을 올렸다. 둘째 잔[亞獻]과 마지막 잔[終獻]은 두 아들에게 차례로 올리게 한다. 술을 좋아했던 아버지니 다섯 잔이고, 열 잔이고 더 권하고 싶다. 잔에 첨주[侑食]를 한다. 정말 혼백도 술을 드시나 보다. 영정의 표정이 조금 풀려 부드러워 보인다.

아들 둘도 다 대학과 병역을 마치고 이 광역시에서 직장생활을 하고 있다. 큰 아들은 짝을 맞아 둥지를 떠났지만, 둘째는 아직 내 품을 벗어나지 못하고 있다. 이 아이마저 떠나면 홀가분하면서 쓸쓸해질 것 같다.

나는 어려서부터 부모의 보살핌을 모르고 자랐다. 그러기에 늘 굶주렸고, 내 눈앞의 먹이는 버려두는 법이 없었다. 가정교사 집 아주머니는 내 관습과 매우 달랐다. 내가 '아주머니'라고 부르자, 너무 늙은 여자 부르듯 한다면서 '형수'라고 부르라고 했다. 그리하여 나는 4년 내내 안주인을 '형수님'이라고 불렀다. 첫날이었다. 선생을 맞았다고 본업인 공부는 시키지 않고 아이들과 외식을 했다. 갈빗집이었다. 대학생인 나에게 굳이 술을 권하고 자신도 제법 마셨다. 그녀의 웃음소리는 높고 쾌활했다. 남편이 안 보여서 의아했는데, 외항선원이라고 했다. 두세 달에 한 번씩 집에 와서 보름쯤 쉬었다가 다시 배를 타러 항구도시로 떠난다고 했다. 이 모든 것이 나에게는 익숙지 않은, 이국 풍경처럼 느껴졌다.

나중에 그 남편이 왔는데, 덩치가 크고, 시꺼먼 수염에 팔·다리가 굵직한, 좀 힘깨나 쓰는 사람처럼 보였다. 그는 집에 오면 외출하는 일이 거의 없고 팬티 한 장으로 거침없이 집안을 휘돌아다녔다. 거실, 아이들의 공부방, 밖에서 훤히 들여다보이는 마당까지 휘젓고 다녔는데, 늘 술에 취해 있었다. 나는 친구들에게 이 남자를 말할 때는 '마도로스 장'이라는 호칭을 썼다. 안주인 형수님은 끊임없이 안주를 준비하고, 마도로스 장은 진종일 안방에 술상을 두고 살았다. 그의 너털웃음, 밤낮없이 틀어대는 전축의 유행가 소리에 골이 아플 지경이었다. 아이들의 공부는 뒷전이었다. 어느 날인가 형수님이 디즈니 만화영화가 왔다고 아이들에게 돈을 주어 극장으로 내보낸 날이었다. 안방에서 마도로스 장이 형수님을 쥐어 패는지 비명 소리가 자지러졌다. 혼비백산한 나는 살인이라도 막자는 심정으로 뛰어가 벌컥 안방 문을 열었다. 나보다 더 놀란 형수님이 이불을 뒤집어쓰며 상관 말라는 듯, 문 닫으라는 손짓을 했다. 그들은 대낮인데도 벗고 있었던 모양이었다. 조금 있으니, 교성이 들려 어리둥절했다. 보름쯤 후, 마도로스 장은 떠났고 집안은 평정을 되찾았다. 아이들도 제자리로 돌아와 공부를 시작했다.

그러니까 이것은 사건이었다. 아이들의 성적이 올랐다고 신이 난 형수님은 식구 모두를 갈빗집으로 데리고 갔다. 사실 갈비구이라는 것은 이 집에 와서 처음 먹어본 음식이었다. 갈비가 연기와 양념냄새를 풍기며 익어갈 때면 나는 아버지가 국밥집에서 시켜준 쇠고기 국밥을 떠올리며 조금은 흥분하곤 했다. 형수님은 가방에서 양주 한 병을 꺼냈고, 챙겨온 잔에 양주를 따랐다. 나는 의아해서 쳐다보았다. 내가 얼마나 양주에 허약했던가. 언젠가 마도로스 장이 나를 안방으로 불러들인 적이 있었다. 상에는 중국 음식 몇 접시가 놓여 향내를 풍기고 있었다. 그가 술을 한 잔 따라 주었다. 이상하게 그는 나를 빤히 쳐다보고 있었다. 소주잔만 한 술잔이라 바로 홀짝 들이마셨다. 이초쯤 후, 숨이 끊기고 식도가 타들어가는 고통으로 목울대를 움켜쥐었다. 그리고 숨이 끊어질 듯 기침을 토해내고, 물을 몇 컵 들이켜고야 겨우 진정했다. 눈에는 눈물까지 솟아나 있었다. 나를 들여다보던 마도로스 장이 박장을 하며 콸콸 웃어대었다. 어이구, 남자가 뭐 이래. 그는 입가에 비웃음을 흘리며, 나에게 맥주잔에 그득히 그 술을 따르게 했다. 그는 잔을 들어 아주 무표정하게 바닥까지 다 비우고는 해삼 안주를 집어 우물거렸다. 그는 그 술을 재떨이에 조금 붓고 불을 붙였다. 퍼런 불꽃이 훨훨 타올랐다. 이 술이 90프루프의 러시아 독주 보드카였다. 그는 제 집안에 들어온 사내에게 힘겨루기를 해보곤 아주 무시하는 눈빛이었다. 저건 사내도 아니구나, 하는 결론을 내렸고 아주 안심했을 것이다.

내가 일단 양주에 경계하는 빛을 보이자, 형수님은 내가 마도로스 장에게 곤욕을 치른 보드카를 떠올렸는지 까르륵 까르륵

경박하게 웃었다. 학생, 이건 꼬냑이야. 입가심으로 먹는 고급
증류포도주인데, 한번 들어봐. 향기가 좋아요. 맑은 술이 증류주
가 분명한데 입안에 감도는 향이 신비로울 지경이었다. 집으로
돌아와서는 아이들에게 일찍 자라는 선심을 썼다. 나에게도 수
고 많았다는 칭찬을 아끼지 않았다. 그리고 욕실에 물을 받아놓
았으니 씻고 편히 쉬라는 말까지 했다. 나는 그 말이 무엇을 암
시하는지 전혀 알지 못했다. 갈비, 코냑, 더운 물 목욕, 가르치는
일에서의 해방, 나는 10시가 되기도 전에 기분 좋은 나른함으로
죽은 듯 잠에 빠졌다. 그리고 내가 눈을 떴을 때는 제법 푸짐한
몸집 하나가 나를 덮치고 있었다. 내 아래옷은 어디로 가버렸는
지 나는 벌써 그녀의 몸속으로 들어가 있었다. 섬뜩했다. 오, 이
것이 악몽이기를. 나는 마도로스 장의 덩치와 힘, 야만스러운 언
행을 떠올렸고, 그의 큰 주먹에 내가 시체가 될지도 모른다는 공
포가 왔다. 내가 다리를 버둥거리며 몸을 일으켜 무어라고 말을
하려고하자 그녀의 입술이 내 입을 막았다. 그리고 그녀의 지독
한 구취를 맡았다. 정결해 보이는 여자에게서 이런 악취라니. 나
는 버둥거리던 저항을 멈추고 질식당하듯 전신의 맥을 풀었다.
여자는 능숙했다. 이런 공포 속에서도 내가 어느 한 순간 쾌락을
맛보게 했다. 이것이 내 생애 최초의 성행위, 동정을 바친 사건
이었다. 격정이 진정되자 그녀는 혼잣말처럼 말했다. 용돈을 좀
주려고 했는데 깊이 잠들었지 뭐야. 용돈? 늘어져 퍼진 내 육신

이 채찍 맞은 듯 귀가 번쩍 열렸다. 그녀는 물수건으로 구석구석 내 몸을 닦았다. 그리고 내 입에 술을 한 잔 먹였는데, 그 향기로운 코냑이었다. 그녀의 구취가 말갛게 가셔졌다. 좀 있다가 그녀는 다시 나를 눕혔고, 이번에는 내 군용 철침대가 오래 삐거덕거리는 소리를 내었다. 다음날 눈을 떴을 때, 나는 이 일이 꿈이었을지도 모른다는 생각을 했다. 시종 어둠속에서 무언극처럼 이루어졌기 때문이었다. 그러나 책상 위에 놓인 봉투가 보였고 월급보다 더 많은 돈을 셀 수 있었다. 나는 순결을 잃어 꺼멓게 물든 내 성기와 돈 봉투를 물끄러미 오래 내려다보았다.

그날 바로 집으로 송금했다. 그 돈이 아버지의 진통제 약값과 두 누이동생의 학비로 쓰였다는 어머니의 서투른 글씨의 답신을 받았다. 그리하여 나는 입학하면서 인연을 맺은 그 집에서 끝내 떠나지 못하고 졸업을 맞았다.

메에 숟가락을 꽂고, 육적 대신 굳이 돔배기 찜 위에 젓가락을 얹는다. 어머니 얼굴에 미소가 어린다. 여보, 오늘 어시장에 난 돔배기 물건 참 좋데. 많이 드시소. 나는 어머니의 미소에서 이런 의미를 읽는다. 어머니는 슬쩍 금반지를 쓰다듬는다. 아버지에게 훈장을 잘 간직하고 있다고 확인시키는 모습이리라.

"할배 편히 드시게 우리 나가자."

어머니는 제사의 절차가 훤하다. 두 손자와 며느리를 내몰듯

앞세우고 마루로 나간다. 나도 마루로 나와 합문闔門한다. 마루는 얼음장처럼 발바닥에 차다. 아들들은 추위에 도망치듯 건넌방으로 들어간다. 어머니와 며느리, 손자며느리는 주방으로 간다. 발바닥의 한기를 음미하며 나는 담배에 불을 붙인다.

아버지에 연상되는 것은 모두 추위 속에 있다. 아버지의 무덤을 팔 때는 얼어붙은 묏자리에 통장작을 지펴 하루 얼음을 풀고야 삽질을 할 수 있었다. 대학 졸업 후 장교 생활을 하고 있을 때 아버지의 사망 통지를 받았다. 폐암이라는 끔찍한 병명에 비해 수명은 누린 편이었다. 마지막 기침과 가래, 각혈로 쓰레기통을 타구 삼아 껴안고 밤을 지새우던 투병생활을 생각하면 죽음은 오히려 아버지에게는 구원인 셈이었다. 친척들과 마을 사람들이 꽃상여를 꾸미고 앞동산 선영에 아버지를 묻었다. 평생을 바람처럼 떠돌다 죽기 위해 돌아온 아버지, 비록 상석과 비석, 망두석은 갖추지 못했지만, 봉분은 크고 묘뜰도 넓었다.

무덤에 마지막 하직 인사를 올리고서 나는 상주답지 않게 돌아서서 담배를 피웠다. 담배 연기에 실려 아버지라는 짐이 떠나가는 듯 후련한 느낌마저 들었다. 어머니는 달랐다. 하관을 하고 홍대를 덮을 때 어머니는 분광 속으로 뛰어들어 순장이라도 할 것처럼 몸부림치며 억척스런 통곡을 했다. 오죽하면 당숙 두 분이 쑥덕거렸다. 자식도 다 쓸데 없구만, 그저 애절한 건 내외밖에 없지. 어머니의 울음은 급기야 문상객들에게 나를 매정한 아들로까지 몰아갔다.

제대하던 해에 내 고향 쪽 울산 방송국 기자 시험을 보았고, 바로 합격했다. 서울의 제법 일류라고 하는 대학과 장교 출신이라는 이력, 서울서 익힌 표준어를 쓸 수 있기에 나는 신입기자들에서는 단연 돋보이는 존재였다. 시골의 전답을 팔고 집을 처분하고 융자도 내어 시내 변두리에 새 주택을 구입했다. 두 여동생들은 도시생활을 기뻐했고, 그곳에서 대학을 다닐 수 있다는 데 만족해 했다.

아버지의 모든 행적은 비밀에 싸여 영원히 묻혀버릴 수 있었을 것이다. 그런 아버지의 비밀이 베일을 찢고 속을 드러내 보인 것은 일본에서 온 편지 한 장 때문이었다. 어느 날, 고향 우체국장에게서 전화가 왔다. 아버지 김실광 앞으로 편지가 와 있다고 했다. 일본 송본시松本市에서 왔고, 발신인은 백뢰수길百瀨秀吉이라고 했다. 누구일까? 나는 갸우뚱했다. 밀항선을 탄 아버지가 그래도 일본에서 친구를 사귀었고, 국교가 열리니 편지를 했나 보다 했다. 그러나 이미 선산에 묻혀있는 아버지에게 편지가 무슨 소용이랴. 아버지가 4년 전에 이미 작고했음을 말했다. 우체국장은 조금 뜸을 들였다가 말했다. 수취인이 작고한 것은 이곳 바닥이 좁으니까 알았습니다. 몇 해 전에도 이런 편지가 두 번 왔습니다만, 그때는 내가 초임발령이라 이곳에 어두워서 주소지에 살고 있지 않다는 부전지를 달아 반송했었습니다. 그런데도 그 일본인에게서 또 편지가 온 것으로 보아 무언가 긴한 사연이 있을 것입니다. 그러자 나는 망설였다. 어쩌면 무책임한 아버지가 남의 돈을 빌리고 갚지 않았거나, 사업상 파산하여 남에게 피해를 입힌 후 홀홀히 한국으로 도피해 오지 않았나 하는 불길한 유추가 머릿속에 떠올랐다. 내 침묵이 길어졌던가 보다. 우체국장은 결론을 내리듯 말했다. 그러면 이번에는 수취인 사망이라는 부전지를 달아 반송하겠습니다. 그러자 퍼뜩 정신이 들었다. 아무리 그 편지에 폭탄이 숨겨져 있다 하더라도 그동안 장막에 가려진 아버지의 행적을 밝힐 무슨 단서가 있지 않을까 하는 호기심이 머리를 들었다.

고향 우체국까지 40킬로를 차를 몰며 아버지를 생각했다. 아버지란 존재는 무엇인가. 자식을 낳았으면 피땀 흘려 먹이고 입히고, 애정으로 훈육해야 할 것 아닌가. 아버지는 내가 여섯 살 때 홀연 사라져 신산한 고난 속에서 자라 고등학교 3학년이 되었을 때, 관 속에 눕듯 폐인이 되어 집으로 찾아들었다. 이런 아버지도 아버지라 할 수 있는가. 아랫목에 폐기물처럼 누워있는 아버지를 그래도 애정으로 돌본 사람은 어머니 한 분뿐이었다. 나는 대학에 진학하고는 방학기간에도 고향엘 가지 않았다. 아이들을 가르치는 일이 있기도 했지만 아버지와 면대하고 싶지 않은 것이 큰 이유였다. 어쩌다 고향엘 들르면 아버지 역시 침묵을 넘어 나와 눈길조차 마주치려 하지 않았다. 아버지의 침묵은 가

해자로서의 뻔뻔함밖에 느껴지는 것이 없었다. 아버지에 대한 나의 피해의식은 큰 고통이었다.

우체국장은 항공우편 하나를 내밀었다. 편지를 열었으나 일본어로 쓰여 판독이 안 되는 상형문자를 보는 듯했다. 편지를 받았으나, 그냥 40킬로를 되돌아오는 수밖에 없었다.

직장 동료 중에도 일어를 제대로 아는 사람이 없었다. 누군가가 일어전문 번역사가 있는 대서소가 있는데, 일어 편지도 대필해 준다고 했다. 그러나 이상하게 이 편지가 번역되는 순간 지뢰를 밟은 것처럼 내 인생을 향해 폭발하리란 불길함을 주고 있었다. 이 편지를 여느냐 묵살하느냐하는 갈등이 있었다. 워낙 취재로 바쁘기도 했지만 편지는 내 안주머니에서 근 열흘을 머물고 있었다. 드디어 '번역'이라는 붉은 글씨 아크릴 간판이 붙은 행정대서소가 눈에 띄었고 숙제를 하듯 문을 밀고 들어갔다. 번역사는 늙수그레했다. 일제 강점기에 일본에서 대학을 다녔다고 했다. 그는 편지를 열자마자 능숙하게 우리말로 옮겨 적기 시작했다. 지켜보고 있던 나는 첫 문장에서부터 정신이 휘둘려 입을 벌리고 그대로 굳어졌다.

아버지 보십시오.

안녕하십니까? 이곳 어머니와 저는 건강하게 잘 지내고 있습니다. 아버지가 한국으로 가신지 10년이 넘었습니다. 어찌하여 지금까지 아무 소식이 없는지요. 내가 보낸 편지가 두 번이나 되돌아 왔습니다. 도대체 무슨 일이 있는 것입니까. 아직도 기다리고 있는 어머니에게 안부는 알려야 하지 않겠습니까. 지금 내 나이가 몇 살인지 알고 있습니까. 벌써 21살이고 이제는 직장도 가져야 합니다. 지금 더러 만나는 여성들이 모두 일본인입니다. 그 여성들조차 나를 '조센진'이라고 늘 무시하는 태도입니다. 마을에서도 차별 대우를 받습니다.

이제는 귀화를 해야 인간 대접을 받으며 살아갈 수 있겠습니다. 편지를 보시면 아시겠지만 제 성은 어머니 것을 따라 모모세[百瀬]로 쓰고 있습니다. 그렇지만 귀화가 되지 않아 한국국적에 거류민단으로밖에 분류되지 않습니다. 귀화하기 위해서는 아버지의 귀화승인서와 호적등본이 필요합니다. 아버지는 한번이라도 제 입장을 생각해 보신 적이 있으십니까? ……

그리고 말미에 혹시 수취인이 아닌 분이 이 편지를 보면 꼭 수취인을 찾아 전달해 주시거나, 수취인 주소만이라도 알려달라는 간곡한 부탁이 붙어 있었다.

처음에는 헛다리짚고 허공으로 나가떨어지는 느낌이었다. 시간이 지나면서 격정이 일고 엄청난 분노가 솟구쳤다. 일본으로 밀항하여 소식을 끊고 가족을 배신하더니 결국 일본에서 또 다른 여자를 얻고 거기에 자식까지 만들었다니. 또 한국으로 도망쳐 와서 이제는 유계로 달아나버렸다. 도대체 아버지란 사람은 어떻게 이런 축생 같은 삶을 살아왔단 말인가.

나는 며칠이나 말을 잃고, 제 정신이 아닌 상태였다. 밤잠도 메말라 버렸고, 낯빛마저 창백해졌다. 아우라고 할 존재도 니가타[新潟] 항에서 북송선을 탔고, 간첩교육을 받고 한국으로 밀파되기 위해 아버지를 찾고 있을지도 모른다는 생각도 들었다. 간첩들이 한국의 친척들을 찾아 거점을 삼고 암약하다가 검거되어 피해를 입은 사람들이 어디 한둘인가. 아우도 아버지라는 존재가 한국으로 도피했으니 기형적으로 자라나 그럴 가능성도 있을 것이다.

고심 끝에 어느 날 저녁 어머니에게 그 편지를 내보이고 이 모든 사실을 털어놓았다. 어머니는 무엇보다 일본에 아들이 있다는 말에 충격을 받은 듯했다. 낯빛이 창백해져 있다가 한참 만에야 입을 열었다. 아부지가 전에 이런 말 한 적 있다. 밀항선 탄 밀입국자들은 도피생활이니 일을 할라믄 명목상 일본여자와 혼인신고를 해야 한닥캤다. 그래 긴 세월, 일본에 머물렀으이 돈 줘가메 위장부부는 했을까만 이래 자식꺼정 생깄을 줄 몰랐다. ……어쩌건 아부지가 돌아가싰다는 기별을 하그라. 그 아는 그래도 이 집 씨가 아이냐. 생각으론 갸가 이 집 자손으로 남그로 니가 형 노릇 좀 하그라.

어머니는 놀란 가슴을 진정하려고 냉수 한 사발을 들이켰다.

그리곤 한 무릎을 세워 껴안고 시치름히 앉아 있다가 비죽이 웃음을 흘리며 말했다. 니 아부지가 아들 하나론 썽이 안 찼던 모양이제. 나는 어머니의 이런 말이 오히려 속을 더 뒤집었다. 어머니는 이 빈촌 무지렁이의 아낙이면서 무슨 사대부집 종부의 열녀 흉내를 내며 스스로 도취해 있는 것은 아닌가. 나는 어머니가 왜 집구석을 팽개친 아버지에게 화도 내지 않느냐고 물은 적이 있었다. 그때 어머니는 한참 뜸을 들였다가 초연한 얼굴빛으로 말했다. 첨 시집오이 땟거리가 거의 없더라. 밥 한 주먹씩 밥상 차려 방으로 디밀고는 난 정지 바닥에 앉아서 입 닥치고 굶었던 거라. 니 아부지가 밥그륵에 물을 부어 마시고 정지로 상을 내면, 그 밥그륵에 물에 만 밥이 있더라. 맨날 매끼 그 밥그륵이 날 살렸다. 니 아부지 인물은 좀 출중한가. 이 근동에선 젤이었다. 니도 지금 아부지 덕에 얼굴값 좀 하는 기다. 어머니의 눈은 꿈꾸듯 멍해 있었다.

며칠 후, 나는 다시 '번역'이라는 아크릴 간판이 붙은 사법대서소를 찾았다. 우선 아버지의 사망 소식부터 알렸다. 사망 연도, 날짜까지 소상히 밝히고 한국의 가족관계도 밝혔다. 네 뜻이 귀화를 결정했다면 그 뜻을 따를 것이며, 필요한 서류는 곧 만들어 보내겠다고 했다.

그의 답신을 기다리며 보름쯤 지나자 편지가 반송되어 왔다. 보낸 주소지에 수취인 부재라는 부전지가 붙어 있었다. 반송된 편지를 동봉하고 다시 편지를 썼다. 그 편지도 반송되어 왔다. 그러자 내가 아우라고 불러야 할 수길이는 생활이 불안정한 상태에 있지 않나 하는 생각이 들었다. 이번에는 아우 주소지의 한국거류민단으로 편지를 보내 그의 주소를 찾아줄 것을 요청했다. 한 달쯤 지나서 온 답신에는 그가 그 주소지에 살았던 사실은 확인했으나 어디로 거주지를 옮겼는지는 확인할 길이 없다고 했다. 다시 거주지 적십자사에 도움을 청했다. 그곳 역시 행방을 알 수 없다는 답신이 왔다. 행정기관에 협조를 부탁하고 생사확인이라도 해 줄 것을 요청했다. 이번에는 답신조차 없었다.

그럴수록 이 아이를 찾고 말리라는 나의 오기는 점점 굳어만 갔다. 그 아이를 통해서 아버지라는 존재를 알고 싶었다. 몇 달에 한 번씩 비슷한 내용의 편지를 거류민단과 적십자사, 일본의 행정기관으로 보냈다. 행방불명이라는 비슷한 답신이 오거나 아예 답신조차 없었다. 일어 공부를 시작했다. 학원에 등록하고, 교재를 구입해 테이프로 회화연습을 했다. 언젠가는 내가 일본으로 건너가 직접 그를 찾겠다는 의도였다. 이런 상태로 무려 5년이라는 세월이 흘렀다.

일본 잡지사 기자 김형준을 만난 것은 행운이었다. 그는 내 방송국 동료의 아우인데 마침 형을 만나러 울산에 와 있었다. 그는 일본으로 유학 갔다가 한국통의 전문기자를 필요로 하는 잡지사가 특채하는 바람에 아예 일본에 머물러 산다고 했다. 그를 술집으로 불러내었다. 나의 가족사를 상세히 알리고 나와 배다른 가족을 찾아 주소라도 알려줄 것을 부탁했다. 그는 5년간 편지로 아우를 찾아 헤맨 나의 이야기를 듣더니 몹시 어렵기는 하겠지만 자신이 잡지에 쓸 기사거리가 되니, 취재 삼아 성의껏 찾아보겠노라고 했다. 그리고 두 달쯤 지났을까. 김형준으로부터 편지가 왔다. 첫 주소지의 이웃들을 방문 상담해 옮겨진 주소지를 찾았고, 아우는 거기에서 이사를 갔고, 이러기를 다섯 번째에야 아버지의 일본 여인과 아우를 찾아낼 수 있었다고 했다. 옮겨진 주소지가 모두 마쓰모도 시[松本市] 안에 있었기에 가능했다고 했다. 그는 이 어려운 일이 성공리에 끝났음을 자랑스러워하고 있었다.

나는 이번에는 대서소를 찾지 않고 더듬거리는 일본어 실력으로 아우에게 편지를 썼다.

발바닥의 냉기로 종아리까지 감각이 없다. 제사 합문 시간이 너무 길었던가 보다. 건넌방에 들어갔던 아들 둘이 마루로 나와 우두커니 서있는 나를 의아한 듯 쳐다보고 있었다. 나는 골똘히 생각에 빠져 벌써 두 개비째 담배를 피우고 있었다. 어머니도 제사 끝 음복 준비로 칼과 도마, 과일 담을 바구니를 들고 나를 쳐다보고 있다. 어머니의 금반지는 놋그릇 약으로 닦았는지 유난히 반짝거린다.

나는 방문 앞에서 세 번 기침을 하고 계문啓門을 한다. 선향 연기가 안개처럼 은은히 퍼져있다. 아버지는 돔배기와 술 석 잔을 드신 탓인지 눈가에 졸음기가 엿보인다.

드디어 나는 도쿄 행 여객기에 몸을 실었다. 도쿄 신주쿠[新宿] 역에서 바로 나가노 현[長野縣]의 마쓰모도 시[松本市] 행 급행열차를 탔다. 차창을 통해 스쳐가는, 가을이 물들어 가는 시골 들판을 보며 또 골똘히 아버지를 생각했다. 금광이 폐광되자 아버지는 살길을 찾아 밀항선을 탔다. 아버지는 몸집이 크고, 거친 듯하지만 잘생긴 남자였다. 힘이 넘치던 광부가 어찌하여 피골이 상접한 폐인의 모습으로 돌아와 가족을 혼비백산시켰던가. 모순 덩어리, 한낱 무책임한 축생 김실광, 나의 아버지. 그는 이제 유계로 도피했고 우리는 아버지의 부산물처럼 이세상에 남아 있다.

언젠가 나는 어머니 앞에서 가족에게 무책임했던 아버지를 심하게 비난한 적이 있었다. 처음에는 귓등으로 듣더니 재차 정도를 더해가자 어머니가 발끈 성을 내었다. 니 머라카나. ……니 아부지가 말라꼬 밀항선을 탔짔나. 돈 벌어 식구들 멕이 살릴라꼬 한 짓 모리나. 거그서 잽히몬 감옥인데, 그래 여자 얻은 것 아니나. 여자도 아부지에게 의지할라꼬 혼인했짔지. 또 남자 여자 한 집에서 비비고 살면 얼라 생기는 기 당연치. 글쿠, 폐암 아부지가 거그서 죽어삐릿어야 옳나. 하모, 죽기 전에 돌아와야제.

아부지가 갖고 온 건 돈 아이고 병밖에 읎지만, 그건 아부지 잘못 아이다. 니도 낫살 이만큼 먹었으이, 아부지를 그래 말하믄 안 된다. 어머니의 퍼런 서슬에 나는 놀랐다. 어머니의 말이 그리 이치에 벗어난 것이 아니란 것을 어렴풋이 느꼈다. 어쩌면 나는 나에게 닥쳤던 모든 굴욕과 시련을 자신은 감당해야 할 아무 의무가 없고, 모두 아버지 탓으로만 돌리면서 아버지에게 증오심만을 키워온 것은 아닌가. 문득 자신을 돌아보게 했다. 나이가 사람을 성숙시킨다고나 할까. 세월이 흐르면서 나는 조금씩 마음을 열어 아버지의 정지를 생각했다. 어쩌면 아버지는 일본과 국교도 열리지 않은 상태에서 해방은 되었지만, 그네들 눈에는 아직 식민지 백성으로서 멸시를 받고, 말도 잘 통하지 않는 곳에서 하층 막노동을 하며 굴욕스럽게 연명했을 것이다. 아버지는 꼬여가는 자신의 운명을 한국에서나 일본에서 모두 입을 다물고 지낼 수밖에 없는, 끔찍한 인간적 고뇌도 형체를 드러내 떠올랐다. 정작 아버지야말로 운명적으로 주어진 환경이 나보다 훨씬 더 혹독한 삶이었을 것이란 생각도 들었다. 그 후 어머니 앞에서는 더 이상 아버지에 대한 힐난을 하지 않았다. 어쩌면 그때부터 어머니처럼 아버지를 이해하려는 마음이 조금씩 머리를 든 것이 분명하다.

'마쓰모도'라는 안내 방송을 들으며 하차하였다. 역은 큰 편은 아니었지만 고풍스럽고 정결한 맛이 있었다. 역구내 공중전화로

수길에게 나의 도착을 알렸다. 역사를 나와 역 광장에 우두커니 섰다. 마쓰모도는 명칭은 시였지만 조촐한 읍내 같았다. 치솟은 빌딩들은 거의 없고 차량통행도 적어 공기조차 쾌적했다. 가을 하늘에 볕이 맑고, 싱그러운 서늘바람이 불고 있었다.

드디어 나의 시야 속으로 헐레벌떡 뛰어오는 한 사내가 들어왔다. 두리번거리며 오는 그와 어느 순간 시선이 마주쳤다. 아, 나는 짧은 경탄의 소리를 내었다. 그는 내 젊은 시절의 얼굴을 하고 있었다. 그 역시 나를 쳐다본 순간 놀라 우뚝 섰고, 입을 벌리고 얼굴이 굳어졌다. 이내 달려온 그는 내 손을 덥석 잡고 말했다. 형님, 아버지가 살아오신 줄 알았습니다. 아버지하고 똑같습니다. 그는 격정으로 말을 더 잇지 못하였다. 핏줄이란 어쩔 수 없는 것인가. 아버지에게 원망만 쌓여 있으리라 생각했는데, 그의 마음속에는 아버지에 대한 그리움도 숨겨져 있었던 모양이다. 울컥, 알지 못할 통증이 내 가슴을 훑었다. 치받치는 격정을 억누르지 못해 입을 열기도 어려웠다. 무슨 언어가 더 필요하랴. 그를 품에 안고 등을 토닥거려주는 것이 고작이었다. 한동안 진정 후 그를 풀어주며 첫마디를 떼었다. 아버지 없이 너 혼자 얼마나 힘들게 살았니. 서투른 일본어지만, 소통은 쉽게 이루어졌다. 그의 눈에는 눈물이 넘쳐흐르고 있었다. 그가 받은 고난과 설움이 거침없이 눈물로 솟구치고 있었다. 어머니가 나 하나 기르면서 지금껏 혼자 아버지만 생각하고 계십니다. 또 다시 가슴이 뭉클했다. 도망치듯 떠나간 낯선 나라 남자를 그리워하며 지금껏 외롭게 살았다니. 그 여인은 분명 아버지를 사랑했을 것이다. 지체 없이 집으로 들어오라고 하셨어요. 아우는 내 손을 끌고 택시 정류장으로 갔다. 유전인자라는 것이 정말 존재하나 보다. 용모는 그렇다 하더라도, 그와는 아무 말을 하지 않아도 손을 통하여 모든 감정과 생각까지 소통되고 이해되는 듯했다.

그의 집은 역에서 그리 멀지 않았으나 재개발이 뒤진 허름한 빈민촌에 있었다. 동네 자체가 퇴색하여 낡았고, 건물들도 납작했다. 새는 지붕을 비닐로 덮은 곳도 많았다. 택시에서 내리자 그가 앞장서 골목으로 들어섰다. 골목 안쪽은 궁기가 더 심했다. 일본에 아직도 이런 빈민촌이 있나 싶었다. 어느 집 앞에서 그가 익숙하게 쪽문을 열고 들어섰다. 그 집 역시 퇴락하기는 마찬가지였으나, 내가 올 것을 대비한 것인지 작은 마당은 깨끗이 쓸어 있었고, 현관 마루도 잘 닦여 반질반질했다. 그는 안방으로 나를 안내해 방석을 내어 앉기를 청했다. 일본 여인은 보이지 않았다. 그가 방 밖으로 나갔다가 들어와서는 미소를 띠며 조그맣게 말했다. ……어머니가 정신이 하나도 없어요. 화장이 마음에 안 든다고 다시 하고 계세요. 조금만 기다려 주세요. 한 10분을 기다려서야 한복을 갖추어 입은 여인이 조심스럽게 방문을 열고 들어섰다. 녹의홍상, 나중에 안 일이지만 이 한복은 첫날밤에 입은, 아버지가 선물한 옷이라고 했다. 아, 탄성과 더불어 나는 벌떡 일어섰다. 그녀의 얼굴이 낯이 익었다. 바로 내 어머니의 얼굴이었다. 턱은 둥글고, 눈은 크고, 눈썹은 짙었다. 입가의 미소조차 닮았다. 그녀 역시 나를 보는 순간, 김실광, 하고 아버지 이름을 불렀다. 그녀는 내 얼굴에서 아버지를 본 것이다. 그녀는 나에게 와 손을 잡았다. 오까상[어머니]. 무슨 충동이 일었는지 나는 여인을 향해 이렇게 불렀다. 아버지는 이 여인에게서 어머니를 보았고, 불법체류자로서의 학대와 검거의 불안 속에서도 이 여인을 의지해 희망을 잃지 않고 견디어 냈을 것이다. 나는 여인의 손을 잡고 자리에 앉혔다. 이 여인에게 처음 만나는 상견례로 큰절을 올리고 싶었다. 그러나 여인은 오히려 나를 자리에 앉히고 내 무릎에 얼굴을 묻었다. 뜨거운 눈물이 무릎을 적셨다. 이제야, 아드님을 대신 보내셨네요. 울음 속에서 이렇게 중얼거렸다. 음성조차 어머니를 닮은 듯했다. 이 여인을 통해서 아버지는 분명 어머니를 보았고, 고향을 그리워했고, 자식들도 품에 안고 싶어 했을 것이란 확신이 들었다. 처음으로 아버지가 축생이 아닌 정서가 따뜻한 사람의 모습으로 다가왔다.

2박 3일 후, 떠나는 날 아침, 아우와 나는 먼저 역으로 나갔다. 도쿄 행 열차표를 예매하지 않은 탓이었다. 오까상은 뒤에 나오겠다고 했다. 다행히 열차표는 남아있었다. 출발까지는 1시간 여유가 있었다. 아우와 찻집에 앉아 한가롭게 차를 마시며 그동안 어렵게 살아온 이야기를 나누었다. 출발 15분 전까지 오까상은 나오지 않았다. 나는 어쩔 수 없이 일어섰다. 당황한 아우가 공중전화로 전화를 걸었다. 그리고 쓸쓸한 표정으로 말했다. 어머니가 울고 계세요. 그 역에서 아버지를 떠나보냈는데, 이제 또 그 역에서 그 아드님을 전송하지 못하겠답니다.

　도쿄로 가는 열차에서 나는 내내 그 여인의 울음소리를 듣고 있었다. 아버지를 떠나보내고 그 긴 세월 설움과 고난이 가닥가닥 서린 한 맺힌 울음소리를.

　메에서 숟가락을 내리고 돔배기에서 젓가락도 거두었다. 메를 세 숟가락 떠 숭늉에 말아 물밥으로 혼령에게 마지막 입가심을 시킨다. 아이들과 재배를 올려 아버지와의 이별[辭神]을 고한다. 어머니의 네 배는 항상 우리를 기다리게 한다. 어머니의 절이 끝나자 나는 촛불과 선향을 끄고 잔반의 술잔을 들어 단숨에 들이켠다. 안주로 돔배기를 한 젓가락 떼어 아버지의 맛을 음미해 본다. 세월이 흐르면서 아버지의 맛이 내 입에서도 점차로 감칠맛 있게 익어간다.

　전화벨이 울린다. 밤 10시. 일본의 아우다. 제삿날 10시 전화는 습관처럼 내가 받는다.

　"형님, 아버지 잘 모셨습니까?"

　"아버지가 음식 드시고 이제는 주무시러 가셨다. 그래 아이들과 잘 지내고 있나?"

아우의 결혼식은 경주의 한 호텔로 불러서 치렀고, 한복을 입혀 문중 어른들에게 폐백을 드려 비로소 아우와 일본 여인 계수는 우리 문중 사람이 되었다. 아이들이 세 명이다. 모두 귀엽고 건강하게 잘 자라고 있다. 아우는 귀화를 포기했다. 시골에 들어가 특용작물을 재배하면서 어렵지 않게 살고 있다.

어느덧, 달이 휘영청 중천에 떠올라 있다. 아버지가 돌아가시는 길이 훨씬 수월할 것이다. 생각 같아서는 그 옛날 아버지가 내 손을 잡고 장거리에 가던 때처럼 내 따스한 손으로 아버지의 야윈 손을 잡고 멀리까지 배웅하고 싶다.

바벨탑 앞에서의 점심식사

어젯밤에 내린 비 탓인가. 삼층 레스토랑 창에서 내다보이는 도심의 풍경은 수채화처럼 투명하다. 그 중심에 우뚝 솟은 글래스타워가 눈부시게 아름답다.

웅섭은 와인잔을 들어 바닥에 깔린 마지막 한 방울까지 입안에 흘려 넣고 은은히 퍼지는 향미를 음미한다. 새우냉채를 포크로 찍어 겨자맛을 즐기며 시선은 내내 창틀에 가득 찬 풍경 속에 머문다. 햇살이 황금빛 글래스타워에 오로라처럼 눈부시게 피어올라 하늘의 영광처럼 찬란하다. 그 빛 덩어리, 그는 '눈부시다'라는 말이 무엇인지 그것을 실감한다. 찬란하고, 환상적이고, 위엄과 신성미가 어려 있는 그 무엇.

웅섭은 불과 한 시간 전에 그 건물의 가장 중심 되는 사무실에 앉아 있었다는 사실이 실감나지 않을 지경이다. 인도산 붉은 대리석으로 복도를 장식하고, 변기 하나라도 이태리제를 쓴 사치스러운 건물 내부에는 익숙해져 있었지만, 이토록 한적한 장소

에서 물처럼 잦아 없어질 듯한 지독한 외로움에 빠져 글래스타
워의 겉모습을 관망했던 적은 없었다.

웅섭은 손을 들어 웨이터를 불러 와인을 아예 병으로 가져오
라고 했다. 그러지 않고서야 마음속에 커피포트의 기포처럼 부
르르부르르 끓어올라 표면에서 토닥토닥 터지는 짜증스런 이 감
정을 어떻게 처리해야 할 것인가. 낮술이지만 와인으로 끓어오
르는 격정을 혼미상태에 빠뜨려 잠재우고, 사우나탕이나 찾아
육신조차 잠재워 볼 일이라고 생각했다.

잔에 가득 찬 와인을 거침없이 입안으로 부어넣고, 새로 가득
채워 두 손으로 감싸 쥔다. 손바닥에는 차가운 감촉이 산뜻하게
전해 오지만, 위장에는 은은한 모닥불이 지펴지고 그것이 모세
혈관에까지 들불처럼 퍼져나간다.

이 글래스타워의 공식 명칭은 '패러다이스 빌딩'이다. 얼마나
명칭과 실상이 딱 들어맞는 빌딩인가. 한밤이면 건물의 이마에
'패러다이스'란 코발트블루 문자 네온사인이 눈을 뜨고, 지상에
서 쏘아 올리는 은백색 조명이 건물의 허리에서 머리 쪽으로 눈
부시게 퍼부어지면, 이 건물은 마치 깜깜한 밤하늘에 하느님이
창조한 천상의 낙원이 잠깐 지상으로 나들이 나와 서울의 상공
에 떠 복음이라도 전하려는 듯한 신비로운 분위기를 자아낸다.

건물 주변에 피어나는 빛안개는 몽롱해 혼곤한 오수에 빠진
것 같다. 예술적 건축미와 첨단 공법이 어우러지고 한국 최대의

높이와 연건평을 자랑하는 이 글래스타워는 국민 자부심의 상징
이 되어 촌로라도 죽기 전에는 이 건물을 순례해야 하는 관광명
소가 되었다. 타워의 전망대에 오르면 맑은 날에는 멀리 인천 앞
바다가 아련한 선경처럼 비늘을 번득이고, 휴전선 너머 송악산
도 손을 뻗으면 쥐일 듯 가까워 보인다. 내부는 대양산업의 사무
실이 중심을 차지하고, 백화점, 식당가, 살롱, 수족관, 헬스클럽,
수영장, 미술전시관, 영화관, 식당가, 자잘한 사무실로 쓰이는 오
피스텔과 국내 유수의 기업들이 교통이 편리하고 아늑한 사무실
을 찾아 모여들었다. 일단 이 건물에 들어온 사람들은 잠자리를
찾아 제 집으로 돌아가기 전에는 굳이 이 건물 밖으로 나가야 할
이유도 없다. 쾌적한 공기와 정결하고 화려한 분위기에 휩싸여
있다가 건물 밖으로 나설 때 왈칵 덤벼드는 먼지, 매연과 이질적
온습도로 오히려 건물 안으로 되돌아가고 싶은 짜증을 느끼게
된다.

이 패러다이스 빌딩의 준공식에서 행해진 대양산업 김대양 회
장의 연설 한 구절은 유명한 말로 남아있다. 온갖 TV카메라가
초점을 맞추었고, 뉴스 시간마다 그의 말은 도시는 물론 낙도의
토담집 안방에까지 퍼져 나갔으며, 코미디언들은 그의 말을 자
랑스럽게 인용해 유행어를 만들어 내었다. 신문지상에도 패러다
이스 웅자와 더불어 그의 말이 굵직한 활자로 뽑혔다.

"오, 하느님. 이 예술품을 분명 제가 만든 것입니까. ……오,

아닐 것입니다. 당신이 제 손을 빌어 솜씨를 자랑한 것일 것입니다."

이 말은 헐리우드의 어느 영화감독이 그가 제작한 대작 영화 시사회에서 '오, 하나님, 이것을 분명 제가 만든 것입니까?'라며 제 영화에 대한 다분히 나르시시즘적인 자화자찬의 말을 모방하고 부연한 것이겠지만, 김대양 회장의 이 모방조의 말은 조금도 험이 되지 않았다. 신이 아니고서야 감히 이런 건축의장을 상상해낼 수도 없거니와, 그 막대한 자본, 자재, 기술, 인력…… 이것을 동원해 건축사상 최단 공기에 만들어졌다는 사실은 기적임에 틀림없다.

건축현장은 24시간 살아 움직이고 있었다. 현장은 인간이 만든 성역으로 신조차 이곳을 넘보지 못했다. 대양건설의 로고가 찍힌 가리개 휘장이 외곽에 덮이고 대낮 같은 조명은 아늑한 밤조차 그 현장에는 범접하지 못하였다. 밤 공사로 이어지는 휘황찬란한 불빛으로 밤은 멀찍이 떨어져 서성거리다가 새벽이면 제풀에 물러나곤 했다. 크고 작은 사건이 발생했고, 많은 인력이 현장사고로 죽었지만, 그것은 가리개 속에서 일어난 일로 신조차 그 안은 넘보지 못하였다. 그리하여 무대를 보고 있는 관객들은 무대 뒤에서 일어나는 일은 전혀 모르고, 알 필요도 없는 것처럼 글래스타워의 건축과정의 험난한 피땀 흘림이 세상에 알려진 바는 없다. 피라미드나 진시왕릉도 이러한 과정을 거쳐서 만들어졌으리라. 지금 패러다이스는 오벨리스크의 위엄과 기품으로 도심의 모든 건물을 발 아래에 무릎 꿇리고, 눈부신 황금가루를 원광처럼 내뿜으며 조는 듯 평화로워 보인다. 아름답다. 이 아름다움이야말로 마법이 피워낸 한 송이 꽃이다.

와인이 서서히 온몸으로 퍼져가며 긴장과 번뇌도 녹아 잔잔한 평화가 온다. 새우냉채로는 안주가 좀 부족하다는 생각을 했다. 스테이크를 하나 주문해 점심 겸 안주를 할까. 웅섭은 새우 두 마리를 포크로 찍어 올리며 웨이터를 부르기 위해 손을 들었다.

순간 그의 시야를 막아선 것은 상아빛 투피스였다. 올려다보니 눈가와 목에 자잘한 주름살이 내비친 중년은 좀 지난 여인이 샐쭉한 표정으로 내려다보고 있었다. 나를 아는 사람인가. 이렇게 테이블에 붙어 서 있으면서 왜 말은 걸지 않았을까. 그녀와 시선이 마주치고도 잠깐 답답한 침묵이 흘렀다.

여인의 얼굴은 갸름하고 눈은 커 젊은 시절에는 꽤 미인이란 소리를 들었을 성싶었다. 재빨리 머릿속에서는 그녀의 나이를 계산한다. ……오십 중반? 오십 후반? 그러나 어떤 기억에서도 그녀를 찾아낼 수 없었다.

"나에게 하실 말씀이라도 있나요?"

드디어 웅섭이 먼저 입을 떼었다. 여자가 난처한 빛을 보이더니 머리를 가로 저었다. 그러면서도 여자는 계속 못마땅한 표정으로 서 있었다.

"그러면 무슨 일이신지?"

그러자 여자가 어쩔 수 없다는 듯 퉁명스럽게 말했다.

"여기는 내 자리란 말예요."

이런, 아무리 정신이 없어도 어쩌자고 남의 예약석을 차지하고 앉았을까. 웅섭은 테이블 위를 한번 훑어보았다. 어디 예약석 표지가 놓여있는가 해서였다. 아무것도 없었다.

"이집 점심은 회원제인가요?"

예약석 표지가 없다면 혹 점심시간에 자리를 정해 식사하는 곳일지도 모른다는 생각이 들었다.

"참 말귀가 어두우시네. 여긴 내가 늘 사용하는 자리란 말예요."

먹던 음식을 다른 테이블로 옮기고 자기에게 이 자리를 내달란 말인가. 귀티 나고 세련된 복장과 품격을 갖춘 화장을 한 여자가 내뱉는 말이라고는 도저히 상상하기 어려운 억지와 몰상식이 있었다. 흘낏 패러다이스 쪽으로 시선을 흘리고 돌아온 그녀의 눈자위에 무언가 섬뜩한 찬 기운이 흘렀다. 차고 찌를 듯한, 정상이라고 할 수 없는, 그러면서 무언가 저릿하게 하는 애잔함이 있었다.

그러나 여하튼 낯선 이 여자가 와인 몇 잔으로 겨우 찾은 평정을 교란시키는 불쾌감을 주고 있는 것은 사실이었다.

"이거 보세요, 부인. 내가 자리를 옮기기보다는 부인이 다른 자리를 찾아보는 편이 낫겠습니다. ……나는 지금 심경이 날카로운 사람입니다.”

웅섭은 와인잔에 술병을 쑤셔 박듯 기울여 콸콸 술을 따랐다. 언어보다는 행위로 그 불쾌감을 보여주는 편이 더 효과적이란 생각에서였다. 그리고 벌컥거려 술을 마셨다. 이쯤이면 여자가 체념하고 돌아섰으리라는 기대로 여자를 흘깃 쳐다보았다. 여자의 얼굴은 참담하게 일그러져 있었다. 야단맞은 초등학생처럼 풀이 죽어 있었다.

“……정 그러시다면, 앞자리에나 앉게 해 주세요. 사정을 알면 양보해 주실 수도 있을 것입니다.”

사정? 무엇이 이 여자로 하여금 이 자리를 이토록 집요하게 탐하도록 했을까. 암호처럼 이 자리에서 누굴 만나도록 약속된 것은 아닐까. 아니면 그 옛날의 로맨틱한 첫사랑이라도 음미하려는 것은 아닐까.

“좋습니다. 거기 앉아 그 사정이란 거나 얘기해 보시지요. 듣고 나서 수긍이 가면 내가 자리를 옮길 수도 있습니다.”

대답 대신 여자는 다소곳이 의자에 내려앉아 옷매무새를 가다듬었다. 정면으로 여자를 마주보니 무언가 그녀의 표정이 정말 예사롭지 않다는 생각이 들었다. 눈동자는 불안정하게 움직였고, 입 근처에는 가벼운 경련이 물결처럼 후루룩 훑어 지나갔다. 그녀는 무릎 위에 얹은 핸드백에서 손수건을 꺼내 콧등을 다

독거리다 도로 넣고, 다시 꺼내 입가로 가는 것이 쫓기는 사람의 불안 심리가 저런 것이 아닐까 하는 생각이 들었다.

그녀는 웨이터에게 아주 낮은 음성으로 굴그라탱과 적포도주 한 잔, 그리고 햄버거를 덧붙였다. 음식이 왔다. 그러나 그녀는 내내 침묵이었다. 대답을 잊었거나, 웅섭의 존재를 잊은 듯했다. 그녀는 와인을 잠깐 입에 대는 듯하다가 내려놓고 포크로 굴요리를 뒤적거리다가 가끔 한 알씩 찍어 입으로 가져갔다. 그러면서 시선은 패러다이스 빌딩 쪽에 멍하니 머물러 있었다.

패러다이스 빌딩, 하기야 이 창문에서 내다볼 수 있는 풍경이라야 그것이 전부일 것이다. 여인의 집요한 시선을 받으며 오연히 곧추 서있는 패러다이스를 쳐다보다가 웅섭은 '푹'하고 터져 나오는 웃음을 황급히 집어삼켰다. 문득 프로이트적 연상이 떠올랐고, 그것이 이상하게 웃음을 유발하는 어느 기관을 쿡 자극했던 것이다. 동굴은 여성의 자궁, 중절모와 스틱은 남성기의 무의식적 상관물이라나. 그렇다면 저 패러다이스야말로 중절모나 스틱보다 더 사실적인 상관물이 아닐까. 위엄 있고, 우뚝하고, 찬란하고, 정액이라도 뿜어낼 듯 뻣뻣이, 몰염치하게, 모든 존재를 발아래 꿇어 엎드리게 하고, 드디어 이 여인의 피학적 복종심을 끌어낸 것일 것이다. 웅섭은 광케이블 회로처럼 순간에 이런 것을 추리해내었다.

"그래 그 사정이란 게 뭐요?"

답변을 묵살 당했다는 불쾌감, 이 여자에 대한 괴이쩍은 호기심이 또 말을 걸게 했다.

그러자 여자는 주변을 두리번거리고, 아주 큰 비밀이라도 알려주는 듯 음성을 낮추고 목을 앞으로 빼어 말했다.

"저 패러다이스는 바벨탑이라구요."

여자는 빼었던 목을 도로 끌어가며 새침해졌다.

"바벨탑이라니, 누가 그런 말을!"

그러자 여자는 포크를 입에 대고 '쉿'하는 소리를 내며 다시 주변을 두리번거렸다.

"조용히 해요. 누가 들어요. 그저 그런 줄이나 아시라구요."

여자는 자기만 아는 천상의 기밀이라도 누설한 듯 불안해 하면서도, 무지한 사람에게 깨우침을 주었다는 도도함을 내보였다. 이 여자가 실성한 것은 아닐까. 난데없이 바벨탑에다가 처음 보는 남자에게 하는 연극적 행위라니. 어리둥절한 가운데 어떤 호기심이 강하게 솟구치는 것은 어쩔 수 없었다.

바벨탑? 진흙벽돌에 역청을 시멘트처럼 접합제로 써서 포개 쌓은 탑의 흔적이 발견되어 구약이 신화가 아니고 역사임을 실증했다고 신학자들이 좋아했던 유물이다. 메소포타미아 시날 평지 지역, 최초로 인류문명을 꽃피운 곳. 처음 도시국가가 세워지고, 문자가 사용되고, 법전이 제정되었으며, 학교교육이 시작되었던 곳. 인간의 위대함을, 통치의 권위를 증명하기 위하여 쌓아올린 이 탑을 구약성서 창세기에는 이렇게 시작하고 있다. '온 땅에 구음口音이 하나요 언어가 하나였더라.……' 그러나 이들은 시날 평지로 옮겨가 바벨탑을 쌓으며 신에게 도전하자, 신은 진노하여 이들에게 방언方言을 퍼뜨렸고 이들은 서로 의사가 통하지 않으매 사방으로 뿔뿔이 흩어졌다. 위로 올라갈수록 점점 좁아지는 이 탑을 고대인들은 '지구라트'라 불렀다. 머리는 구름 속을 뚫고 올랐다. 서기전 이천 년경의 일로 지금부터 사천 년 전의 일이었다. 바벨탑을 관장하던 우르의 신전은 아직도 거의 원형으로 남아있다. 전면 40미터, 측면 45미터, 높이 45미터.

바벨탑에 동원된 그 많은 노예들의 숫자를 어떻게 다 헤아릴 수 있을까. 흙벽돌 한 장 한 장이 모두 노예들의 피와 땀으로 반죽되어 있으리라.

바벨탑, 그렇다. 저 어마어마한 패러다이스 빌딩을 쌓기 위해 웅섭 자신은 무엇을 했던가. ROTC 장교로 베트남전에서 돌아와 제대하고 이리저리 직장을 찾아다닐 무렵, 대양은 또 하나의 문어발식 방계회사를 만들었는데 이것이 '대양물산'이었다. 구로공단에 공장을 두고 내수보다는 수출에 주력하는 섬유회사였다. 기업을 전투부대로 인식하는, 어쩌면 전투보다 더 치열하다고 인식하는 이 방계회사는 실전을 경험한 웅섭은 매력적인 전사였다. 해외출장소에서 잡아 보낸 바이어들을 상대로 웅섭은 수출 오더를 얻기 위해 할 수 있는 전술은 다 썼다. 웅섭은 어쩌면 대양물산의 수출역군, 좀더 정확하게 말하면 대양이라는 거대한 배의 질척한 밑바닥에서 노를 젓는 노예였다. 그 노예들의 땀이 모여 저렇게 패러다이스로 솟아 신비로움을 내뿜고 있다.

이런 비유를 유추하며 웅섭은 여자의 얼굴을 다시 쳐다보았다. 이 여자는 기독교적 신비주의자일지도 모른다. 그리하여 신에게 선택되어 무슨 계시라도 얻었는지도 모른다. 아니면 무속적 몸주신에 들려, 접신상태에서 받은 어떤 공수라도 내리고 있는지도 모른다.

"기독교인이세요?"

그러자 여자는 피식 웃었다.

"넘겨짚지 마세요. ……저 패러다이스는 내 남편이 지었다 이겁니다."

무어라구. 웅섭은 잠깐 혼미했다. 그러면 이 여자는 김대양 회장의 부인이란 말인가. 김대양의 부인이라면 어째서 이런 보잘 것 없는 레스토랑을 혼자 떠돌며 식탁 하나를 가지고 시비를 걸었을까.

"……김 회장님의?"

여자는 미궁에 빠진 웅섭의 얼굴을 넘겨다보며 재미있다는 듯이 경박한 웃음을 터뜨렸다.

"왜 영 삼천포로만 빠져 다니시는 거죠? 내 남편은 대양건설에서 건축사로서는 일인자였다 이겁니다. 내 남편이 아니고서는 저 빌딩이 저렇게 웅장하게 솟아오르진 못하죠.”

그녀의 남편이 뛰어난 건축기사였다면 ‘내 남편이 지었다 이 겁니다’라는 그녀의 말이 타당성을 지니는 것인가. 그러면 웅섭 자신이 ‘내가 저 빌딩을 지었다 이겁니다’는 성립할 수 없는 말인가. 여하튼 그녀의 남편이 대양의 한 조직원이었으니 자신과도 관련이 있다는 사실 하나는 분명해졌고, 이것이 조금 반갑고 긴장되게는 했다.

“그런데 바벨탑이란 말은 부군께서 명명하신 겁니까?”

그러자 여자는 포크를 내려놓고 멍해져 버렸다.

“내가 바벨탑이라고 했나요?”

여자는 정신이 오락가락하는 듯했다. 여자는 난처한 표정으로 핸드백을 열어 손수건을 꺼내 경련이 일고 있는 입가를 토닥거렸다.

“글쎄, 아까 그렇게 말하지 않았습니까?”

도시 우롱당하는 기분에 웅섭의 음성도 약간 격해 있었다.

그러자 여자는 눈을 내리깔고 착 가라앉은 음성으로 말했다.

“내 남편은 죽었어요. 내가 왜 그 사람 말을 하는지…….”

그녀의 음성이 바람결처럼 가냘파 웅섭은 잘못 들은 것은 아닌가 했다.

“작고했다구요?”

“저 건물을 짓다가 거기서 쓰러져 죽었어요. 일꾼들 다 퇴근

시키고 그날 작업이 제대로 되었나 마무리 점검을 하러 올라갔다가 그 현장에서 죽었어요. ……과로사인지, 심근경색인지 판명도 안 난 채 묻어버리고 말았어요. 회사에서 사인 밝히기를 꺼려하고 장례를 서둘렀지만, 나도 죽은 사람에게 칼을 대 또 죽이는 것 같아 부검을 하지 말라고 했지요. 그 불쌍한 사람이 골조 올라가는 꼭대기 전망대에서 채 마르지 않은 시멘트 바닥에 쪼그리고 앉아 죽어 있었다는군요. 내가 연락 받았을 때는 시체 부검대 위에 얹혀져 있더라구요. 발가벗겨져 입술은 새까맣고 눈자위는 퍼렇게 푹 꺼지고, 머리칼은 시멘트 먼지 투성이었지요. 며칠째 현장에서 집에도 못 왔으니 부검실 한구석에 구겨져 처박힌 옷가지에도 소금국이 흐르더라구요. 혼자 조금씩 죽어가면서 얼마나 무서웠겠어요. 아무 소리도 못 지르고 가슴을 쥐어뜯으며 저승사자는 덤벼드는데, 일밖에 모르던 양반이…….”

여자는 신경질적인 도리질을 하다가 드디어 손수건을 펼쳐 얼굴은 감쌌다.

아, 이런. 명치에 짜르르 아픔이 일고 아찔한 현기증과 더불어 눈앞이 컴컴해졌다.

부옇게 앞이 열리면서 요정 S각에 가서 기억이 멎었다. 왜 이런 엉뚱한 곳으로 생각이 날아갈까?

자그마하고 귀여웠던 장수정이, 그녀는 어리고 가냘픈 몸매로 한복을 입고 교자상 앞에 나앉아 있었다. 조용한 자태와 서

투름이 오히려 청순미를 더하고 한복이 몸에 붙지 않아 앞섶이 벌쭉 떠 무언가 어색함을 보였다. 대학물은 먹었는지 제법 정확한 발음으로 영어는 말할 줄 알았고 비교적 잘 알아들었다. 그러나 철부지인데다가 세상 물정 모르는 계집애에 불과했다. 웅섭의 뇌리를 발칵 뒤집으며 끝없이 파고들어 떨어지지 않는 환영을 만든 것은 바로 그날이었다. 그날은 덩치가 크고 근육질인 바이어 짐 브라이언을 접대하고 있었다. 미국에서 제법 큰 체인을 가진 '시어스 앤드 로박'에서 보낸 흑인이었다. 평소에 덩치가 좋다고 자부하던 웅섭도 자신의 한배 반이나 되는 그의 몸집과 험한 인상에 압도당하고 말았다. 스파르타쿠스 노예전사가 저런 것이 아닐까 하는 느낌이었다. 사실 그는 본사에서야 해외출장이나 떠돌게 하는 말단사원에 불과하겠지만, 제품을 팔아야 하는 대양의 영업사원 웅섭 앞에서는 칼자루를 쥔 염라대왕이었다. 그는 수정이가 젓가락질 해다 주는 음식에 기갈이 들었던지 포크를 달라 해서 이것저것 접시에 담아 긁어먹기 시작했는데 갈비찜과 섭산적은 '원더풀'을 연발하며 걸신들린 듯 퍼 먹었다. 그는 수정이가 구절판에서 찹쌀 부침에 이것저것 말아 싸주는 음식을 받아먹으며 '동양은 천국'이란 말을 했는데 마치 황제나 된 듯 황홀해 했다. 그러나 음식 받아먹을 때 벌린 그의 입안이라니, 시꺼먼 얼굴에 벌건 입안이 흡혈귀가 피를 머금은 듯 섬뜩했다. 식사가 거의 끝나갈 무렵, 위스키와 한식으로 배를 채운

브라이언은 배를 쓰다듬으며 느긋한 포만감을 삭이며 웅섭에게 나지막이 제안했다. '나 미스 장과 호텔에서 조용히 한잔 더 했으면 하오.' 예정된 코스처럼 이렇게 종착역을 주문했다. 어찌해야 할 것인가. 웅섭은 미소를 잃지 않은 채 차근차근 설명해 나갔다. C호텔은 투숙자 명단에 없는 콜걸은 동반할 수 없다. 당신이 숙소를 다른 곳으로 옮긴다면 가능할 것이다. 이 말은 이 밤중에 숙소를 다른 곳으로 옮긴다는 것은 불가능한 것이니까 그녀를 단념하기를 바란다는 암시가 들어있었다. 그러나 그는 웅섭의 말은 전혀 이해하지 못한 것처럼 다음 말을 이어갔다. '나는 당신 회사의 환대에 감사하오. 공장 시설도 좋고, 샘플도 규격대로 되어 있소. 바늘땀이나 뒷손질, 포장 상태도 아주 만족스럽소.' 아, 이를 어찌할 것인가. 호텔 플로어맨 주머니에 돈을 찔러 넣어주어서라도 이 젊은 여자를 흑인의 동반자로 보내주어야 할 것인가. 웅섭이 수정의 얼굴을 쳐다보았다. 그녀는 상황이 돌아가는 사태를 파악했는지 창백하게 굳어 있었다. '……가급적 내일쯤 계약을 마치고 편한 마음으로 며칠 쉬었다 갔으면 하오. 본사에서는 몇 개의 회사를 더 살펴보라지만, 그런 견적서쯤은 당신 회사에서 마련해 줄 수 있는 것 아니오?' 브라이언은 계약이라는 칼자루를 단단히 움켜쥐고 슬쩍 칼날을 번득여 보였다. '계약조건은?' '재킷에서 한 다임(10센트)만 벗겨내고, 선적 기일을 일 주일만 앞당긴다면.' 이제 계약의 열쇠는 이 한복을 입은 조그만 여자가 쥐고 있는 것이다. 이제는 이 여려서 한없는 연민을 자아내는 여자에게 완강하게 마음 문을 닫아야 할 때다. 술집 작부로서 성공하려면 남자를 가린다는 것은 사치다. 웅섭은 마침 술자리를 살피러 온 마담을 눈짓해 마루로 나갔다. 휘황한 외등이 켜진 정원에 휘어진 노송 몇 그루 위로 찬 이슬비가 부옇게 내리고 있었다. 마담이 나오고 뒤로 수정도 따라 나왔다. 웅섭은 수정을 외면한 채 마담에게 말했다. '특별 보너스를 줄 테니까 이 아가씨 하루 외박 내보내.' 마담은 한숨 섞어 말했다. '오늘 처음 술상에 나앉힌 앤데. 하필 저런 놈한테. 다른 애는 안 될까?' '다 된 밥에 재 뿌리지 말아.' 웅섭은 완강하게 말했다. 이 시점에서 브라이언의 요구를 묵살하는 것은 계약을 포기하는 것과 같을 것이다. '저 흑인은 무서워. 짐승 냄새가 나. 저 흑인만 아니라면 누구라도 좋아.' 수정은 두 손을 모아 마담 앞에 비는 시늉을 했다. 그러자 마담의 입에서 낮으나 거칠기 짝이 없는 욕설이 쏟아져 나왔다. '이 미친년아. 네년이 장사 아주 망칠 셈이냐. 술집 갈보년의 밑구녕은 임자가 따로 있는 게 아냐. 이년아, 보자보자 하니까, 이년이 술상 머리에서 공주 행세를 하려 드는구만. 이년아. 옷 갈아 입구 외박 준비해.' 고급요정에서 처음 듣는 이 상소리에 웅섭은 진땀이 나도록 놀랐다. 수정이 얼굴을 감싸고 고꾸라질 듯 비틀거리며 내실로 뛰어갔다. 마담의 눈에는 그렁그렁 눈물이 고였는데 웅섭을 쳐다보고는 씽긋 웃고 '걱정 마세요.' 한마디 던지고 그 역시 내실로 향해 갔다.

깊은 밤 1시, 윈도우에 흩뿌리는 가을비 속에 승용차는 C호텔로 향했다. 브라이언, 수정을 뒷자리에 앉히고, 웅섭은 조수석에 앉아 서로 말이 없었다. 룸미러에 비친 수정의 얼굴은 조그맣게 응축되다 못해 두드리면 깨질 듯 딱딱하고 차게 굳어 있었다. 그리고 다음날의 계약은 마술 지팡이를 흔든 듯 부드럽고 쉽게 끝을 맺었다. 그러나 뇌리에 남은 것은 '저 흑인은 무서워. 짐승 냄새가 나.' 공포에 차서 가늘게 내뱉던 수정의 말이었다.

정작 그 말이 웅섭 자신에게 전이되어 자신의 혐오감으로 되돌아 온 것은 보름쯤 후였다. 또 다른 바이어를 데리고 S각을 찾았을 때 웅섭의 소매를 끌고 으슥한 곳으로 간 마담이 자근자근 들려주는 수정이의 후문에서였다. '그 애가 어떻게 된 줄 알아? 거기가 다 찢어지고 출혈이 멎지 않아 병원에 가서 꿰매고 입원치료를 했단 말이야. 애는 정신이 오락가락 히죽대는 미친년이 되었고. 미쳐서 어딜 돌아다니는지 지금 제 자취방도 뎅그렇게 비어있어. 대학물도 처먹은 년인 모양인데 지 애비 부도로 일시에 집안이 박살나고, 식구들도 뿔뿔이 흩어진 모양이야. 그래도 운 좋아 이리 왔지만 생애 첫 놈이 그 검둥이일 줄 어떻게 알았겠어. 어리숙한 기집애를 외박 내보낸 내가 미친년이지.' 마담의 눈에 또 눈물이 고였다. 웅섭은 정신이 아득하였다. 수정이가 정말 실성이라도 한 것일까? 아직도 뇌리에서 떠나지 않는 것은

'무서워요.' 바람결처럼 가느다란 수정이의 비명이었다.

여자는 겨우 진정하고 눈자위와 코 밑을 찍어내던 손수건을 내리며 어색하게 웃었다.

왜 이 여자의 남편에게서 수정이의 환영을 떠올리고 있는가. 그 누구인가 이름도 알지 못하는 건축사가 어떤 공포를 빛보다 빨리 전달해 왔고, 그것은 백금 같은 순수도체를 통해 수정의 환영에 가 닿은 것은 아닐까. 그러면 '저 패러다이스는 장수정이 지었다, 이겁니다.'라는 말은 성립되지 않는가. 수정의 눈물이 저 건물에 벽돌 몇 장이나 쌓았을까?

"그런 일이 있었을 줄 몰랐습니다. 진심으로 애도합니다."

그 건축사가 누구인지는 몰라도 대양그룹의 같은 사원이었고, 동병상련적인 비애, 분만이 뒤섞여 정전기처럼 온몸을 감돌았다.

그러자 여자는 입을 삐쭉삐쭉 무언가 말을 할 듯하다가 드디어 들릴 듯 말 듯 중얼거렸다.

"……진심으로 애도한다구? 대양건설 셋째아들 김치우랑 똑같은 말을 하는구만. 제 앞가림이나 반들반들 닦아내는……. 다 정신병동에나 집어넣어야 해."

이 무슨 해괴한 말인가. 진심을 다한 애도에 몰아치는 터무니없는 생트집이라니. 그러면 잘 죽었다고 말해야 시원하단 말인가. 잠시 가슴을 저미며 눈물이라도 흘릴 것 같던 감상이 깡그리

사라졌다. 차라리 '개새끼'가 낫지 '정신병동'이 다 무어냐. 웅섭은 분노가 솟으며 정말 어리둥절한 심정이 되었다. 그러나 그 감정을 누르고 여전히 위로의 말을 이었다.

"부인, 난 건설사장 김치우가 아닙니다. 부군과 같은 피고용인의 처지에서 진심으로 그분을 애도하고 있는 것입니다. 그분이 아니었다면 지금 저렇게 멋진 글래스타워를 볼 수 있겠습니까. 그분은 큰 업적을 남기신 것입니다."

그러자 여자는 조금 진정된 듯했다.

"내 말투가 나쁘지요? 내 자식, 며느리 생각을 했나 봅니다. 질질 짜며 장례 치루고 나니까 제 애비 퇴직금, 위로금을 다 말아먹고도 또 보험금에 눈독을 들이고 있더라구요. 내가 그것까지 그것들에게 빼앗길 사람입니까. 은행에 집어넣고 통장은 불살라버렸지요. 나 죽으면 불쌍한 고아원에나 갖다 주라는 유언이나 남길 겁니다. 나 사실 똑똑한 여잡니다. 그것들이 제 애비 애도한다고 내 앞에서는 눈물 짜며 온갖 슬픈 표정은 다 꾸미고 있었다구요. 건설사장 김치우도 똑같은 말투와 표정이었구요. ……그것들이 가끔 날 충주 정신병원에 보내겠다고 협박해서 불편하기 짝이 없어요. 싸돌아다니는 게 제일 편한데 그것도 못하게 하네요. 차라리 죽고 싶어요."

'죽고 싶어요.' 하는 그녀의 말끝에서 웅섭은 아침의 광경을 떠올렸다.

커피 한 잔을 들고 자리에서 일어나 창가로 갔다. 32층 사무실에서 내려다보이는 지상은 아득했다. 잘 다듬어진 잔디위에 올리브색 찐빵처럼 크고 작은 정원수가 부풀어 있고, 지상 주차장에는 장난감 같은 승용차들이 색색이 줄지어 있었다. 대형 조명등들이 뭉툭한 대포처럼 건물을 향해 방금 포탄을 쏠 듯이 놓여있고, 도시 매연이 건물 허리에 걸려 뭉클뭉클 이내처럼 흘러가고 있었다. 아, 이 자리를 벗어나고 싶다. 이 건물을 떠나고 싶다. 수퍼맨처럼 날아갈 수는 없는가. 아니면, 피터팬처럼 순수한 동심을 되찾아 그 힘으로 하늘을 날아 세상과 동떨어진 꿈의 섬으로 날아갈 수는 없을까. 영화에는 늙은 피터팬도 동심을 찾아 하늘을 잘만 날던데. '에이이익', 아랫배에 힘을 주자 갑자기 뱃속에서 불기둥 같은 것이 솟구치며 온몸이 자지러지듯 자글거리고 그 힘으로 자신이 부양상태에 있다는 것을 느꼈다. 전혀 중력이 느껴지지 않았다. 그는 유리창을 부수고 푸른 하늘로 날아오를 것 같은 벅찬 기쁨의 전율이 일었다. 도약 준비 거리를 유지하기 위하여 한 걸음 두 걸음 뒤로 물러섰다. 와장창, 유리창이 깨지고 자신은 날아 남산을 넘고 관악산을 넘고 미지의 섬에 가 닿으리라. 쨍그랑, 어느 순간 그는 자신의 의자에 몸이 부딪치며 그만 들고 있던 커피잔을 떨어뜨렸다. 수출 2부 전사원의 시선이 일제히 자신에게 쏠리고, 그는 부양 상태에서 갑자기 지상 자신의 의자로 떨어지며 천만 근의 중력에 몸이 짓눌렸다. 사환이 달려와 깨진 커피잔을 쓰레받기에 쓸어 담고, 대걸레로 바닥을 훔치는 동안 그는 의자에 앉아 내내 그 엄청난 중력으로 꼼짝도 할 수 없었다. 부원들의 시선이 처음의 놀람에서 동정의 눈빛으로 바뀌어 거두어가고, 여기저기 이마들이 모여지는 것을 망연히 쳐다보았다. 그들이 쑥덕대는 말은 뻔할 것이다. 젊어서는 회장 신임도 받고 못해낼 일이 없던 초능력 전사였는데, 만년이 너무 비참해. 어쩔 줄 몰라 하는군. 안 본 것만도 못해.

천만 근의 중력에서 겨우 풀려 평정을 되찾았을 때에야 그는 비교적 정확한 걸음으로 사무실을 벗어났다. 두리번거리며 거리를 걸어 내려가다가 흘낏 뒤돌아보았을 때 문득 햇살을 반사하며 반짝이는 글래스타워가 눈앞에 우뚝했다. 아, 바로 저것이야. 그것이 구겨진 자존심을 일으켜 세우는 당당함을 일깨웠다. 저 글래스타워야말로 나의 땀과 열정이 그대로 어린 것이다. 젊어서의 나의 땀과 열정은 저렇게 찬란한 것이다. 길 건너 삼층에 커다란 유리창이 보였다. 레스토랑 '티파니'. 그 창문에서는 글래스타워가 잘 보일 것이라고 생각했다. 그는 차 사이를 비집고 위험스럽게 차도를 뛰어 건넜다.

"미안해요. 자식 얘기까지 끄집어내서요."

"아, 아닙니다. 나도 자식이 있으니까. 요즈음 자식들은 부모 생각 안 합니다."

그는 정성껏 위로하면서도, 머릿속에서는 아침 일이 맴돌았다. 그때 뛰어내렸더라면 낙하거리를 100미터로 잡고, 비과시간을 10미터 당 1초로 잡는다면 10초는 피터팬처럼 날 수 있었으리라. 그리고 시멘트 바닥에 머리를 부딪치는 순간 선혈이 꽃을 피우고, 그 꽃을 통해 피터팬의 낙원으로 들어갈 수도 있었을 것이다. 그 이후는? 박사과정을 한다고 결혼도 미루고 있는 아들은 제 어미를 어떻게 대할까? 군주가 사라진 가정에서 스스로 제왕이 되어 제 어미를 박대할 것인가. 대학강사로 나가고 있는 제 여자가 들어와 애를 두엇 낳아 놓고, 시어미는 그것들의 기저귀 갈고, 밥 짓고, 빨래하고, 청소하고……. 며느리 속옷까지 개키고 있을 것인가.

"부인, 제 술 한 잔 받겠습니까?"

"어머나."

여자가 짐짓 놀라더니 귓불이 발개졌다.

웅섭은 그녀의 빈 와인잔에 술병을 기울였다.

"모르는 사람한테 난생 처음이라……."

떨리는 손이 뻗어와 잔을 잡았다.

술잔에 거의 다 찰 지경이었지만, 그녀는 '그만요'라는 말을 하지 않았다.

웅섭이 제 잔을 들어 건배를 청하자, 또 부끄러운 손이 뻗어나와 웅섭의 잔에 부딪쳤다. 그녀의 입가와 눈빛에 기쁨의 빛이 퍼지고 있었다. 한 모금 술을 마신 그녀의 표정은 활짝 풀렸다.

"역시 붉은 것보다 흰 것이 맛이 깔끔하네요."

한마디 하고 또 와인을 찔끔거리듯 조심스럽게 잔을 들어 마시고 키득 웃었다.

"남들 보기엔 우리가 부부인 줄 알겠네요."

그제야 웅섭은 퍼뜩 정신이 들어 주위를 살폈다. 어느덧 20여 개의 테이블에는 손님이 거의 다 들어차 있었다. 그러나 이쪽을 주시하는 사람은 아무도 없었다. 혹 부원들이라도 들렀다가 이 장면을 목격한다면 어쩌나 하는 조금 켕기는 느낌이 들었다.

"그이랑 여기서 자주 점심을 했어요. 그인 근무 중 낮술은 통 안 하니, 나만 심심하게 한 잔씩 했어요. ……처음엔 아니더니, 지금 보니 댁은 그이랑 닮은 데가 많아요. 턱이 짧고, 뺨이 두툼한 것이랑, 구레나룻이 많은 거랑……. 딱 그 자리에서 그렇게 앉아있었지요."

"옆 자리에 안 앉고 이렇게 마주 앉아 식사를 했단 말입니까?"

"예에, 그 사람 멋대가리 없고 좀 덤덤한 구석이 있었어요. 그래서 그 사람이 바람피울 걱정은 안 했다구요. 후후……."

"한 잔 더 하시겠습니까?"

그러자 이번에는 서슴없이 빈 잔이 내밀어졌다. 잔을 채워주자 곧바로 절반을 비우고 아쉬운 듯 잔을 내려놓았다.

"그인 말이죠, 평생 일하고 집밖에 몰랐어요. 나야 애 기르고 나니 팔자가 늘어져 그림 그리고, 헬스 다니고, 모임 나다니고……. 그렇게 하루하루를 깔깔거리며 한 세월 잘 보냈지요. 그런데도 그인 일 힘들다고 집에서 짜증낸 일이 없었어요. 무덤덤했지만 참 편하게 해주던 사람이었어요. ……그런데 그이가 부검실에 소금국에 절은 노숙자 꼴로 누워있을 때에야 얼마나 힘이 들었을까 불쌍해서 복장이 다 터지더라구요. 따라 죽고 싶었어요."

"미술을 공부했습니까?"

"대학에서 그걸 전공했지요. 제대로 한 것은 아니지만 한때는 국전 출품도 열심히 했었어요. 구상을 했지만 환쟁이 축에도 못 끼는 미미한 존재였어요. 그나마 그이 죽고 나니 그림이고, 동인전이고 다 담을 쌓았어요. 뭐 인생이 있고 그림도 있는 거지요. 난 그이 생각에 사로잡혀 매일매일 살아간다는 것이 깜깜해요. ……그이도 일 때문에 매일매일이 이렇게 깜깜하게 살았었겠지요?"

"남자가 힘들다는 것은 조직사회 안에서 부닥치는 일이니까 여자들의 정서적 고통과는 다르지요. 남자란 원시시대부터 주거지를 떠나 사냥하며 모험을 하고 수렵한 수확물을 가지고 주거지인 여자에게 돌아오는 역할 아니겠어요? 포획했을 때의 영광, 빈손일 때의 절망, 뭐 그런 것 아니겠어요?"

이야기를 들으면서 여자는 시선을 허공에 둔 채 무언가를 곰곰이 되씹는 모습이었다.

'남자들의 고통'이란 화두가 갑자기 식탁 위로 떨어지자 웅섭의 머릿속은 방전하듯 여러 환영이 형광불빛으로 파닥거리며 명멸하고 가슴을 답답하게 조였다. 인간으로서 가장 수치심을 느끼게 하는, 가슴에 독화살이 박혔던 그 말 '난 당신이 어떻게 되는지 지켜볼 거야.' 휘돌던 혼돈이 가라앉으며 찌꺼기처럼 이 말이 여운으로 남았다. '난 당신이 어떻게 되는지 지켜볼 거야.' '난 당신이 어떻게 되는지 지켜볼 거야.' '난 당신이……'

프랑스 P브랜드에서 합작생산을 위한 회사 물색을 위해 직원 둘이 내한했다. P브랜드는 세계 유명상표였다. 그 회사와의 합작은 내수는 물론 수출의 길도 그냥 열려 있는 셈이었다. 와이셔츠, 넥타이, 블라우스 등 실크와 코튼의 섬유 분야였다. 중역회의에서는 타당성 여부를 검토하고 적극 섭외를 결정했고, 그 역할이 웅섭에게 떨어졌다. 생산 샘플을 제시하고 공장으로 안내하고, 밤으로 이어지는 향응을 끝내고 밤 1시나 되어서 집으로 돌아오자 아내가 송기태 사장에게서 몇 번 전화가 왔었다고 했다. 송 사장은 공장을 가지고 봉제업을 하고 있었으나 소기업 수준 정도여서 대양물산과는 경쟁대상이 될 형편이 아니었다. 그러나 송 사장은 대학 1년 후배였고, 학창시절 '아시아 문제 연구소'라는 동아리 회원이었다. 서클 명칭은 거창했지만 10명도 안 되는 회원이 방 하나를 차지하고 일간지나 스크랩하고, 1년에 한 번 대학 학회지에 서클 이름으로 논문 하나 발표하는 것이 고작이었다. 그러나 매일 저녁의 술자리는 흥성했다. 어쩌면 술자리를 위해 존재하는 그런 서클인지도 몰랐다. 그러나 이렇게 살을 비비고 사는 동안 이들의 유대는 피를 나눈 형제와 같은 소중한 존재가 되었다. 샤워를 채 마치기도 전에 그의 전화가 다시 왔다. 부도 직전에 있는 송기태는 P브랜드를 잡아야만 상환연기도 되고, 새 대출도 받을 수 있다는 절박한 사정을 말했다. '이거 봐, 송 사장. 나는 대양의 수족에 불과해. 그걸 결정할 입장이 아냐. 내 입장도 이해해 주어야지.' 오히려 웅섭이 사정을 했다. '대회사 자존심 지켜 덤핑만 하지 말아주십시오, 선배님. 그것을 결정할 수 있는 재량은 형님의 권한 아닙니까. 대양도 살고 나도 삽시다.' '아, 그걸 내 재량대로 할 수 있다고 생각하나.' '형님, 이건 대기업의 윤리 문제이기도 하고 또 형님과의 의리로 부탁하는 겁니다. 절 살려주십시오. 내 목숨은 형님에게 달린 것입니다.' 송기태는 대양의 내부 상황까지 훤히 알고 있었다. 그러나 결과는 너무 빤했다. 대기업이라고 하여 기업윤리가 존재하는 것도 아니고, 웅섭 자신이 이 일로 대양에서 무능한 인물로 낙인찍히기도 싫었고, 재량도 대양의 실익을 생각했지 송기태의 부도에는 냉담했다. 결국 덤핑에 가까운 계약조건으로 P브랜드는 웅섭이 잡아 회사에 상납하였다. 얼마 후 송 사장의 부도 기사가 일간지 1단 기사로 조그맣게 장식했고, 한밤중 그의 술에 젖어 목이 쉰, 긁히는 음성의 전화를 받았다. '야, 김웅섭. 당신이 어떻게 내 선배야. 난 당신이 어떻게 되는지 지켜볼 거야.' 유언처럼 그 전화를 끝으로 그는 조용히 잠적해 버렸다. 출국금지 상태일 것이니 그는 절간이나 도심의 어느 여인숙에서 몸 하나 사릴 곳을 마련해 소주에 절며 조금씩 조금씩 생명을 소진하고 있을 것이다. 소식이라도 준다면 그를 만나 자신의 입장을 해명하고, 위로금이라도 전해주고 싶었다. 일간지에 파산한 기업인들의 자살기사가 실릴 때마다 웅섭은 그가 송기태가 아닐까 머리끝이 쭈뼛쭈뼛 솟는 느낌이었다. '난 당신이 어떻게 되는지 지켜볼 거야.' 술에 젖은 그 말이 허전한 가슴속에 늘 바람결 타고 휘돌고 있었다.

무언가 견딜 수 없는 궁지에 몰린 심정이 되어 웅섭은 손을 들어 웨이터를 부르고 위스키 한 병을 추가 주문했다. 얼음통과 치즈가 오자, 웅섭은 컵 절반이 넘게 위스키를 쏟아 부었다.

"위스키 한 잔 해보시겠습니까?"

"낮술로 먹어 본 일은 없지만, 좋아요 한 잔 주세요."

웅섭은 그녀의 와인잔에도 얼음을 채우고 절반쯤 위스키를 부었다.

'난 당신이 어떻게 되는지 지켜볼 거야.' 모든 말은 싹이 되어 그것이 열매를 맺는 것인가. 그의 말은 시간이 흐를수록 더욱 새로워져만 갔다. 엊그제 아침, 간부회의가 끝나고 겨우 자리에 돌아와 있는데, 전무실 비서에게서 그리 오라는 호출이 왔다. 전무는 차 한 잔을 부탁해 웅섭의 앞에 놓고, 차가 식어가도록 굳게 다문 입을 열지 않았다. 그 긴 침묵의 의미가 그대로 웅섭에게 전달되어 짓누를 듯한 절망을 느꼈다. 이왕 당할 것이면 무슨 끝까지 들이고 있는가. 야릇한 반발심이 일었다. '무슨 이야긴지 말씀하시지요.' 웅섭은 짐짓 담담한 체했다. 한동안 뜸을 더 들이고서야 전무는 나직나직 말했다. '나로서는 이런 악역을 맡는 게 정말 싫어. 사람이 할 노릇이어야 말이지. ……우리 회사가 자금 압박을 받고 있다는 것은 김 부장도 어렴풋이나마 알고 있지? 일은 크게 벌렸는데 자금 회수가 되어야 말이지. 또 회장이 정치자금 공여 문제로 궁지에 몰리고 있다는 말도 헛소문이 아니야. 은행은 대출연장을 거절하고 있고, 정치적 보호막도 사라졌으니 수습할 길도 막연하다고……. 우선 기구축소라도 해서 자구책을 찾아보자는 거야. 지푸라기 잡는 심정이지.' 이어지는 그의 말은 수출 1,2,3부를 통합하고 곧 사원들도 대폭 구조조정할 예정임을 밝혔다. 그리고 정작 이야기의 핵심은 허공을 보며 재빨리 말했다. 웅섭은 사무인계 준비를 하고 다음 주에 대기발령으로 인사과 회의실로 자리를 옮기고, 대기발령 기간은 3개월이라는 말을 마치고, 돌아가라는 듯이 자리에서 일어섰다. 이제 애걸을 하거나, 저항할 입장도 아니었다. 웅섭은 미소를 잃지 않으면서 전무 앞을 떠났다. 전무실 문을 닫는 순간 무중력상태에 빠진 듯 다리가 허청거렸다. 이제 이 수모는 소문에 소문의 꼬리를 물고 전 사원에게 퍼져나가리라. 주말을 기다리는 하루하루가 낯선 사무실에 앉아있는 듯 어색한 느낌이었다. 자리로 돌아와 사직서를 한 장 써서 안주머니에 넣어두었지만, 미리 낼 필요는 없다는 생각을 했다. 3개월이라는 유예기간을 미리 가위질할 이유가 없다고 생각했기 때문이다.

웅섭은 컵에 얼음을 더 채우고, 위스키를 가득 부었다. 술잔을 다 비운 여자의 얼굴은 발갛게 홍조가 피어오르고 있었다. 웅섭은 그녀의 동의도 구하지 않은 채 그녀의 잔에 또 위스키를 부어주었다. 저 여인의 남편도 나와 비슷한 고통 속에 있었을까?

"아까 부군께서 바벨탑이란 말을 했었다지요?"

"……?"

여자는 잠시 멍하였다. 그리고 이내 곤혹스러운 표정을 지었다.

"저 글래스타워를 바벨탑이라고 하셨잖아요?"

웅섭은 조롱당하는 기분이 들어 다그치듯 물었다.

"예, 그랬었지요. 그렇지만 내가 그런 말 하고 다니는 것을 그이는 좋아하지 않을 거예요."

여자가 말꼬리를 사리는 바람에 웅섭은 그만 머쓱해지고 말았다. 어찌보면 다 늙은 낯선 미망인을 앞에 놓고 무슨 연인이나 되는 것처럼 온갖 예절을 다 갖추어 이것저것 속내를 쏟아내고, 그 말끝에 잊고 싶은, 고통스러운 기억들이 끌려 나와 정신이 휘둘리고 있는 자신이 한심하다는 생각이 들었다.

그러나 이번에도 여자의 말꼬리는 또 다른 상념을 이끌어내고 있었다. 바벨탑, 그렇다. 권력자는 대형 건조물을 세워 자신의 권력을 과시하고 위압하지만, 결국 굴종하는 추종자들을 단합시키기보다는 분열만을 초래하는 결과를 낳고 있다. 부사장파, 상무파, 전무파, 회장 아들 하나하나에 다른 계파가 따르고 그들끼리만 통하는 방언이 존재한다. 권력자에게 갖가지 언어를 만들어 진상하지만 이것은 다른 계파에게는 통하지 않는 방언이다. 지금 패러다이스의 내부에는 들끓는 방언으로 가득 차있다. 웅섭은 이런 상념에 빠져 몽롱한 시야에 떠오르는 패러다이스를 망연히 바라보고 있었다.

"저, 저 봐요. 저 때문에 기분이 상하셨나요?"

"아닙니다. 처음 만난 분에게 내가 너무 깊은 질문을 했나 봅니다."

그러자 여자는 주위를 두리번거려 살피고 목을 빼어 빠른 어조로 말했다.

"저 패러다이스는 곧 무너질 거예요. 난 그걸 보려고 여길 자주 오거든요. 그래서 패러다이스가 가장 잘 보이는 이 자리에 앉고 싶은 거예요."

"뭐라구요? 패러다이스가 무너져요?"

웅섭은 술을 넘기다 멈칫해 여자를 쳐다보았다. 여자는 또 천상의 기밀이라도 누설한 듯 새침해져 있었다. 이게 무슨 말인가. 일에 지친 남편이 아내에게 충격이라도 주려고 기발한 허구를 만들어낸 것은 아닐까.

"그렇다니까요. 나는 날마다 저것이 무너지는 꿈을 꾸어요. 내 남편이 저기서 깔려 죽는 것보다 차라리 심근경색으로 죽은 것이 오히려 낫다고 생각해요."

내가 지금 무슨 꿈을 꾸고 있나. 웅섭은 잔을 내려놓았다.

"저 건물을 짓는 동안에 설계변경을 몇 번이나 한 줄 아세요? 크고 작은 것이 아마 열서너 차례는 될 거라 해요. 꼭대기로 4층이 더 올라가 가분수가 되었고, 모래 공급이 잘 안되니 씻지 않은 바다 모래가 그냥 레미콘에 들어갔고, 홀에 모양을 낸다고 기둥들도 다 잘라 없앴대요. 바닥 파일 박은 곳도 암반이 사암이라 모래 위에 누각처럼 서있대요. 골조 다 올라가고 나서 내 남편이 바로 댁이 앉은 자리에 앉아 한숨을 퍽퍽 쉬더라구요. 막 판넬 떼어내니 양생된 시멘트에 소금꽃이 허옇게 피었더래요. 그게 철근을 썩히고 시멘트는 굳지 않아 퍼석퍼석하니 차근차근 무너져 내릴 거래요. 저 속에서 일하는 사람들이 너무 불쌍해요. 언제 무너져 내릴지도 모르는데 저렇게 태평하게 살고 있다니요. ……내가 왜 굳이 이 자리에 앉고 싶어 했나 이제 이해하시죠?"

결국 바벨탑이란 여자의 말이 이렇게 단순한 이유인가. 이 말을 정말 믿어야 할 것인가. 아무리 부실공사를 했다지만 저렇게 큰 건물이 어떻게 무너져 내릴 수 있단 말인가. 웅섭은 아득한 심정이 되었다.

여자는 건물의 붕괴를 기다리는 듯 패러다이스에 시선을 고정하고 있었다. 웅섭도 참담한 심정으로 패러다이스를 쳐다보았다. 기울어져가는 오후의 햇살로 건물은 불타듯 번쩍거리고 있었다. 눈부시고 아름답게……. 이제 밤이 오면 은백색 조명이 건물의 머리 쪽으로 퍼부어지며 신비로운 환상을 연출할 것이다.

"저 패러다이스가 오래 건재하도록 우리 건배나 합시다."

웅섭은 잔을 들었다.

"사실 저것이 무너질라 무너질라 하면서도 저것이 무너져 수많은 생명들이 깔려 죽을까 봐 무서워 죽겠어요."

여자는 잔을 부딪쳐 왔다.

무언가 슬프고, 고즈넉하고, 어디로 도피하고 싶은 그런 무기력이 덮쳐 왔다.

"어머님!"

낮으나 찌르는 듯한 날카로운 음성에 웅섭은 소스라쳤다.

검정 투피스 차림의 깔끔한 젊은 여인이 테이블 앞에 서서 퍼렇게 성이 나 있었다.

"이 사람 누구예요?"

또 찌를 듯한 말투에 여자는 놀라 입을 벌리고 있었다. 그리고 이내 전열을 가다듬은 듯 젊은 여인을 노려보았다. 그러자 젊은 여인의 기세는 더욱 기승했다.

"왜 병원엔 안 가고 또 여길 와, 내가 찾아 헤매게 해요?"

"내 병은 내가 안다. 그까짓 의사가 무엇을 알아."

"정 그러시면 아범한테 얘기해서 충주 병원에 입원하시게 하겠어요. 이 사람은 누구예요. 그리구 웬 낮술예요?"

젊은 여자의 '충주 병원'이라는 다그침이 이 여자를 쉽게 무너뜨렸다.

"얘야, 이분은 모르는 분이다. 술 한 잔 권하길래 인사 삼아 마셨다. 아범한테는 아무 말 마라."

여자는 구겨진 냅킨을 던지듯 테이블에 놓고 흘깃 목례를 던지고, 달아나듯 출입문을 향해갔다. 젊은 여자도 웅섭에게 보내던 곱지 않은 시선을 거두고 그녀의 뒤를 따랐다.

갑자기 벌어진 사태에 웅섭은 뺨을 맞은 듯 정신을 휘둘렸다. 출입문까지 갔던 젊은 여자가 갑자기 획 돌아서 웅섭에게 왔다.

"저희 어머님은 한동안 입원했던 정신과 환자예요. 지금은 상담치료와 약물치료를 하고 있지만 상태가 나빠지면 다시 병원에 입원시키려고 하고 있어요. 무슨 일로 만났는지 모르지만 앞으로 만날 생각 말아요. 환자한테는 아무런 도움이 안 돼요. 아시겠습니까?"

젊은 여자는 마치 치한을 대하듯 불쾌하고, 쌀쌀맞게 말했다. 웅섭은 궁지에 몰린 기분이었다.

"거 젊은이 오해 마시오. 어머니는 우연히 이 테이블에서 마주 앉았을 뿐이요. ……한 가지 묻겠는데 시아버지 되시는 분이 대양건설 건축사였다가 작고하신 게 확실한 거요?"

겨우 정신을 수습한 웅섭은 조금 여유를 가지고 물었다. 그러자 여자의 답변은 뜻밖에 한술 더 뜨고 있었다.

"그런 말도 했어요? 그렇다면 보험금 얘기도 했겠네요? 혹 저의 어머니 전화번호 가지고 있다면 없애버리세요."

"이것 봐, 젊은이. 젊은이가 오히려 정신과 치료를 받는 것이 옳겠구만."

"마음대로 생각하세요. 전화번호는 변경될 테니까."

젊은 여자는 휙 돌아서 도도하게 출입문 쪽으로 갔다.

웅섭은 또 한 차례 뺨맞은 심정이 되어 엉거주춤 일어섰다. 사무실뿐 아니고 레스토랑의 보잘 것 없는 의자마저 자신을 거부하고 있다는 묘한 절망감에 빠졌다. 오후의 잔광은 패러다이스에 찬란했다.

갑작스런 요의에 화장실로 갔다. 시계를 보았다. 오후 5시가 다 되어가고 있었다. 휴대폰을 꺼내어 폴더를 열었다. 누구에게 걸려고 했던가. 생각이 나지 않았다. 무의식적으로 버튼을 찍어나갔다. 시그널 음악.

"아, 여보세요."

자재 2부 민 부장의 음성이었다. 동병상련이구만. 웅섭은 피식 웃었다. 그 역시 대기발령 예정자였다.

"응, 나야, 김웅섭. 목구멍이 포도청인가. 민 부장은 여태 자리를 지키고 있구만."

"어디서 뭘 해?"

"그냥 점심이 좀 길었어. 우리 언제 사표를 내야 그런대로 체면이 설까. 3개월 기다리다가는 우리 꼴이 우스워질 것 같아서."

"사표? 뭐라구, 지금 사표라고 했어?"

송수화기 속에서 헛웃음이 바람처럼 픽픽 터져나왔다.

"왜 웃어. 난 심각한데."

"이봐 김 부장. 텔레비전 낮 뉴스 못 봤어? 우리 회장님이 정치자금 공여죄로 검찰에 소환되었어. 그거로 끝나는 줄 알아? 채권금융단에서 발 빠르게 대출중지 결의를 했고, 만기 어음들이 줄줄이 줄을 섰어. 조금 있으면 대양에 빚잔치가 벌어질 거야. 무슨 말인지 알아듣겠어? 사표는 누가 받고 누가 수리하나. 오늘 내나 파산 후에 내나 똑 같아. 부사장, 전무, 상무도 다 어디 처박혔는지 꼴을 볼 수가 없어. 내 말 듣고 있어?"

"그래……."

"소문 돌던 것이 현실로 나타나니 나도 정신이 하나도 없어. 좌우간 우리 퇴직금은 누가 주지? ……오너가 너무 오만했지. 줄을 잘 잡았어야지. 엉뚱한 썩은 동아줄을 잡았으니 이 꼴이 되었지. 그릇이 그쯤 되는 기업인이라면 두 줄을 다……."

"알아들었네."

웅섭은 더 듣고 있을 힘이 없어 살그머니 폴더를 닫았다. 안개 속에 떠돌던 모든 소문의 실체가 분명한 모습을 드러내었다.

웅섭은 멍청히 서 있다가 도로 제자리로 돌아왔다. 알량한 퇴직금마저 훨훨 날아가 버리는구나.

눈을 들어 패러다이스 빌딩을 쳐다보았다. 석양 햇살에 불타며, 짓이겨지며 뭉개져 내리고 있었다. 느린 동작으로 천천히, 천천히 내려앉고 있었다. 오, 정말 무너져 내리는구나. 나의 피와 땀, 명예와 영광과 충성, 비열과 오욕, 의리와 배신, 뻔뻔함과 잔혹, 비애와 연민이 한꺼번에 무너져 내리는구나. 나의 바벨탑, 나의 바벨탑. 나의 인생, 찬란하고 아름다운 나의 바벨탑…….

웅섭은 눈을 비볐다. 손등에 홍건한 눈물이 적셔져 있었다. 눈물이 닦여지자, 패러다이스는 다시 포개어져 올라가 오만한 제 모습을 갖추었다. 웅섭은 그것이 눈물에 의한 굴절현상임을 바로 알았다. 그러나 조금 지나자 패러다이스는 또 다시 불타며, 뭉그러지며 촛농처럼 녹아내리고 있었다.

허무찬의 황홀한 밤

하늘은 어둡게 내려앉았다. 눈이 오려나. 대낮인데도 천지가
흐릿한 미명이다.

법당 안은 굳어진 얼음덩이처럼 추웠다. 본존불 앞 몇 개의 촛
불조차 냉기에 질식해 꺼질 것만 같았다. 가끔 몰아치는 바람 따
라 진눈깨비는 모래를 뿌리듯 싸르륵싸르륵 법당 앞문에 키질
을 했다. 허무찬은 웅크린 어깨를 푸르르 떨었다. 아내가 이승을
떠나고 싶지 않은가? 장롓날도 이리 날이 궂더니 사십구재 날조
차 왜 이리 심술이 잔뜩 들었나. 이 겨울 제일 추운 날 공원묘지
에 매장작업을 했었다. 포크레인의 우악스런 작업이 싫어 비용
이 들더라도 사람을 써서 분광을 파고 달구질 하기를 바랐다. 그
러나 언 땅은 사람 손으로는 파낼 재간이 없었다. 포크레인이 땅
을 팠고, 흙을 메우고, 주먹을 쥐어 쾅쾅 흙을 다졌었다. 아, 저러
다 관 뚜껑이 깨질 텐데……. 아내의 시신으로 흙이 쏟아져 들어
가는 환영으로 허무찬은 작업 내내 어깨를 떨었었다.

허무찬은 합장을 한 채 진눈깨비 들이치는 법당 문을 흘깃 돌아보았다. 뒤통수에 아내 김선화의 시선이 느껴졌기 때문이었다. 아내의 환영은 없었다. 흐린 역광에 문살만 짐승의 뼈대처럼 억세어 보였다.

벌써 세 시간째 재를 올리고 있지만 주지 스님은 멈출 기색이 없다. '묘법연화경 다라니품' 하고 그가 낮은 음성으로 지시하면 책자에서 그 부분을 찾아 스님을 따라 읽는다. '마니 마니 마네 마마네 지례 자리제 샤마 사리……' 범어인지 발음만 적어놓은, 뜻 모를 경을 정말 아무 생각 없이 따라 읽었다. 고깔과 장삼으로 무복을 갖춘 스님 둘이 마주 서서 벌이는 바라춤조차 아무 감흥이 없었다. 내장까지 얼리려는 추위만 뼈저릴 뿐이다.

"자, 마지막으로 망인에게 올리는 가족 제삽니다."

주지 스님은 왼쪽 측문으로 갔다. 그러자 징채를 잡았던 젊은 스님도 따라 일어섰다. 망자의 극락왕생을 비는 천도 의식은 끝났으니, 이제는 가족끼리 마지막 유교 의식인 제사를 올리며 망인과의 이별의 회포라도 풀라는 의도인 듯했다.

"처사님, 소각로는 칠성각 뒤에 있습니다. ……그냥 한 벌만 공양 올리세요."

법당 측문을 나서다 말고 주지는 허무찬을 향해 한마디 던졌다.

그제야 허무찬의 가족은 중앙의 금물 입힌 본존불에서 돌아서서 법당 우측 벽에 의지해 조그맣게 차려진 제사상 앞으로 갔다.

가족이라야 겨우 다섯, 허무찬과 아들 성효, 딸 계옥이 그리고 며느리, 사위뿐이었다. 제사상 중앙에는 영정이 놓여 있고 좌우의 촛불이 일렁거려 망인의 얼굴을 쓰다듬었다. 딸이 고르고 골라 미소 띤 사진을 영정으로 확대했다지만, 그 미소조차 추위에 얼어 딱딱하게 굳어있었다. 손자, 손녀들이 이런 일로 학교를 빠지게 하고 싶지 않다는 딸애의 말에 이렇게 식구가 단출해지고 말았다.

허무찬은 향을 넉넉히 꽂고 잔을 올렸다. 아들 성효가 따르는 주전자에는 술 대신 냉수가 들어있었다. 아들 내외, 딸 내외가 돌아가며 잔을 올렸다. 아무런 대화나 표정도 없어, 각본대로만 움직이는 무언극을 하는 것 같았다.

제사 후, 법당을 벗어나 서둘러 칠성각 뒤 소각로를 찾았다. 계옥이 보따리에서 옷 한 벌을 꺼내 소각로 아궁이로 밀어 넣었다. 하늘하늘 하는 진달래색 실크 원피스였다. 이태리제라고 아내가 소중해 하던 옷이었다. 아내가 예순에 가까운 나이였지만, 이 옷을 입고 핑크색 립스틱을 바르면 변신하듯 새로 젊어지곤 했었다. 계옥이 옷에 불을 댕기고 부지깽이로 뒤적이자 굴뚝에서 연기가 솟았다.

허무찬은 머리를 흔들었다. 하필 원피스라니. 이 추위에 먼 길 떠나는 사람에게 웬 여름옷이야. 문득 법전에 바친 아내의 저승길 노잣돈은 넉넉했지만, 아무래도 이 옷 때문에 아내는 저승길 어디에서 기웃거리며 옷 구걸을 할지도 모른다는 생각이 들었다.

"……엄마, 저세상 가서는 일 많이 해서 몹쓸 병 걸리지 마. 그저 편하게, 편하게 살아."

계옥이 독백인지, 망자와의 대화인지, 혹은 허무찬에게 하는 항변인지 모를 말을 중얼거렸다. 아내 김선화는 평생을 세일즈와 보험설계를 하며 지냈다. 그녀가 자궁암 진단을 받고 자궁적출 수술을 받았을 때는 암은 이미 임파선을 타고 전신에 퍼져 있었다. 신장과 방광……. 말기암치고는 최악이었다. 그때까지 활동이 가능했던 것은 그녀 특유의 도전적이고 강인한 성격 때문이었으리라.

굴뚝에서 솟아오른 연기는 모진 바람결 따라 사납게 흩어졌다. 이렇게 맵고 사나운 날 김선화는 결국 얼마간의 노자와 여름 원피스를 입고 저승길로 떠났다. 이제 법당에서도 쫓겨난 영정에서 성효는 검은 리본을 떼어 불속으로 던지고 액자는 쇼핑백에 넣었다.

허무찬은 하늘을 올려다보았다. 찌푸린 하늘에 진눈깨비는 흩뿌리는데 김선화의 종적은 어디에도 없었다. 그런데 참으로 이상한 일이었다. 허무찬의 어깨를 짓누르던 무겁고 완강한 석고 덩어리가 문득 우두둑거리며 깨져 나가고 있었다. 불꽃이 바지직거리며 자릿자릿 하는 해방감에 몸이 공중으로 붕 떠오르는 느낌이었다.

귀로에 올랐다.

"아빠, 이젠 혼자 너무 음식 하지 마. 맛없어도 더러 나가 사 드셔. 음식 해도 같이 먹을 사람도 없잖아. ······이젠 국수, 선지 해장국, 추어탕 해 드셔도 되겠네. 엄마는 너무 했어. 자기 싫다 고 주방장 좋아하는 음식도 못하게 했으니 말이야. 끼 거르지 마 시고, 러닝머신 너무 무리하지 마세요. 과운동도 심장에는 금물 이래요."

계옥이도 무슨 해방감을 느꼈는지 충고 겸 수다를 사근사근 늘어놓았다.

"아버지, 아버지 못하는 음식 없잖아. 가끔 우리 불러다 장어 구이나 영계백숙 좀 해줘요. 재료는 우리가 사갈게."

얼어붙었던 성효의 얼굴도 풀려 비로소 웃음을 머금었다.

"오빠는? 엄마가 그런 정도야 남겨주셨을 텐데, 무슨 돈 걱정 을?"

역시 여자애는 눈치 하나 빠르구나 하는 놀라움을 느끼며 허 무찬은 가슴이 뜨끔하였다. 아내 김선화의 사망은 담당의사에 의해 이미 예고된 것이었다. 사망 전에 정리한 것은 아내의 예금 과 적금 통장들이었다. 모두 해약해 허무찬의 통장 하나에 쓸어 담아 보니 생각보다 거액이었다. 살고 있는 집값의 두 배는 되었 다. 그가 평생을 풍족하게 누리고도 남을 돈이었다. 병원비조차 암보험으로 처리되었으니, 아무리 비싼 공원묘지를 사고 남들이 안하는 사십구재를 해도 돈은 조금도 축나지 않았다. 그 돈은 아직 아이들에게는 밝히지도 상의하지도 않았다. 시간을 두고 계획을 짜보려고 미루고 있었다. 그러나 긴 세월 가족을 위해 전업주부로 살아온 자신에게는 어쩌면 이것이 당연한 보상이 아닌가 하는 생각도 들었다.

승용차는 허무찬의 아파트부터 들렀다. 그러나 자식들은 집으로 오르려 하지 않고 경비실 앞에서 작별을 고했다. 운전석에서 잠시 내려선 성효는 제 어미의 영정이 든 쇼핑백을 아버지에게 건넸다. 자신이 가지고 있기는 무언가 부담스럽고 꺼림칙한 느낌이 들어서일 것이다. 허무찬은 말없이 그것을 받아들었다. 정성 성, 효도 효, 허무찬은 아들의 이름을 항렬도 무시하고 성효라고 지었었다. 부모에게나마 사람 노릇 잘하라는 의도에서였다.

성효는 아버지에게 목례를 건네고 이내 운전석으로 들어갔다. 이것이 과연 이름값을 하는 짓인가. 그는 허전한 마음으로 쇼핑백만 달랑 들고 멀어지는 승용차의 꽁무니를 눈으로 배웅하였다.

아파트 실내로 들어서자 난방이 훈훈하여 비로소 웅크린 사지를 펼 수 있었다. 거실의 모든 물건은 잘 정돈되어 있었고, 먼지하나 없이 말끔했다. 바쁜 틈에도 아침에 청소를 하고 나간 것이

다행이었다. 얼마나 아늑하고 쾌적한 공간인가. 아내조차 없는 지금 이 공간이야말로 생애 처음으로 점령한 완전한 자신의 공간임을 알았다. 누구도 방해할 수 없는 절대의 공간, 그는 소파에 주저앉아 양말을 벗고 길게 기지개를 켰다.

허무찬의 나날은 아내 김선화가 빠져있다는 것 이외에 아무 변화가 없었다.

새벽에 일어나 밥 짓고, 먹고, 설거지를 했다. 잠시 신문을 보고 러닝셔츠, 팬티 바람으로 청소에 들어간다. 유난히 땀을 많이 흘리는 그이기도 했지만, 먼지 한 톨도 싫어하는 아내의 결벽에 맞추기 위해서는 전쟁을 치르듯 청소를 하기에 이 복장이 아니면 옷이 남아나지 않는다. 아무리 추워도 창문은 활짝 열고, 먼지를 떨고, 진공청소기는 안 쓰는 방까지 다 끌고 다녔다. 손걸레로 박박 문질러 마루에 윤기를 내고, 다시 한번 청소기를 끌고 다니며 혹시 떨어져 있을 먼지를 마지막으로 빨아내고 창고 속으로 청소도구들을 정리했다.

그리고 어떤 엄숙한 종교 의식이라도 치루듯 러닝머신 위로 오른다. 호흡을 조절하고 두근거리는 심장의 박동소리를 의식하며 30분을 속보로 걸었다. 새로이 땀이 흐르고 가빠진 호흡이 협심증을 유발하는 코레스테롤과 중성지방을 용해해 소변으로 흘려보내리란 기쁨으로 샤워를 했다. 땀에 끈적거리는 점액질이 바로 이런 불순물이라고 그는 믿고 있었다.

허무찬이 사회에서 도태되어 가정으로 유폐된 지 이젠 거의 30년이 다되어 간다. 그는 의류를 생산하고 수출하는 회사의 미주 쪽의 수출1부에 근무하고 있었다. 결혼하여 두 아이를 낳고, 한창 열정적으로 일할 때 그 일은 일어났다. 기안 서류와 텔레타이프의 일감에 파묻혀 야근을 할 때였다. 그는 가슴 한복판을 찢는 듯한 통증으로 쥐어뜯으며 비명을 지르며 의자와 함께 시멘트 바닥으로 쓰러졌다. 놀란 동료들이 그를 소파에 누이고 응급 앰뷸런스를 요청하였다. 앰뷸런스가 오기까지는 근 10분이 걸렸다. 막상 앰뷸런스가 도착했을 때에는 그는 비록 창백하기는 했지만 고통에서 벗어나 일어나 앉아있을 정도로 평정되어 있었다. 그래도 이왕 불러온 구급차니 병원에 가서 진단을 받아보는 것이 좋겠다는 부장의 충고로 응급실로 실려 갔다. 다음날에야 심장내과 전문의를 만날 수 있었고, 그는 허무찬이 협심증으로 심근경색의 초기 단계라는 진단을 내렸다. 근본적으로 가슴을 절개하고 인공심장을 달고 대수술을 하는 방법이 있으나 위험 부담률이 높다고 했다. 임시방편으로 스트레스와 과로를 회피하면서 발작이 있을 때마다 약물을 복용하는 방법이 있다고 했다. 규칙적이고 가벼운 운동도 관상동맥의 흐름을 돕는다는 권장 사항도 말하였다. 그는 수술보다 스트레스와 과로의 회피와 운동, 약물을 권하였다. 그때 처방해준 약이 니트로글리세린이었다.

발작이 일어나면 즉시 혀 밑으로 밀어 넣어 녹여 복용하였다.

그는 그 후 두 번을 더 발작하였다. 세 번째 발작이 있던 다음 날 아침, 그는 출근하는 대로 사장실로 불려갔다.

"……건강을 돌봐야지. 사람이 죽고 나서 할 일이 무언가? 우선 치료하면서 집에서 쉬게. 나중에 업무가 폭주하면 연락하겠네. 총무부에 위로금 좀 지시해 두었어. 목숨보다 더 중요한 건 아무 것도 없어."

사장은 과로에 의한 업무상의 사망을 우려하고 있음이 뻔했다. 자칫하다 송사에 휘말리기보다는 일찌감치 가지치기를 하는 편이 낫다는 결론을 내린 모양이었다.

"감사합니다."

사장실을 물러나면서 허무찬은 이 말밖에 할 것이 없었다. 위로금은 퇴직금이랄 수 있는데, 실제의 퇴직금보다는 배 정도로 많았다. 그래도 허무한 돈이었다.

그는 피로와 스트레스, 음식조절 따위의 의사가 지시한 회피사항을 지키며 권장사항인 운동도 시작하였다. 그는 늘 '……업무가 폭주하면 연락하겠네.' 이 말을 십계명처럼 마음속에 새겨 두고 그날이 오기만을 기다렸다. 그러나 그날은 오지 않았고, 한해, 두해 세월이 쌓이며 어느 회사고 사원 모집에는 원서도 낼수 없을 만큼 훌쩍 늙어버렸다. 그 스트레스로 그는 집안에서 자주 쓰러졌고, 니트로글리세린이 그를 살려내곤 했다.

처음 발작을 목격한 아내 김선화는 비명을 지르고 초상이 난 듯 울음을 터뜨렸으나, 나중에는 심드렁해서 눈을 흘기며 경멸의 시선을 보냈다.

"빛 좋은 개살구라더니……."

김선화는 혀를 찼다. 허무찬은 피부가 맑고, 이목구비가 또렷한 미남인데다가, 학벌 역시 일류대학 출신으로 남 앞에 내세우기는 번듯했다. 그러나 어느덧 그는 집안으로 유폐되어서 '빛 좋은 개살구'가 되어 진저리칠 만큼 시고 떫은 맛을 풍기고 있었다. 아내 김선화는 개살구에 그렇게 진저리만 치고 지내지 않았다. 위로금이 다 떨어지기 전에 불현듯 미장원에 들러 단장을 하고 복장을 갖추더니 화장품 외판원이 되었다. 대학 출신이라는 자존심도 그리 방해가 되지 않았다. 바탕이 그 방면에 적성과 소질이 탁월한 듯했다. 차량 외판원으로 옮겨가더니, 보험설계사가 되어서는 평생 직업으로 삼았고, 대회사의 부장 직위에 오르면서는 지국을 돌며 사업을 독려하는 핵심 간부가 되었다.

이렇게 허무찬이 아내와 역할을 바꿀 때는 둘째 계옥이가 채 두 돌이 되지 않았다. 그는 아이의 기저귀를 갈고 빨며, 우유와 이유식 준비, 청소 등 집안일을 하고 가계부도 쓰는 전업주부가 되었다. 티브이의 요리프로를 메모하고, 주말이면 정성들인 난자완스, 도미찜, 쇠고기 등심 스테이크 따위를 식탁에 내며 은근히 아내의 눈치를 살폈다. 아내의 칭찬이 바로 그의 기쁨이고 보람이었다. 아이들은 자라면서 허무찬의 음식에 길들여지고, 생활습관과 학습방법이나 옷가지를 갖추는 것조차 그의 취향으로 자라났다. 아이들은 잘 자랐고, 그를 닮아 공부도 잘해 세칭 일류대학을 나왔고, 그에 걸맞은 짝을 찾아 결혼을 했다. 아내는 두 아이 모두에게 작은 집도 사주어 가장으로서의 역할을 당당히 해냈다.

샤워를 마친 허무찬은 허기를 느끼며 주방으로 갔다. 쇠고기, 버섯, 청·홍 피망, 생면, 굴소스, 냉동새우, 양념 따위를 늘어놓고 팬에 기름을 둘러 고기와 채소를 볶는 한편 생면 삶을 물을 끓였다. 팬에서 향긋한 올리브유 냄새를 풍겼다. 아침을 든든히 먹었는데도, 뱃속의 시장기는 우우 눈을 뜨며 그 냄새를 즐겼다. 그가 전업주부로서 제일 자신이 있고 즐겁게 했던 일은 요리였다. 그의 손만 거치면 음식은 빛깔이 났고, 냄새가 좋고, 감칠맛을 냈다. 가족이 어쩌다 외식을 하는 경우도 있었는데 아이들이 그걸 음식이라고 돈을 받느냐고 툴툴거리는 것을 보면 공연히 으쓱해지곤 했다. 삶은 면을 채소 고기볶음에 뒤섞어 다시 볶고 참기름을 둘러 접시에 담아 식탁에 내고, 한 젓가락 입에 넣자 그는 제 음식에 반해 황홀했다.

그때 그는 이마가 근질거리는 아내의 시선을 느꼈다. 놀라 아내의 의자를 보니 빈 자리였다. 나 국수 싫어하는 것 알잖아. 날 굶길 셈이야? 아내의 쨍쨍거리는 음성이 들리는 듯했다. 아내는 허무찬과 아이들 모두 좋아하는 쇠고기볶음국수를 닦달하듯 이렇게 타박을 했었다. 그는 머리를 흔들어 잡념을 떨고 부지런히 젓가락질을 했다. 그러나 첫 젓가락의 황홀한 맛은 이미 가셔있었다.

아, 그리고 아내의 그 강파른 음성을 처음 들었다. 동우서예원에서였다. 그것은 광케이블 회로처럼 직접 뇌수에 파고들었는데, 고막을 통한 어떤 소리보다 강렬한 것이었다.

사십구재를 앞뒤로 근 열흘을 쉬고 서예원에 나가니 어쩐지 서먹하고 남의 집 같았다. 개인함에서 붓과 화선지를 꺼내 테이블에 펼쳐 놓자 제일 먼저 미소를 머금고 다가온 사람은 원장 일죽 선생이었다. 젊은 사람이 한복을 입고 머리를 깨끗이 빗어 단정했다.

"서하 선생님, 어디 편찮으셨습니까?"

서실의 관습대로 허무찬은 호를 스스로 서하라고 지었고, 서실 사람들도 그를 그렇게 불렀다. 호를 자와 구별도 없이 이름 대신 부르는 것은 이 서실의 관습이었다.

"아니오. 사십구재 하느라고 그만……."

아내의 장례 때는 어떻게 알았는지 서실 사람들이 문상을 많이 왔었다. 상처를 한 것도 죄인가, 그는 공연히 난감해져서 얼굴이 붉어졌다.

"아, 그러셨던가요. 저희한테도 알려 주시지요. 천도재까지 올리신 것 보니 금슬이 자별하셨나 봅니다. ……참, 서하 선생님도 작품 한 점 빨리 준비하셔야겠습니다. 이 봄이 다 가기 전에 회원전을 하잡니다. 여성들이 더 열성이지 뭡니까. 회장님이 설명 좀 해주세요."

일죽 원장이 회장을 불렀다. 개량한복을 입은 깔끔한 초로의 여인이 만면에 웃음을 띠고 다가왔다.

"사십구재라니, 우리는 그것도 모르고 서하 선생님이 어디 편찮으신 줄만 알았다오. ……이런 말씀드리기는 뭣하지만 선생님은 이제 총각으로 꿋꿋하게 살아가셔야 합니다. 그래야 돌아가신 분도 이승에서 떠돌지 않고 홀가분하게 떠나신답니다."

"어헛, 이 나이에 무슨 총각이라니요. 석란 회장님은 농담도 잘 하십니다. 허헛, 허헛."

허무찬은 이상하게 헛웃음이 나왔다. 그러자 석란 회장은 진지하고 새침한 표정을 지었다.

"난 아무한테나 이런 말 하는 사람 아니외다. 서하 선생님 정도의 그만한 인품이고 보니 이런 말도 해보는 거지요. 내 곧 저녁 한 끼 사리다. 혼자된 후배가 하나 있는데, 인물 서하 선생님 못지않고, 음식 솜씨 알아줍니다."

그녀는 속삭이듯이 허무찬의 귀에 대고 갈수록 진지하게 파고들었다. 그제야 이것이 엄연한 현실속의 대화란 생각을 했고, 머리끝이 쭈뼛거리는 놀람이 있었다.

"난 아직 준비가 안 돼서……."

"누가 당장 팔자 고치랍디까? 그저 친구로 지내보라는 거지. 나 그렇게 한가한 사람 아녜요. 서하 선생님이니까 내가 이러지. 다음 주쯤 저녁시간 한번 내줘요."

그녀는 자존심이 상한 듯했으나, 명령 투의 말을 하고는 입가의 미소는 잃지 않은 채 제 테이블로 건너갔다. 그러고 보니 회원전에 관해서는 한마디도 나눈 바가 없었다.

그는 펼쳐 놓은 화선지에 국화 꽃잎 몇 장을 그리다가 그 소리를 들었다. 이 병신아. 네가 얼마나 천하게 굴었으면 이따위 말을 들어. 저년은 귀신도 무섭지 않은 모양이지. 내 가만 둘 줄 알아! 허무찬의 머릿속으로 아내의 뾰족하고 째지는 소리가 찔러들어왔다. 이것은 청각을 통한 소리가 아니고 뇌수에 직접 방전하는 전파적 언어기호였다. 아니야, 오해야. 당신 오해야! 그는 머리를 흔들어 강력히 부인했다. 머리에 땀이 솟고 붓이 머물고 있던 국화꽃잎에는 먹물이 번져 있었다. 휴지를 들어 먹물을 찍어내 보나 번진 먹물은 거두어지지 않았다. 忽然一夜雨, 太半菊花開(홀연 하룻밤 비에, 국화 태반이 피었도다.) 제발 글씨가 제법 소담하게 국석도에 자리를 잡았기에 번진 먹물에 철렁한 아쉬움이 남았었다. 안 되겠어. 허무찬은 화선지를 말고 붓을 거두어 사물함에 쓸어 넣었다. 누구와 목례도 나누기 번거로워 고개를 숙이고 조용히 서실 문을 벗어났다. 그는 도망치듯 계단을 뛰어내려 거리로 나왔다. 그리고 땀을 훔치며 부지런히 걸었다.

　그는 집 근처의 이발소에 들러 면도를 하고 집으로 돌아왔다. 피붙이 같은 고등학교 동창들의 모임에는 늘 어서 만났으면 하는 가슴 설레는 기다림이 있었다. 긴 세월 가정에 파묻혀 집안 살림이나 다독거리는 동안 친구들은 다 그를 떠났다. 대학동문들은 그의 실직과 더불어 인연이 끊어졌고, 스스로도 동문회에서 실종해 버렸다. 동연록에는 그의 이름 뒤에 '소재불명'이란 활자만 찍히고 빈칸이었다. 유일하게 고등학교에서 도서반 특활을 같이 했던 친구 둘만 남아 지금까지 가끔 만나 속마음을 털어놓고 지내고 있었다.

　장례 후 처음 만나는 친구들이니 초라한 모습으로 나가면 홀아비 궁기가 잔뜩 끼었다고 동정을 할지도 모른다는 생각이 들었다. 옷장을 뒤져 흰 와이셔츠를 찾아 정성스럽게 다림질을 하였다. 이발소에 들른 것도 그런 이유에서였다.

　시계를 보며 그는 흰 와이셔츠를 입고 오랜만에 연두색 넥타이를 매었다. 장례나 재를 올리면서 늘 매었던 것은 검정색이었다. 거울에 비친 자신의 모습은 면도를 해 피부가 팽팽했고, 연두색 타이가 한결 생기를 돌게 했다. '빛 좋은 개살구'라고 아내는 절망했지만, 사실 그의 인물에 반해 아내가 먼저 덤벼들었었다. 그녀는 인생을 스스로 잡고 지배하는 힘이 있었다.

아내의 화장대에 자신의 모습을 이리저리 비추어 보며 그래도 아직은 쓸 만하다고 미소를 짓고 있었다. 순간 아내의 뾰족한 음성이 그의 머릿속으로 파고들었다. 이봐, 마누라 죽었다고 자랑하는 거야 뭐야. 그 연두색 넥타이는 다 뭐야! 아예 춤이라도 추고 다니시지! 오, 아내는 어디에 숨어 있다가 이때에 튀어나와 마구 고함인가. 그의 머릿가죽에 땀이 내솟았다. 그는 놀라 황급히 와이셔츠를 벗어 화장대 의자에 걸었다.

코르덴바지에 검은 터틀넥셔츠로 갈아입고 바바리코트를 걸쳤다. 그러자 아내의 음성은 모래밭에 뿌려진 물처럼 스며들 듯 조용히 사라졌다. 그는 꺼림칙한 무엇을 떨어내듯 안방을 나와 바로 집을 벗어났다.

지하철을 타고 종로 3가에서 내려. 비원을 향하다 두 번째 골목에서…… '화향'이란 간판이 보여. 너 술값 두둑이 준비해 와야 해. 너처럼 운 좋은 놈이 어디 있냐? 아직도 쇠집게를 놓지 못하고 치과의사를 하고 있는 안진영이 막 아침 출근을 했다면서 너스레를 떨었었다. 부동산을 해 팔자를 고친 민석준하고는 먼저 약속을 했다고 했다. 술집은 한옥이었다. 그들은 미리 와 있었다. 방은 한지를 바르고 구석장에는 백자와 목기러기 따위를 얹고, 목상감한 교자상이 놓이고 두툼한 방석이 깔려 있었다. 요정을 흉내 낸 방석집이었다.

"이 새끼는 운도 이렇게 타고날 수 있냐? 너 화장실 가서 몇 번 웃었냐?"

민석준, 그는 빈둥빈둥 놀아도 그가 노리는 부동산이 늘 맞아 땅 부자라고 스스로 공언하고 있는 녀석이었다.

"내 나이에 상처라니. 남 보기 부끄럽다."

"오늘은 낯짝도 번지르르 하다. 내가 오늘은 일부러 널 이리 모셨다. 녹슨 수도꼭지나 한번 틀어보라고. 허허헛."

안진영의 웃음소리는 방안을 압도했다.

"빼고 먹고 사는 놈은 그래도 아량이 있구나야."

만나는 인사로 늘 하는 악수, 포옹, 뺨 부비기, 상말 퍼붓기의 절차가 한바탕 돌고서야 자리에 앉을 수 있었다. 안진영이 단골인 듯 나이 지긋한 주모에게 익숙하게 음식을 주문했다.

"세 사람 상 봐 와. 오늘은 진짜 총각 하나 데려 왔으니, 교태 잘 부리고 술 잘 따를 여자 하나 보내줘."

안주 접시들이 부지런히 날라 왔고, 한복을 입은 삼십대 여자가 눈웃음을 치며 술 쟁반을 들고 들어왔다. 술은 도자기에 담긴 토속 가양주였다.

"황갑니다. 시집은 안 가봤는데 미스를 붙이기는 어렵네요."

여자는 허무찬의 옆에 사뿐 내려앉았다. 눈여겨보니 입술과 뺨에 알맞게 살이 붙어 복스러웠다. 여자는 자주 웃었는데, 그때마다 실눈이 되었다. 입보다는 눈이 먼저 웃었다.

"나도 솔로인데 총각이라고 부르긴 어렵네."

"아니, 북쪽에 부인이라도 두고 내려오셨나요?"

여자가 너스레를 떨었다. 그러자 민석준이 박장을 쳤다.

"그래, 그래. 삼팔선보다 더한, 배도 없는 강을 건너 서로 헤어졌지."

토속주는 향미가 있었고, 떡갈비며 홍어찜 따위의 안주가 방금 조리되어 나와 따끈하고 입에 붙었다. 술 몇 잔에 은근히 취해 허무찬은 벌써 구름에 두둥실 떠올랐다. 근 두 달 만에 만나는 친구들이었다. 이들을 빼놓고 어디에 가슴을 풀어놓을 사람이 또 있겠는가.

"빈집 무섭다는 말을 이제야 알겠어. 마누라 있을 때도 늘 혼자 집에 있었는데, 막상 죽었다고 생각하니 공간이 그대로 배로 넓어져. 도처에서 환청도 들리고……."

"야, 무찬아. 평생 벌어 먹이고, 그것으로도 모자라서 실컷 쓰고 즐기라고 재산 넘겨주고 자리 비켜준 마누라가 얼마나 고맙냐? 재수 좋은 과수댁은 엎어져도 가지 밭이라더니 넌 복도 많은 놈이야. 야, 인생 뭐 그리 긴 줄 아냐? 팍팍 쓰고 좀 즐겨라."

아직도 아이들에게 공개하지 않은 통장을 생각했다. 이것을 공개하면 아이들은 당장 어떤 구실을 달아서라도 통장을 박살낼 것이 분명하다. 어쩐지 이 돈은 아이들 것이 아니라 자신을 위한 돈이라고 생각되었다. 그는 마음에 없는 말을 했다.

"마누라 돈이라 어쩐지 쓰기가 꺼림칙해. 곧 애들한테 다 나 누어 주고, 난 집이나 은행에 저당 잡혀 그 돈으로 먹고 살까 해."

민석준이 피식피식 웃었다.

"야, 너 언제부터 수도꼭지 잠그고 살았냐? 너 마누라 무서워 감히 다른 말 타보기라도 했냐?"

허무찬은 그 순간 그만 멍청해져 버렸다. 그때가 언제인가. 처음 회사에서 집으로 내팽개쳐질 때는 그런 대로 싱글 침대를 옆에 붙여 놓고 살았다. 주말이면 더러 허무찬을 받아주었었다. 그러나 허무찬이 몇 번 발작을 일으키고 나자 그녀는 침대를 일 미터 이상이나 떨어뜨려 놓았다.

"날 남편 잡아먹은 년 만들려고 그래? 복상사란 말도 몰라?"

그녀가 쏘아붙인 신경질적인 말 한마디로 그녀와는 부부가 아 닌 남매 같은 사이로 변해버렸다. 아내는 대리, 부장으로 승진하 면서 제법 술이 늘어 늦은 시간 벌건 얼굴로 집에 들어오고 지방 출장도 잦았다. 흐트러진 옷매무새에서는 어느 낯선 수컷의 정 액 냄새가 풍기는 듯했다.

어느 날인가 그녀가 이런 모습으로 들어왔을 때, 정말 참을 수 없을 만큼 화가 나 그녀를 덮쳤다. 수컷의 정액 냄새는 사뭇 구 체적인 촉감에서 느껴졌다. 그 분노로 더욱 난폭하게 아내를 짓 뭉갰다. 아내는 강간당했다고 퍼렇게 성이 나서 그를 거실로 내

쫓았다. 그는 근 한 달을 소파에서 자며 아이들 보기에도 굴욕스러운 생활을 했었다. 그러니까 그때가 벌써 한 이십 년은 되지 않았을까?

"오래 됐지."

그는 친구들에게 고백을 하면서도 부끄러워 이십 년이라는 구체적인 세월은 말하지 못했다.

술은 쉴 새 없이 새 병으로 들어왔다. 안주도 갓 만들어진 새것으로 계속 접시가 바뀌었다. 허무찬은 그동안 짓눌렸던 고독과 허망, 갈팡질팡하던 미망, 환청 따위가 말끔히 씻기고 밝고, 맑고 오직 투명한 기쁨만이 오롯이 가슴속에 고임을 느꼈다. 이 지상에서 이런 평화와 유열이 허용된 적이 몇 번이나 있었던가?

"요즈음은 지구의 황도가 기울어져 무언가 가치기준이 변하는 시기가 아닌가 해."

안진영이 고개를 갸웃거리다 무슨 큰 발견이나 한 듯 엉뚱한 말을 꺼냈다.

"야, 옛날 원시시대는 남자는 무리를 지어 멀리 사냥을 나가고, 여자는 주거지에 머물면서 육아를 하고, 조리를 하고, 시간이 남으면 경작을 하여 곡물을 채취했지. 그래서 남성이 들짐승의 단백질을 공급하면, 여성은 곡물의 함수탄소를 서로 교환해 영양의 조화를 이루었어. 창은 남성인 전사들의 전유물이라면 불은 여성들의 전유물이었지. 신화를 보면 여성들은 불을 은밀

한 곳에 감추어두고 남자 몰래 자기들만 썼어. 그러니까 위험을 무릅쓰고 수렵을 나가는 남성과 가사를 담당하는 여성의 역할은 율법보다 분명히 구분되었었지."

"왜, 내 얘기 하고 싶어서?"

허무찬은 벌써 얼굴이 달아올랐다. 그러나 안진영은 그것이 핵심이 아닌 듯 다음 말을 이었다.

"그건 아니고, 사회의 일반적인 현상을 이야기해 보자는 거야. 난 무찬이가 가사를 담당하고 김선화 여사가 사회에서 직업을 갖고 승급을 하는 것이 어쩔 수 없는 무찬이네 가정의 특수 현상이라고 생각했었어. 말하자면 돌연변이지. 그런데, 이즈음 매스컴에 오르내리는 남성 전업주부라는 말을 보자. 그 사람들은 원시시대의 역할을 싹 바꾸고도 아주 떳떳하게 좌담회를 하고 생활을 공개하더라고. 모계사회에서 부계사회로 오는데 걸린 시간이 수만 년이었거든. 그런데 현대는 속도가 붙어 불과 몇 십년 사이에 자연스럽게 역할 교체가 일어나고 있는 거야. 지구의 황도가 기울어졌는지, 원시시대부터 내려오던 집단 무의식이 기적처럼 변하고 있어. 한 세기만 지나면 어쩌면 모계사회로 되돌아 갈 지도 몰라. 벌써 가부장제를 부인하는 법안도 국회에서 통과됐잖아."

"아, 나는 원시시대에 태어났어야 해. 나는 전사로 태어나 사냥을 했어야 했어."

오, 그리운 원시시대여. 멀쩡한 사내가 창을 빼앗기고, 불을 감출 곳도 없는 사내가 주방으로 도태되다니. 허무찬은 순간 창을 들고 들판을 달리는 원시시대의 전사인 자신의 환영을 그려 보았다. 달려오는 야수와 정면으로 맞서 창을 던지는 힘이 넘치는 자신의 황홀한 모습을 보았다.

"허 도령님, 이 황 처녀에게도 술 한 잔 주세요. 자세히 뜯어보니 럭허드슨 닮았다, 야. 내가 되게 좋아했거든. 그 얼굴 찾다가 나 시집도 못 간 거 있지?"

여자는 깔깔거리며 고린눈으로 웃고, 치근덕거려 허무찬의 허벅지를 쓰다듬었다. 그 손길이 그리 불결하거나 싫지 않았다.

여자가 화장실을 간 틈을 타서 안진영이 나직이 말했다.

"야, 무찬아. 오늘 널 불러낸 것은 사십구재도 끝났으니 오랜만에 객고 좀 풀라는 뜻이야. 그래야 너도 네 인생을 찾을 것 아니냐? 술값 다 청산했고, 마담한테도 다 얘기해 두었으니, 황 여사가 알아서 모실거야. 꽃값은 네 돈 써. 이거."

그는 손가락 하나를 세워 보였다. 만 원? 그럴 리는 없고. 십만 원? 안진영은 민석준의 손을 끌고 도망치듯 일어섰다. 어, 허무찬은 놀라 어정쩡 일어섰다. 안진영이 그의 어깨를 눌렀는데, 그는 이미 다리가 다 풀려 방석으로 도로 주저앉았다. 그들은 손을 흔들고 대문을 빠져나갔다. 정신은 멀쩡한데 내가 왜 이러지? 재차 일어서려는데 평상복으로 갈아입은 여자가 와 그의 겨드랑이를 부축했다.

"……나 아무나하고 이러는 여자 아냐. 정말 눈에 반짝 띄는 사람이야. 다 연분이지."

"난 빛 좋은 개살구야."

여자는 허무찬을 끼고 골목 안쪽으로 더 들어갔다. 거기 여관 간판이 보였다.

여자는 자상한 엄마가 아이를 다루듯 했다. 옷을 벗기고, 침대에 누이고, 화장실에서 물수건을 해 와 얼굴과 손, 아랫도리를 닦았다.

"어머나, 이 물건 좀 봐. 벌써 화가 났어."

혼미한 가운데에도 허무찬은 어디로 숨고만 싶었다. 여자는 이내 옷을 벗고 침대에 들었다. 불은 껐지만 허무찬은 눈조차 뜨지 못했다. 여자는 조심스럽고 부드러웠다. 아무리 이를 악물어도, 수치심은 거짓이고 점차 숨결이 거칠어지는 황홀경으로 몰입되었다. 그는 더 견디지 못하고 우악스럽게 여자를 끌어내려 깔아뭉갰다. 모든 번뇌와 갈등이 사라지고, 비상하여 먹구름에 뻥 뚫린 푸른 하늘과 눈부신 태양을 맞으며 그는 비명을 질렀다. 체내의 억눌린 감정과 모든 갈등이 그대로 분출하고 있었다. 한참 후 그는 잔잔한 바다를 보았다.

"아, 허 도령님 대단해. 나 죽는 줄 알았어."

여자가 만족한 모양이었다. 언제 이런 황홀경을 맛보았던가.

가쁜 숨도 점차 진정되었다. 그제야 그는 눈을 뜨고 시계를 보았다. 밤 2시였다. 그는 소스라쳐 일어났다. 밤 2시라니. 밤 2시에 어째서 이런 창녀와 한 침대에 누워 있나. 아내의 환영이 창문에 어룽거리고 있었다. 그는 어둠 속이지만 재빨리 옷을 찾아 입었다. 잠이 들었던지 여자가 졸린 콧소리를 냈다.

"도령님, 날 두고 혼자 가면 어떻게 해?"

그는 지갑을 뒤져 수표 한 장을 집어내었고, 지폐 두 장을 더 얹어 그녀의 손에 쥐어주고 도망치듯 여관을 벗어났다. 골목에서 뛰어나와 큰 길로 나서자 빈 택시들이 한가롭게 늘어서 있었다.

아파트 문 자물쇠의 번호를 찍었다. 사르륵 열리는 잠금쇠의 금속성조차 몹시 귀에 거슬렸다. 아주 조용히 문을 닫고, 그는 발 앞꿈치로 어둠 속을 조심조심 걸어 안방으로 향했다. 귀신이라도 지금쯤은 잠을 자고 있겠지. 조용히 안방 문을 밀었다. 그리고 방 안으로 들어 문을 뒷등으로 밀어 닫았다. 순간 그는 아내를 보았다. 아내는 화장대 의자에 소복을 하고 앉아 있다가 기다렸다는 듯 벼락처럼 고함을 질렀다.

이런 개잡놈, 내 돈으로 오입질을 해!

그 소리가 머릿속으로 찔러 들어와 그는 그 자리에 주저앉을 뻔했다.

"아니야, 아니야. 그냥 술만 마셨어! 오해야, 오해!"

그는 쓰러질 듯 가슴을 움켜잡고 재빨리 문을 나왔고, 쾅 하고 힘껏 방문을 끌어 닫았다.

이런 잡놈아, 어디로 도망가!

그는 방문 앞에서 그대로 엎어졌다. 아내가 그의 바바리코트 자락을 움켜잡고 뒤로 낚아챘기 때문이었다. 엎어진 채 그는 필사적으로 앞으로 기었다. 그러나 아내는 더욱 완강히 코트 자락을 잡아끌었다.

"당신 정말 오해야, 오해."

변명을 하다가 그는 가슴을 움켜잡고 극심한 고통에 빠졌다. 아, 이때는 니트로글리세린을 먹어야 하는데. 두 알쯤 먹어야 하는데……. 바지 주머니를 더듬었으나 없었다. 외출할 때 급히 옷을 갈아입었기 때문이었다. 그걸 아내가 가져갔어. 그의 의식은 가물가물해졌다. 여보, 니트로글리세린 이리 내…….

그는 필사적으로 기며, 미끄러지며 그렇게 어둠 속으로 침잠했다.

처음 허무찬의 시체를 발견한 사람은 그의 딸 계옥이었다. 매일 아침의 문안 전화를 받지 않아 불길한 생각으로 급히 달려왔다.

아버지는 외출에서 막 돌아왔던 듯 바바리코트를 입고 안방문 앞에서 거실로 기어가는 모습으로 엎드려 있었다. 그런데 코트의 한 자락이 닫힌 방문에 끼어 팽팽히 당겨져 있었다. 그녀는 틀림없이 방안에 강도라도 숨어있으리란 생각을 했다. 두려움을 무릅쓰고 조심스럽게 방문을 열고 안을 들여다보았다.

도둑의 흔적은 없었다. 커튼 닫힌 안방은 텅 비어 있고, 컴컴하고, 잘 정돈되어 있었다. 휘둘러보다 계옥은 섬뜩 놀랐다. 화장대 의자에 흰옷을 입은 사람이 앉아 있었다. 그러다 이내 의자에 걸어놓은 아버지의 와이셔츠란 것을 알아내었다. 그러자 무언가가 추리되는 듯했다. 심장을 앓아온 아버지가 어쩌면 그 옷에서 어머니의 환영을 보았을지도 모른다는 가정을 해보았다. 그리고 결론을 내렸다. 아버지는 말 그대로 심약했다. 강철 같은 어머니에 비해 심장과 마음, 그 두 가지 모두가 물같이 연약했었다고.

흙비

1

오늘도 흙비가 누렇게 시야를 가려 눈앞에 가림막을 친 듯 답답하기만 합니다. 새벽마다 부연 안개 속에서 신비롭게 자태를 나타내는 삼각산 세 봉우리가 완전히 자취를 감추었습니다. 요즈음은 일기예보가 잘 맞습니다. 고비, 타클라마칸 사막에서 일어난 강한 황사가 편서풍을 타고 한반도를 덮친다더니, 과연 아침 식탁에서 내다보이는 창 밖은 새벽 안개에 누런 흙먼지가 섞여 황토흙물이 흐르는 것 같습니다.

'황사'라고 하면 될 것을 할아버지는 굳이 '흙비'라고 말해 우리 집에서는 '흙비'가 통용어가 되었습니다. 이 흙비는 나도 싫지만 할아버지도 질색을 하십니다. 하우스 위로 흙모래가 켜를 이루어 쌓이고, 식물 이파리에도 흙먼지가 내려 앉아 햇빛을 차단하니, 어디 할아버지 농장의 화훼가 배겨내겠습니까.

화훼는 그렇다치고, 내 호흡은 흙탕물 어항 속에 든 금붕어처럼 답답하기만 합니다. 흙비가 올 때는 유난히 기침이 잦고, 미열이 납니다. 병원 진단으로 알레르기성 천식으로 밝혀져 환자 행세를 하게 되었습니다. 오늘도 마스크와 천식용 응급 흡입제는 꼭 챙겨야하겠습니다. 발작을 시작하면 기관지 숨길이 막혀 죽을 것 같습니다. 흡입제가 없다면 정말로 숨이 끊어져 죽을 수도 있을 것입니다. 봄철 흙비가 나는 딱 질색입니다.

"애, 학봉아 학교 늦을라. 뭘 쳐다보며 그렇게 넋을 놓고 있냐?"

음식을 앞에 놓고도 멍청히 밖을 내다보고 있는 내 앞으로 어머니가 귀한 반찬 한 가지를 더 내려놓습니다. 짠 비린내가 역하게 풍기는 굴비구이입니다. 어머니는 이것을 세상에 없는 반찬인 양 가시를 발라 작은 접시에 담아 내 앞으로 내밉니다. 고3이라고 특별 배려인 셈입니다. 굴비의 칙칙하고 말라비틀어진 모습이 평생 볕에 그을린 할아버지의 피부를 연상케 합니다.

나는 썩는 생선 비린내에 그만 골이 다 아픕니다. 새벽 입맛 깔깔한데 햄버거나 라면, 아니면 스프나 시리얼 넣은 우유라도 후루룩 마시고 일어났으면 좋겠습니다.

"여보, 아버지도 굴비 좋아하시지?"

마주 앉은 아버지의 말에 어머니가 좀 어색하게 웃으며 대답합니다.

"여부가 있나요? 큰맘 먹고 한번 사본 굴빈데……. 얘, 학봉아. 너 한눈팔지 말고 열심히 공부해라. 네가 이 집안의 희망이다."

어머니는 무엇을 피하듯 말끝을 나에게 옮겨 닦달을 합니다. '네가 이 집안의 희망이다'라는 말을 할 때에는 흘깃 아버지를 쳐다보았는데 거기에는 경멸의 표정이 들어있습니다. 어머니는 대학시절 연극부에 들어 무대에도 몇 번 서 보았다고 합니다. 그래서 그런지 어조나 몸짓이 연극적으로 아주 과장이 심합니다. 아버지는 단박에 알아듣습니다. 아버지에 대한 기대는 이미 물 건너갔으니 나에게 희망을 건다는 것을요. 나를 격려하는 말인지, 아버지를 비난하는 말인지, 원. 아버지의 희고 미끈하게 잘 생긴 얼굴이 조금 붉어집니다. 알다가도 모를 일입니다. 어머니가 어째서 이렇게 당당한가요. 증권가엘 드나들다가 그동안 모아 놓은 돈을 몽땅 날린 사람이 어머니 아니던가요.

나는 먹던 밥에 물을 부어 훌훌 넘기고 치즈 한 장을 우물거리며 일어섭니다. 그제야 아버지의 젓가락이 굴비 뜯어놓은 것에 바쁘게 오갑니다. 그러고도 못내 아쉬운 듯 굴비에 시선을 못 떼고 일어서고 맙니다. 그걸 보면 입맛도 제각가지란 생각이 듭니다. 어차피 인생도 제 입맛대로 살아가는 것이겠지요.

내가 사는 이 지축리를 옛날 똥장군이나 지어 나르던 촌구석이라고 생각해서는 안 됩니다. 고양군이 시로 승격했고, 지하철

이 들어왔습니다. 사업가, 문화의 첨단을 걷는 화가·조각가들이 하나 둘 우리 지축리로 들어와 백 평, 이백 평 땅을 사 뾰족집, 둥근집을 맵시내어 짓고 잘 가꾼 정원에는 벗은 여자 조각도 세우고, 뜰 한쪽 양지바른 데에는 낮잠 자는 외제 승용차들도 많으니까요.

우리 할아버지의 집, 아니 아버지를 거쳐 나에게 대물릴 이 집만 해도 그렇습니다. 냉난방 시설 잘 갖추고, 창문마다 이중 통유리를 단 고급주택입니다. 주방 시설과 거실은 재벌집 못지않게 넓고 집기가 화려합니다.

나만 해도 그렇습니다. 남들이 다 부러워하는 서울 강남의 일류고등학교를 다니고 있습니다. 지축리에서 강남이라니. 너무 멀다고 말할 사람이 있겠지만, 이건 전혀 내 뜻이 아닙니다. 우리 부모님의 특별 배려니까요. 나는 어쩔 수 없이 구역위반 학생으로 북에서 남으로 서울을 완전히 관통하여 거길 가야 합니다. 아무리 아버지의 승용차에서 한 시간씩 잠을 자면서 간다고 하지만 이건 너무한 일입니다.

가방을 챙기고 거실 소파에서 잠시 피로를 푸는 동안 마당에서 승용차 시동 거는 소리가 납니다. 바깥 풍경은 도무지 황토색 비닐을 친 듯 답답하기만 합니다. 언제쯤 이 흙비가 갤 것인지요. 오늘도 천식이 발작할까 보아 은근히 겁도 납니다.

나는 소파에서 오 분을 더 지체해도 됩니다. 차 안이 훈훈해지면 타도록 아버지가 늘 배려를 하고 있으니까요. 처음에는 아버지를 기사로 하는 것이 멋쩍었지만, 이제 습관이 되어 차 안이 추우면 기분이 좋지 않습니다. 어차피 아버지도 강남으로 출근하는 것이지만, 나 때문에 일찍 출근해 남는 시간에 사우나를 하거나, 사환보다 먼저 일등으로 출근해 커피나 내린다고 합니다.

소파에서 이 짧은 휴식 시간에 멍한 상태에서 이거저것 궁리를 해 봅니다. 내가 미영이하고 결혼을 한다면 나는 꼭 이 집에서 살겠습니다. 옛날이야 여기가 똥 퍼부어 기르던 시금치, 호박밭이었지만, 지금이야 어디 그렇습니까. 이백 평이나 되는 우리집 잔디정원에 고급 정원수며, 할아버지 온실에서 나오는 꽃이 무리를 이루어 정원 치장을 합니다. 새로 지은 우리 집은 유명인의 설계도를 따른 것이라는데 거기에 갖가지 시설을 갖추니 여기가 바로 낙원입니다. 공기 맑고, 소음 없고, 뒤울안 바위 아래 뚫어 올리는 식수는 수질 검사 결과 이상적인 약수로 판명이 났습니다.

이런 집에 우리 식구가 살게 된 것은 모두 할아버지의 공로지요. 우리 조상들은 대대로 여기서 남의 소작이나 부쳐 먹고 가난하게 살았다고 하는데, 할아버지 대에 와서야 마름으로 자수성가하며 제법 크게 논밭을 사들였다고 합니다. 그리고 여기 화훼하우스는 할아버지가 제일 먼저 시작하였고, 남들도 따라해 지축리가 화훼단지가 되었다 합니다.

그린벨트라는 게 참으로 요상합니다. 북한산 일대를 둘러쳐 개발제한구역으로 묶였는데 지축리도 적잖은 토지가 묶여 들어간 모양입니다. 그런데 할아버지의 땅은 한 뼘도 그린벨트에 잡히지 않았답니다. 거기에 무슨 바람이 불었는지 사업가입네 예술가입네 하는 사람들이 떼로 몰려와 장원의 장주들처럼 호화주택을 차리기 시작했답니다. 그 바람에 땅값이 펄쩍 뛰었지요. 그래도 할아버지는 묵묵히 버텨오셨답니다. 땅을 살 줄만 알지 팔줄 모르는 할아버지의 기질도 있었지만, 서울이 사람으로 넘쳐터지면 제 놈들이 지축리로 나올 수밖에 없고 여기 와서 공중에 비행기 띄우고 살겠느냐며 팔라고 덤비는 사람들을 한사코 뿌리치고 버티셨는데, 땅값은 천장 모르고 치솟고 할아버지는 부자가 되셨습니다. 이집은 그 땅을 조금 떼어 팔아 지은 것이라고 합니다. 아직 사천 평이 넘는 밭에 하우스가 줄지어 있으니 할아버지는 정말 부자십니다.

그런들 무얼 합니까. 할아버지의 꾀죄죄한 모습은 변함이 없으니까요. 부자는 좀 부자다워야 하지 않겠습니까. 왜 하우스는 허리가 휘도록 땀 흘려 흙을 일구고, 땀 절은 옷에서는 늘 닭똥 냄새를 풍기는지요. 어머니는 이것 다 팔아 주식에 투자하면 몇십 배로 불릴 수 있다고 장담을 합니다만 할아버지의 귀에는 다 스치는 바람소리지요. 어찌 보면, 어머니는 지하실에 있는 일꾼들에게 쌀과 찬거리 사대기가 귀찮아 그러는지도 모릅니다. 김

치도 아귀처럼 먹어치우고, 돼지고기는 사 대기가 무섭게 또 사 오라고 껄떡댑니다. 어머니는 일꾼 넷이 지하실에 우글거리고 있으니 냄새며 더럽기가 꼭 돼지우리 같다고 신물을 내고 있습니다. 그나마 재료만 대주면 저희들 손으로 제 밥은 끓여먹고 있으니 그건 다행입니다.

하하, 여주댁과 할아버지의 관계라니요. 자칫하다가 할아버지의 온 재산을 여주댁의 치마폭에 말아먹힐 뻔한 일이 있었습니다. 그러니까 이 집을 짓기 전, 크기는 하지만 구렁이 나올 것 같은 낡은 집에서 일꾼들 밥을 해주고, 할아버지 뒷수발도 하던 사람이 바로 여주댁입니다. 알고 보니 여주댁과 할아버지는 그렇고 그런 사이로 지내고 있었습니다. 우리 식구가 지축리로 들어오면서 여주댁을 내보내고 새집을 지었습니다.

어머니의 억척이 아니었다면, 우리가 어떻게 이런 집에서 살 수 있었겠습니까? 우리는 강남에서 스물다섯 평 연립주택에 살았습니다. 그걸 집이라고 할 수는 없습니다. 집은 헐고 바퀴벌레가 우글거리고, 골목에서는 꾀죄죄한 아이들이 밤낮 없이 싸우고 시끄럽게 뛰어다녀 정신이 하나도 없는 동네입니다. 오죽하면 강남 사람들이 우리 연립주택 몇 동을 가리켜 강남 속의 슬럼가라고 별명을 붙였다니까요. 우리는 미아리에 살다가 내 교육 문제로 강남으로 갔고, 내가 고등학교 배정을 받자 지축리로 들어왔습니다.

아버지 형제는 남자만 다섯입니다. 그래서 오형제집 하면 지축리에서 모르는 사람이 없습니다. 무지렁이 할아버지가 다섯 자식을 모두 대학교육을 시켰으니까요. 자식들이 다 자라자 제각기 뿔뿔이 흩어졌지만 맏아들인 큰아버지만은 그럴 수가 없었습니다. 사실 할머니가 일찍 돌아가셨으니, 어쩔 수 없이 큰아버지 가족이 일꾼 수발과 할아버지 봉양, 외양간같이 더러운 집을 관리하며 살고 있었습니다. 큰어머니의 불평은 대단했지요. 그래서 동서들이나 형제들 사이도 벌어졌다고 합니다. 큰어머니가 이렇게 살다가는 아이들 교육 다 망치겠다고 핑계를 대고 지축리를 떠나자, 여주댁이란 여자가 들어와 부엌일을 하기 시작했다고 합니다. 그때 노한 할아버지가 '너 줄 것은 아무것도 없다'고 큰어머니에게 대놓고 공언하셨다지만, 당시야 그까짓 똥냄새 나는 시금치 밭이나, 외양간 같은 집이 무어 그리 소중했겠습니까. 큰어머니는 '아무런 미련 없다'고 모질게 되받아주고 그렇게 떠났답니다.

그 후, 여주댁이 들어와 안주인 행세를 하며, 무슨 꿍꿍이 속셈인지 할아버지 방에서 잠을 자고 있다는 것이었습니다. 일꾼들 입에서 이런 말이 새나오자, 며느리들은 놀라워하면서도 우습다고 시시덕거렸지, 솔직히 채소밭에는 아무 관심도 없었습니다.

그런데 이게 웬 일입니까. 그린벨트가 처지고, 전원주택 붐이 일어나고 있는 것 아닙니까. 다섯 며느리 가운데 어머니만큼 발빠른 사람도 없습니다. 살던 집을 세주고, 그 돈으로 아버지 승용차 쓸 만한 것 하나 뽑고 우리 식구는 지축리로 들어왔습니다. 큰아들이 지축리를 포기했으니 둘째인 아버지가 들어오는 것은 당연하지 않습니까.

그 후 어머니는 여주댁을 밀어냈습니다. 이렇게 말하니까 그 일이 쉽고 간단한 것 같지만 거기에는 복잡한 사연이 있습니다. 어머니는 갓 오십을 넘긴 여주댁을 '어머니'라고 부를 수도 없는데다, 눈치 하나 빠한 촌무지렁이를 섬길 수도 없고, 마구 부릴 수도 없는 애매한 처지였습니다. 여주댁이 그렇게 녹녹한 여자도 아니었습니다. 고개를 빳빳이 쳐들고, 눈을 내리깔고 새침을 떨었습니다. 마치 할아버지 집에 자기가 먼저 들어왔다는 텃세라도 하는 것 같았습니다. 여하튼 여주댁은 어머니에게 눈엣가시였습니다. 어머니는 여주댁을 내보낼 궁리에 궁리를 짜다가 결정적 단서를 하나 잡았습니다. 몰래 여주에 가서 호적등본을 떼어 가지고 와서 의기양양하게 할아버지에게 들이밀었습니다. 혈혈단신이라던 여주댁 호적에는 아들, 며느리에 손자 이름까지 등재되어 있었습니다.

"아버님, 열 길 물속은 알아도, 한 길 사람 속은 정말 모르겠네요. 이 한 가지만 보아도 나중에 아버님 재산 다 말아먹고 기력 떨어지면 아버님을 발가벗겨 내쫓을 여자예요."

어머니는 그 어조나 표정, 손짓, 몸짓이 그럴 듯한 연극적 조화를 이루어, 금방 할아버지의 마음을 움켜잡았습니다. 위기를 의식한 할아버지는 얼굴이 창백하게 질리고, 흰 머리칼조차 불불 일어서는 듯했습니다.

"어느 씨도 모를 화상한테 내 평생 일군 재산을 다 말아먹힐 뻔했구나."

할아버지는 서슬이 퍼렇게 소리쳐 여주댁을 거실로 불러들였습니다.

영문도 모르고 불려온 여주댁이 미처 소파에 앉기도 전에 할아버지는 천둥 같은 고함을 질렀습니다.

"이렇게 거짓말을 하고도 자네가 사람이야! 참으로 무섭네!"

그리고 의아해 쳐다보는 여주댁 얼굴에 그 호적등본을 휙 집어던졌습니다. 꿇어앉아 그것을 집어드는 여주댁의 손이 몹시 떨렸습니다. 종내 일어설 기력조차 잃은 듯했습니다.

"당장 내 집에서 나가게. 흉하네. 난 내 며느리 수발만으로도 족한 사람이네."

할아버지는 뒤도 돌아보지 않으시고 하우스로 나가셨습니다.

긴 침묵이 흘렀습니다. 어머니는 할아버지가 여주댁 문제를 다 해결해준 이 마당에 아무 할 말이 없어 역시 입을 옥다물고 있었습니다. 식탁에 앉아 관전을 하던 나도 숨이 막힐 듯했습니다. 조용히 일어선 여주댁이 어머니에게 나직이 항변을 했습니다.

"젊은 사람이 영특하구먼. 나는 영감 인품 하나 보고 내 몸 의탁하려 했지. 두엄 냄새 나는 이 집 재산 내 관 속에 넣어갈 생각 조금도 없었어. 늙은이들끼리 의지하는 게 그렇게 불안해 보이던가. 영악하구만, 영악해."

여주댁은 그림자처럼 허청허청 거실을 나갔고, 그 길로 우리 집을 떠났습니다.

한 장애물을 치운 어머니는 다음 계획을 실현하기 시작했습니다.

동네에 누런 똥개가 보이면 개소줏집에 연락해 개소주를 내려 할아버지를 봉양했습니다. 어머니 스스로가 그런 기상천외한 발상을 한 것은 아닙니다. 전에 여주댁이 한번 개소주를 내려드렸던 모양인데, 할아버지가 그것을 드시고 젊어지고 몸에 힘이 솟았다고 자랑을 하셨기에, 어머니가 여주댁보다는 더 후덕하게 할아버지를 봉양할 수 있다는 신뢰를 확인시켜 주려는 속셈이었습니다.

어머니는 그 개소주 공기을 들고 할아버지에게 갈 때는 목을 외로 꼬았습니다. 아침마다 그것을 공기에 담아 덥힐 때는 토악질까지 하였습니다. 어머니는 아버지에게 대놓고 비아냥거리곤 했습니다. 개를 먹는 것으로 보아 이 집안 조상도 양반 축에는 못 들고 그저 묘지기나 아전쯤 되는 것 아니냐는 것이죠.

여하튼 개소주의 위력은 대단했습니다. 아무리 낡은 집이라도 당신 손수 지었으니 헐 수 없고, 땅이란 불려나갈지언정 팔 수 없다는 할아버지의 외고집을 꺾고 땅을 조금 떼어 팔아 유명 건축가 설계의 산뜻한 명품주택을 지어놓았으니까요. 지금 와서 큰어머니가 배 아파하는 것은 당연한 일입니다. 그렇지만 큰어머니는 이미 할아버지의 눈 밖에 났고, '이제 너한테 줄 것은 아무 것도 없다'는 선언이 있었으니 이 집과 금싸라기 땅은 아버지 대를 이어 당연히 나에게 올 것이 뻔합니다. 생각할수록 신비로운 것은 개소주의 위력입니다.

2

훈훈해진 승용차에 내가 타고 아버지가 막 차를 뒤로 빼는데 할아버지의 고함소리가 들립니다.

"이 게을러빠진 똥덩어리 같은 놈들아!"

할아버지가 지팡이를 들어 지하실 문짝을 두들겨 팹니다.

아버지나 나나 깜짝 놀랐습니다. 이럴 때는 무언가 할아버지의 심사가 잔뜩 뒤틀린 것이죠. 할아버지가 일꾼들을 깨울 때 '애들아, 일어나라. 해가 똥구녕을 찌를라.' 이런 은근한 음성이 아니고 '똥 덩어리 같은 놈'이나 '굼벵이 종자들'이란 고함이 나오면 이건 무슨 문제가 있는 것입니다.

이때는 가급적 할아버지 시야에서 빨리 벗어나는 편이 상책입니다. 그렇지 않으면 아버지나 나도 무슨 트집을 잡히고 말 것이니까요.

아버지가 왈칵 차를 뒤로 빼내었다가 이내 대문을 벗어납니다. 백미러로 보이는 광경은 할아버지가 내복바람으로 나오는 장식이, 희동이의 등짝을 지팡이로 후려 패는 모습입니다. 그러나 그 장면도 누런 흙비 속으로 사라집니다. 아마 뒤에 나올 종호나 좀 나이가 든 삼십 초반의 명구도 예외는 아닐 것입니다.

"얘, 학봉아. 할아버지 무슨 일 있었니?"

아버지가 영문을 모르겠다는 투로 나에게 묻습니다.

"모르겠네요."

나도 영문을 모르겠습니다. 그리고 곰곰 생각을 해봅니다.

"아, 아버지 혹시 할아버지가 여주댁을 만난 건 아닐까요?"

"에이끼, 녀석!"

아버지가 내 어깨를 툭 치고 멋쩍게 웃고 맙니다. 아버지도 그런 데에는 도가 텄습니다. 남들이 아버지를 '눈에 확 띄게 잘생겼다'고 하는데, 내가 봐도 그렇습니다. 영화배우도 우리 아버지만은 못합니다. 쌍꺼풀진 눈이 시원스레 크고, 우뚝한 콧부리와 흰 얼굴에 구레나룻 면도한 자리에 파랗게 윤기가 흐릅니다. 그래서 어머니도 첫눈에 반해서 시집왔다고 합니다. 여자들은 이런 아버지를 그냥 내버려두지 않는 모양입니다. 그래서 아버지의 관심은 여자 쪽이고 업무 쪽은 좀 무능하지 않나 생각됩니다.

그 나이에 작은 중소기업의 만년 부장자리를 면치 못하고 있으니까요. 더구나 그것도 언제 그만두라고 할지 모른다고 늘 불안해하고 있습니다. 내 얼굴 이야기를 하기는 사실 좀 쑥스럽지만 나 역시 아버지의 얼굴을 제법 받아가지고 태어났습니다. 이 유산 한 가지만으로도 나는 아버지에게 감사해야합니다. 그래서 미영이가 제 스스로 나에게 다가온 것입니다. 얼굴이란 것이 얼마나 중요합니까. 얼굴이 바로 그 사람의 간판 아닙니까.

녹번동을 지나자 내 전용 기사인 아버지가 묻습니다.

"얘, 오늘 몇 시에 데리러 가랴?"

나는 시간을 계산해 봅니다. 오늘 강호 선생이 신곡 하나를 주어 연습시켜 본다고 했으니, 그걸 두 시간 정도 연습하고, 며칠째 몸이 근질근질한데 미영이랑 샤워나 한번 하고 나오면 열 시쯤이 적당할 것 같습니다.

미영이, 미영이 하니까 누군지 궁금하실 겁니다. 그 애도 고3입니다. 그 애랑은 독서실 복도의 자판기 커피 뽑아 먹다가 말을 텄습니다. 공부가 지루하니 책상보다 자판기 앞에 서 있는 시간이 더 많을 밖에요.

"야, 넌 책상보다 자판기를 더 좋아하는구나. 너 자판기 뽀이니?"

여자애가 당돌하게 시비조로 말을 거는 것입니다. 어허, 뭐 이런 애가 다 있어. 놀라 훑어보니 얼굴이며 몸매가 제법 잘 빠졌습니다.

"넌 자판기 껄이구나. 내가 여기 많이 나와 있다는 것을 아니,
너도 자판기에 붙어사는 애 아니냐?"

그러자 그 애가 머리를 제치고 웃어대는데 당돌하지만 쾌활해
서 좋았습니다. 그 애는 내 인상이 좋아서 한번쯤 말을 걸어보고
싶었답니다. 말을 하다 보니 우리는 기질이나 장래에 대한 뜻이
서로 맞았습니다. 골치 아픈 학문이 뭐 대숩니까. 그래서 나는
미영이 따라 옆 건물의 가요학원을 다니게 되었고 존경하는 강
호 선생의 특별지도도 받게 되었습니다.

처음 강호 선생을 만나던 날, 선생은 나에게 한마디 했습니다.

"야, 너 송학봉, 인생은 다 '원 웨이 티켓'이야."

내가 어리둥절해 하는데, 강호 선생이 경쾌하게 설명을 붙입
니다.

"인생은 원래 왕복차표를 가진 것이 아니고, 누구나 다 편도
차표만 가지고 태어나는 것이야. 한번 종점에 가면 되돌아올 수
없는 것이 인생이란 말이다. 그러니 저 하고 싶은 걸 하며 후회
없이 살아야지. 누가 네 인생 대신 살아줄 수 있니?"

그 순간 나는 전기 맞은 피라미처럼 뻣뻣하게 몸이 굳어지며
인생이란 것을 단박에 깨우쳤습니다. '원수를 사랑하라' '중생
에게 자비를 베풀어라' 이런 것이 성현들의 말이라지만, 이 무슨
씨도 안 먹히는 소리입니까. 강호 선생의 한마디 말이야말로 복

음처럼 내 마음을 흔들었습니다. 그래서 나는 미영이도 얻고 내 인생도 찾았습니다. 또 몸이 근질근질하면 아래층 여관에서 미영이랑 샤워도 같이 하게 되었습니다. 그걸 위해 우리는 늘 사복한 벌쯤은 체육복가방에 챙깁니다. 강호 선생이 장담하는데 우리는 혼성뚜엣으로 곧 무대에서 성공할 것이랍니다. 우리는 서로 하모니가 잘 되는 음색에 체격 조건도 잘 맞는답니다. 독서실 옆 건물 하나에 가요학원, 여관, 지하 디스코텍까지 다 들어 있으니 미영이와 나는 더 없이 편리합니다.

강남까지 나를 끌고 간 우리 부모님을 나는 이해하기 어렵습니다. 일류 가수가 일류 대학 나왔다는 것이 무어 그리 어울리기나 하는 말입니까.

"열 시요. 오늘은 중간고사 준비도 해야 하거든요. 아버지, 나 용돈 좀 주세요."

나는 뜸을 들이다가 나를 데리러 올 시간에 용돈 청구서를 붙입니다.

"그래, 얼마를 주랴?"

"오만 원요."

나는 주저 없이 거액을 말합니다.

"그래라. 힘이 나야 공부도 하지. 저녁은 도가니탕 먹어라."

아버지가 선뜻 오만 원을 꺼내줍니다. 아버지가 이렇게 용돈 인심이 후해진 것은 다 약점이 있기 때문입니다. 독서실 앞에서 어떤 여자와 헤어지는 것을 세 번이나 목격했거든요.

"엄마한테 무슨 얘기 안 했지?"

"무슨 얘기요?"

내가 시침을 뗍니다.

"능청스러운 놈. 남자 의리 잘 지켜라."

나는 속으로 치받치는 웃음을 겨우 참아냅니다. 독서실 앞까지 와서도 헤어지지 못하고 차 안에서 노닥거리다 가는 여자는 눈 화장이 몹시 짙고 헤퍼 보입니다. 그 여자는 아버지랑 샤워를 하는 사이인지도 모릅니다. 나는 말 그대로 남자 대 남자로서 의리를 지키며 입을 다물고 있습니다. 그 여자를 목격한 이후로 내 용돈이 후해졌으니 긁어 부스럼 만들 나도 아니지요.

오만 원이면 옆 건물로 가 샤워도 할 수 있고, 디스코텍까지 전과정을 마칠 수 있습니다.

졸음이 옵니다. 아직 학교까지는 사십 분은 더 가야합니다. 나는 그 틈에 잠을 잘 권리가 있습니다. 강남에 간 제비처럼 나를 강남으로 보내 흥부네같이 박씨나 물어왔으면 하는 것이 우리 부모님의 바람이지만, 솔직히 한심합니다. 강호 선생 말씀처럼 인생이야 누가 대신 살아줄 수 있는 것이 아니지 않습니까. 나는 2년제 대학의 미달학과에라도 가면 됩니다. 그래야 미영이랑 대학가요제나 강변가요제에 나갈 자격이 주어지니까요.

3

오늘 하루 학교의 일과는 정말 지겨웠습니다. 그렇지만 방과 후 독서실 옆 건물에서의 시간은 꿈결 같았습니다.

오늘은 신곡 〈둘이는 사랑해〉를 맞추어 보았는데, 강호 선생이 첫날 연습치고는 곡의 분위기도 잘 파악하고 있고 호흡도 잘 맞았다고 칭찬이 대단했습니다.

미영이가 신이 나서 제가 먼저 샤워를 하자고 내 팔을 끌었습니다. 샤워를 하고 나는 혼자 남아 좀더 오랫동안 선풍기 앞에서 땀을 식혔습니다. 미영이랑 같이 여관 문을 나서기는 나이가 어리다고 남들이 손가락질 하니 그것만은 어쩔 수 없는 노릇이지요.

아버지는 독서실 옆 골목에다 주차시켜 놓고 의자를 뒤로 젖힌 채 잠이 들어 있습니다. 아버지도 눈화장이 짙은 여자랑 샤워를 했을지도 모를 일입니다. 아버지가 나에게 택시비를 주는 대신 퇴근 후 꼭꼭 나를 데리러 오는 것은 어쩌면 여자를 만나기 위한 구실일지도 모릅니다.

차 문을 열고 내가 옆자리에 앉자 아버지가 화들짝 놀라 깨어 시계를 봅니다.

"예정보다 늦었구나, 아함."

아버지는 기지개를 켜며 커다랗게 하품을 베어 뭅니다.

"죄송해요. 중간고사 대비하느라고 그만……."

이때만은 미영이랑 너무 오래 샤워를 했다고 생각되어 미안한 마음에 나는 그만 뒤통수를 긁고 맙니다.

"그래, 나한테는 신경 쓸 것 없다. 공부나 열심히 해라."

시동이 걸리고 차가 출발합니다. 졸음이 쏟아집니다. 아무래도 오늘은 정말 샤워를 너무 오래 했나 봅니다.

저녁 식탁, 이것을 저녁 식탁이라고까지 말할 필요는 없습니다. 아버지는 습관적으로 맥주 한 병을 마시고 나는 과일과 우유 한 컵을 듭니다. 그 저녁 식탁에서 아버지가 어머니에게 묻습니다.

"오늘 아침 아버지가 지팡이로 일꾼들 야단치는 것을 보니 심기가 몹시 불편해 보이던데, 무슨 일 있었던 것 아니야?"

"아니, 무슨 일은요. 나만 한 며느리가 또 어디 있다고⋯⋯."

어머니가 오히려 눈을 크게 뜨고 뜨악해집니다.

"혹, 아버지가 여주댁을 다시 만난 건 아닐까? 아니면 다른 과수댁이라도."

"여보 그걸 말이라고 해. 칠순 가까운 노인이⋯⋯."

어머니가 하얗게 눈을 흘기다가 킥킥 웃습니다.

"아냐, 개소주 많이 잡수셨잖아."

아버지도 키들키들 소리 죽여 웃습니다. 그제야 어머니가 조금 근심스러운 낯빛이 됩니다.

"참 이상해요. 오늘 복덕방 영감이 손님을 데리고 오지 않았겠어요. 여기가 신수복 영감댁이 맞느냐고 해요. 그렇다고 하니까, 날 밀치고 삥삥 둘러 집 구경을 시키고 갑디다. 나 원, 기가 막혀서."

아버지의 얼굴이 금방 창백하게 질려버렸습니다. 이게 무슨 일이죠? 내 가슴도 철렁했습니다. 여긴 미영이랑 내가 보금자리를 꾸밀 곳이 아닙니까?

"여보, 잘 생각해 봐. 근래 무슨 일이 있었던가."

"무슨 일이 있겠어요. 아침나절 일꾼들이랑 하우스에 가서 일하셨고, 오후엔 경로당에 갔다 오셨고. 저녁 잘 드시고 방에 드셨는데."

"그래? 복덕방 영감 얘기는 아버지한테 물어봤어?"

"왜 안 물어 봤겠어요?"

"그래서."

아버지의 입술이 가늘게 떨리는 것을 나는 훔쳐봅니다. 이 집에서 우리 식구가 나갈 수밖에 없다면 나중뿐 아니고 지금 당장도 문젭니다. 살림에 필요한 생활비는 몽땅 할아버지가 대고 있으니까요. 사실 어머니가 증권을 한다고 모아놓은 돈을 없애지만 않았어도 걱정이 조금 덜 되겠지요. 어머니는 지금도 증권을 해서 벼락부자가 되고 싶은 욕망이 있는데 수중에 가진 돈이 없으니 그저 할아버지 눈치만 보며 죽어 살고 있는 것이지요.

"저녁 드실 때 복덕방 영감이 왔었다는 이야기를 하니까, 궁금해서 그저 시세나 한번 알아봤다고 하시면서 그냥 아버님 방으로 건너갑디다."

아버지가 기울이던 맥주 컵을 내려놓고 할아버지 방으로 갑니다.

나도 과일 맛을 잃어 그냥 포크를 내려놓고 맙니다. 어머니가 일어서서 서성거리는 품이 무언가 초조하기 때문이겠지요. 어머니와 내 시선이 할아버지 방문에 가서 꽂혀 고정되어 버렸습니다.

한 십 분이 지나서야 아버지가 환하게 웃는 얼굴로 할아버지 방에서 나왔습니다. 그제야 나는 가슴을 쓸었습니다.

"이봐, 맥주 한 병 더 꺼내. 아버지도 능청스러우시기는, 참. 심심해서 집값이랑 농지 시세나 알아보신다잖아. 복덕방쟁이 괜한 헛고생만 시키는구먼."

아버지는 찬 맥주 한 컵을 기갈 들린 사람처럼 쭉 들이켜고 또 환하게 웃었습니다. 그제야 어머니도 표정을 풀고 과일을 들기 시작했습니다.

"여보, 혹 아버지 심기가 불편한 것이 있을 수 있으니까, 동네 똥개 수소문해 개소주 한 마리 내려드리지."

아버지가 너털웃음을 터뜨렸습니다.

사실 어머니만큼 개소주를 적절한 비장의 무기로 사용하는 사람도 없습니다. 할아버지의 땅에 대한 집착은 도깨비 얘기로도 족합니다. 할아버지 말씀으로는 전답이란 도깨비가 훔쳐가려고 네 귀퉁이에 말뚝을 박고 줄을 매어 밤새 끌어보지만, 닭 울면 번번이 땅을 떼어가지 못하고 그냥 달아난다고 합니다. 할아버지가 도깨비도 못 훔칠 보물로 아는 전답을 떼어 팔아 새집을 지은 것은 다 개소주의 위력이 아닙니까.

집을 완공하고 마당만은 고추, 파, 오이, 가지를 심는 텃밭으로 쓰시겠다고 우기시는 할아버지의 고집을 꺾은 것도 개소주입니다. 일꾼들이 제 손으로 밥을 끓여 먹도록 조작한 것도 개소주입니다. 그러나 그런 모든 문제가 그럭저럭 다 해결되고 나자 개소주는 슬그머니 자취를 감추고 말았습니다.

"여보, 그걸 말이라고 해. 야만스럽게."

'개소주 내리라'는 말에 어머니가 퍼렇게 성이 나 아버지에게 눈을 흘깁니다. 그런 어머니를 보며 아버지는 또 너털웃음을 터뜨립니다. 목을 꼬고 개소주 공기를 들고 다니고, 그것을 덥히다가 토악질을 하던 어머니의 모습이 떠올라 나도 킥킥거리며 내 방으로 도피합니다. 즐거움 뒤에는 늘 피곤이 오는 건가요. 온통 피곤하기만 합니다.

"이 똥덩어리들아! 하우스 덮개도 덮지 않고 네놈들만 이불 덮고 자빠져 잘 수 있냐!"

이 밤중에 언제 할아버지가 밖으로 나가셨는지요. 앞마당 쪽에서 쨍쨍한 할아버지의 고함소리가 터집니다.

"일기예보에 날 따시다고 하길래……."

일꾼 대장인 명구가 무어라고 변명을 합니다.

"이놈아, 입 터졌다고 되는 대로 지꺼려? 찬비가 와도 날씨가 따뜻해? 네 놈도 벌거벗고 찬비 맞으며 자봐. 이런 굼벵이 종자 야!"

노한 할아버지의 욕설이 또 터집니다. 그러고 보니, 밖에는 그새 봄비가 내리고 있었나 봅니다. 봄비가 황사를 씻어낼 것이 니 나는 즐겁습니다. 내일은 산뜻한 공기에 내 기관지도 즐거워 할 것입니다. 그런데 할아버지는 무엇 때문에 진종일 화가 나 있 을까요. 무슨 일이 있기는 있나 봅니다. 그런들 내가 어떻게 합 니까. 옷을 벗어 방바닥에 던지며 그대로 침대에 엎어지고 맙니 다. 한문 숙제는 해가야 하는데……. 그 선생은 할아버지처럼 완 고해서 손바닥에 매타작을 하는데……. 아, 샤워는 한 번만 하고 두 번씩은 하지 말았어야 했는데……. 그만 잠에 곯아떨어집니 다.

복덕방 영감이 우리 집을 다녀간 그 날부터 며칠 동안 저녁식 탁에서 어머니는 그 비렁뱅이 같은 복덕방 영감이 또 손님을 데 리고 왔었다고 푸념을 했고, 아버지는 또 긴장한 얼굴로 할아버 지 방엘 들르곤 했습니다. 그 결과는 번번이 할아버지가 '능청스 런 영감'이 되었고, 아버지가 '개소주를 내리라'는 이야기를 꺼내 며 너털웃음을 터뜨리면, 어머니는 매운 눈흘김을 쏘는 것으로 끝나곤 했습니다.

사실 나도 매번 왠지 모를 불안감으로 조마조마해지곤 했습니다만, 그런 한 주일이 지나자, 복덕방 영감도 우리 집을 포기했는지 더 이상 어머니의 입에서 '비렁뱅이 같은 복덕방 영감'이란 말이 나오지 않았습니다.

그 대신 할아버지가 외박하시는 날이 잦아졌습니다. 하우스를 큰일꾼 명구에게 맡겨놓고 친구 집에 또는 경치 좋은 시골에 다녀오겠다며 이박 혹은 삼박씩 집을 비우는 일이 잦아져 어머니를 홀가분하게 해 주셨습니다.

어머니, 아버지가 할아버지가 바람을 피울 수 있느냐 없느냐 하는 문제를 놓고 옥신각신하는 소리가 내 방에까지 다 들려, 그때마다 나는 푸푸 웃음을 터뜨릴 수밖에 없었습니다. 할아버지가 안 계시니 어머니의 목소리가 홀쩍 커진 때문이죠. 여하튼 할아버지는 아버지가 논평한 '능청스런 영감'임에는 틀림없나 봅니다.

4

봄이 깊어지면서 할아버지의 생신날이 돌아왔습니다.

이날만은 어머니는 요리사를 불러 갖가지 음식을 장만하여 우리 가족뿐 아니고 경로당, 동네 어른들도 다 불러 모아 동네잔치로 풀어먹입니다. 갈비찜으로부터 새우튀김, 중국식 잡탕, 유삼슬, 해물냉채며 한식 잡채와 전야, 빈대떡 지짐 냄새며 음식 만드는 이들의 떠들썩한 소리로 한껏 잔칫집다운 흥성함이 있습니다. 초대 받은 사람이라면 누구나 어머니가 둘째답지 않게 며느리 행세도 잘하고 후덕하게 할아버지 봉양 잘한다는 칭찬이 자자합니다.

일부러 일요일을 택해 날을 잡았습니다. 아버지 오형제와 딸린 식구만 해도 스물이 넘고, 일꾼들과 동네 어른들이 다 모여드니 마당에 친 포장이 모자랍니다. 애들은 뛰고 어른들은 웃고 떠드는 소리에 집안이 다 떠나갈 듯합니다.

그러나 이날 할아버지는 무척 근엄하고 과묵하셨습니다.

식구마다 포장해온 선물꾸러미조차 한쪽으로 밀어놓고, 어린 손자들이 큰절을 올려도 받는 둥 마는 둥 했습니다. 수북이 쌓인 선물은 어느 것 하나 풀어보지도 않으셨습니다. 선물을 가져온 사람들이 섭섭해 한 것은 당연합니다. 어차피 이 집의 가통은 내가 이어갈 것이 분명하기에 나는 주인 행세로 선물 포장지에 누가 가져온 것인지 이름을 적기에 분주했습니다.

안방에서 모두 모인 가족들의 점심식사가 한참 진행되고, 술이 거나해질 무렵이었습니다.

"너희들 다 모였으니, 이제 내가 한마디 하겠다."

할아버지가 손을 휘저어 주목을 시키고 말씀을 시작하셨습니다. 나도 말석이나마 안방에 들어갈 수 있어서 할아버지의 말씀을 들을 수 있었습니다.

"내가 아무리 평생을 흙을 주무르고 똥장군이랑 두엄을 지어 날랐을망정 내가 너희 오형제 등록금 안 해준 적이 있더냐?"

무슨 말인가 하고 모두 눈이 휘둥그레졌습니다. 그건 맞는 말입니다. 할아버지는 당신이 배우지 못한 한을 자식들 교육으로 풀려고 하셨답니다. 그래서 대학을 안 나온 자식은 없습니다.

"내가 풍수쟁이 데리고 며칠씩 이 산 저 산 돌아보며 내 묻자리 하나를 해 두었다. 그리고 장례비용도 넉넉히 통장 만들어 넣어놓았다."

이 대목에서 할아버지는 품에서 통장 하나를 꺼내어 흔드셨습니다.

"자, 이만하면 너희들에게 나로 인한 큰 짐 하나는 덜어준 셈 아니냐?"

아버지 오형제는 '죄송스러워서' 어쩌고 하면서도 무언가 할아버지의 낌새가 이상하다는 표정들이었습니다.

"누가 장례 안 치러드릴까 봐 그 고생을 혼자 하셨어요?"

아버지의 볼멘 항변에 좌중은 피식피식 웃음이 터져 나왔습니다. 나는 할아버지의 외박 비밀을 비로소 이해했습니다. 돈은 많지만 늙고 처량한 할아버지, 이제는 죽음을 생각하고 계시다니. 그리고 할아버지가 '바람을 피울 수 있느냐 없느냐'로 옥신각신하던 어머니, 아버지의 논쟁이 떠올라 기분이 묘해지는 것입니다.

다시 팔을 휘둘러 좌중을 제압한 할아버지는 다시 말을 이어 갔습니다.

"너희들도 알다시피 이 애비는 물려받은 밭 한 뙈기 없었고, 논 한 마지기가 없었느니라. 내가 교육 받은 것도 일제 때 소학교가 고작이었느니라."

그러자 좌중은 또 의아한 얼굴로 서로를 쳐다보았습니다.

그거야 누구나 다 아는 사실 아닙니까. 할아버지가 게 집게발처럼 억센 손으로 이 지축리 땅을 늘리고 일군 것까지. 그런데 왜 하필 즐거운 잔칫날에 이런 처량한 이야기가 나와야 할까요.

"내가 이 집과 농토를 굴비 한 두름에 팔려고 내놓아 본 일이 있다."

이 대목에서 할아버지의 목울대가 몹시 낄룩거리고 어조가 비감스러워졌습니다.

"허지만, 빈대 한 마리 잡으려고 초가삼간 태울 수 없는 노릇 아니냐. 그래서 나 죽으면 이 집과 전답부스러기를 몽땅 양로원에 헌납하기로 했다."

아, 이 무슨 날벼락입니까. 다른 사람은 몰라도 아버지, 어머니, 나만은 그 굴비란 말을 바로 알아들었습니다. 온 집안에 그토록 썩은 비린내를 지독히 풍기면서도 할아버지 밥상에는 굴비 한 마리 오르지 않은 것이 분명합니다. 이제 와서 할아버지 밥상에 굴비 한 두름을 사다가 올리면 '나 죽으면 이 집과 전답부스러기를 몽땅 양로원에 헌납하기로 했다'는 할아버지의 말이 취소될 수 있을까요.

"할아버지, 제가 굴비 사다드릴께요!"

당황한 내가 불쑥 일어나 비명처럼 고함을 질렀습니다.

벌겋게 불붙듯 타오르는 아버지 오형제와 숙모들의 시선이 온통 나에게 쏠렸습니다. 할아버지의 날벼락 선언으로 어쩌면 제 몫을 챙길 밭 한 떼기쯤이 다 날아간 이 마당에 어린 내가 푼수없이 메뚜기 날뛰듯 하니 신경이 곤두선 것이 분명합니다. 하지만 천만의 말씀입니다. 아버지가 대를 잇고, 내가 그 뒤를 잇는다면 이 집 재산은 전부 내 것이 아니겠습니까.

"학봉아! 이놈, 어린 게 버릇없이, 넌 나가 있어!"

어디에 화풀이 할 곳이 없었는지 아버지가 나에게 고함을 지릅니다. 나는 그 고함에 밀려 방문 쪽으로 무릎걸음을 합니다.

"……내 이미 재산 헌납공증을 끝냈다. 너희들도 불만이 없을 게다. 나 죽고 나서, 행여 너희들이 재산 다툼이라도 한다면 이 무슨 불행한 일이냐. 그렇다면 재물에서 구린내가 나는 법이다. 그래서 나는 너희들이 이세상 살아갈 만한 충분한 교육을 시켰느니라."

그러자 오형제와 숙모들이 서로 얼굴을 두리번거리며 쑥덕거립니다.

"아버지, 우리가 언제 아버지 재산 가지고 다퉜댔어요? 너희들 그럴 사람 있으면 어디 손 들어봐."

큰아버지가 그래도 맏이라고 할아버지에게 항변을 합니다.

"그래? 너 말 잘 했구나. 넌 이집을 떠날 때 이미 너에게 재산에 대한 미련을 끊어주지 않았더냐? 벌써 잊었냐?"

큰아버지의 목이 이내 꺾여 고개를 숙입니다. 그러자 셋째 삼촌이 자기도 빠질 수 없다는 듯 한마디 합니다.

"아버지, 그러실 게 무어 있어요. 여기다 빌라 짓고 자손들 다 모아 살면 좋지요. 지하철 생겨 시내 가깝고, 오순도순 좀 좋아요?"

"쓸데없는 소리 말아라. 싸움개 다섯 마리 모아 놓으면 콧등 아물 날 있겠냐. 새 새끼도 날개가 자라면 어미 둥지에서 날아가 제각기 제 둥지 틀고 사는 법이다."

할아버지가 이토록 유식한 줄을 나는 미처 몰랐습니다.

할아버지는 술 대신 냉수 한 컵을 들이켜고 이야기를 계속하셨습니다.

"너, 둘째야."

"예, 아버지."

아버지가 어떤 기대에 차서 고개를 번쩍 들고 대답했습니다.

"너는 이만큼 나한테 얹혀 살았으면 이젠 그만 네 식솔 끌고 네 집으로 가거라. 나 애처로워 여기 있을 필요 없다. 여주댁이 그리 성품이 영악한 여자가 아니더구나. 내 재산을 다 사회에 헌납하기로 했다고 해도 날 돌보러 흔쾌히 여길 오기로 했다. 나 죽은 후에는 각자 미련 없이 제 갈 길로 가기로 했다. 굴비 한 두름 사다가 굽게 시켜보았다. 여주댁 굴비 굽는 솜씨가 제법이더구나. 한 시에 여길 오기로 했다."

"아버지, 이런 날 남들 보기 흉하게 여주댁은 왜 불러요?"

큰아버지도 여주댁은 못 마땅한가 봅니다.

"그으래? 이제 이 늙은이는 갈 길이 바쁘니 좀 편히 살고 싶고, 너희들에게도 편하게 해주고 싶다. 여주댁이 시중을 들기로 무엇이 그리 흉하단 말이냐."

언제 준비했는지 할아버지가 소형 녹음기를 꺼내 상 위에 올려놓고 버튼을 눌렀습니다.

"……나 신수복은 오늘 여러 공증인 앞에서 유언을 남깁니다. 경기도 고양시 지도면 지축리 19번지 본인 소유의 대지와 건물, 농토를……."

방안 전체가 얼어붙은 듯 아무 움직임이나 숨소리조차 없습니다.

아, 나는 더 이상 참지 못하고 방 밖으로 나오고 말았습니다. 그 썩은 냄새가 진동하는, 소금에 찌든 굴비 비린내가 나를 이토록 비참하게 만들 줄은 몰랐습니다. 나하고 미영이는 어쩌란 말입니까.

멀리 삼각산 붕우리가 보입니다. 거무칙칙하게 우뚝 솟은 바위산이 할아버지처럼 억센 고집이 있어 보입니다.

이때 여주댁이 대문을 들어서서 현관을 향해 오고 있었습니다. 화장을 하고 황금색 주단을 휘감은 모습이 전에 우리 집에서 구접스런 싸구려 월남치마에 통통한 스웨터를 걸치고 푸수수한 머리 매무새를 했던 때와는 생판 달랐습니다. 아, 여자가 나이가 들어도 치장하면 새 모습으로 변신을 할 수 있나 봅니다. 새치름한 표정이 좀 쌀쌀맞고 오만해 보이기까지 합니다.

여주댁은 현관 앞에 서있는 나쯤은 안중에도 없다는 듯 눈을 내리깔고 휑하니 현관 안으로 들어갔습니다.

"어서 오시게, 여주댁."

침묵에 싸인 안방에서 그 침묵을 압도하는 할아버지의 우렁우렁한 음성이 들렸습니다.

5

집안에는 언제부터인지 굴비 굽는 냄새가 가득 차게 되었습니다.

나는 이제 굴비 굽는 냄새라면 속이 다 뒤집힐 지경이 되었습니다. 미영이조차 내 몸에서 생선 썩는 냄새가 나니 너희 집은 생선 장사를 하는 것이 분명하다고 경멸조로 말합니다. 너와 나의 운명은 이 굴비 냄새에 달렸다고 미영이에게 말합니다만, 그 이상은 어떤 설명도 더 붙이지 못하고 맙니다.

아, 금년 봄에는 왜 이리 흙비도 자주 오는지요. 오늘도 누런 황토 흙먼지를 뚫고 아버지의 차로 뛰어갑니다. 시계는 이십 미터는 될까요. 삼각산도 전혀 자태를 내보이지 않습니다. 내 천식은 이 봄철에 더욱 심해져 발작적 기침이 나고 기관지가 좁아져 호흡이 가쁩니다. 늘 구급 흡입제를 입에 달고 삽니다.

"너희들은 언제 너희 집으로 갈 거냐?"

아침 출근길에 일꾼을 깨우던 할아버지와 마주치자 정색을 하고 아버지에게 묻습니다. 할아버지 뒤에는 화장을 한 여주댁이 눈을 내리깔고 서 있고……

이 모든 사단이 여주댁의 모사에서 나왔다고 어머니와 아버지는 확신하고 있습니다. 그런들 어찌합니까. 여주댁은 늘 할아버지 옆에 붙어 새침하게 입을 꼭 다물고 있으니.

"글쎄요. 전세 계약을 삼 년이나 했는데, 그리 쉽게 내보낼 수 있나요?"

아버지는 완전히 풀이 죽어 말합니다. 그러면 나는 아버지 등 뒤에 숨어서 공연히 같이 풀이 죽습니다.

차가 멀어지면서 할아버지와 여주댁이 흙비 속에 잠깁니다. 그러고 보니 아버지 형제를 비롯한 우리 가족 모두는 흙비 속에 살고 있나 봅니다. 서로가 서로의 정체를 잘 내보이지 않고, 서

로가 서로에게 불편하고, 각자 다 제 속에 숨어살고……. 따지고
보면 나도 흙비 속에 내 정체를 감추고 어머니, 아버지에게조차
내 모습을 보이지 않고 있지 않습니까.

우리 집에 다시 개소주가 등장했습니다. 동네에서 가장 덩치
큰 누런 똥개 한 마리를 내렸다는데, 약재도 비싼 것을 썼다고
어머니가 할아버지에게 아뢰었습니다. 이른 새벽마다 개소주 덥
히는 냄새가 집안에 진동합니다. 목을 꼬고 울 듯한 표정이 되어
쟁반에 개소주 공기를 받쳐 들고 가는 어머니의 뒷모습이 가련
하고 처량합니다.

이렇게 해서 할아버지의 유언이 취소될지, 또 어머니가 여주
댁에게 어떤 결정적 꼬투리를 잡아 내보내게 될 지는 미지수입
니다. 어머니는 음흉한 여주댁을 그대로 두면 결국 유언 공증은
비밀리에 취소되고 할아버지의 재산은 여주댁이 다 차지하게 되
리라고 합니다. 그러나 이 모든 것이 흙비처럼 앞이 보이지 않는
일입니다.

어느 이른 새벽, 여주댁이 주방으로 나와 개소주를 덥히고 있
는 어머니에게 차갑게 한마디 했습니다.

"이보우, 학봉 엄마. 노인이 당신보다 내가 몸을 보해야 한다
고 한사코 날 먹이시니 난 어쩌나……. 며느리 노릇하려면 그만
한 눈치는 있어야지."

이 말을 던지고 치마꼬리를 홱 감싸고 할아버지 방으로 도로

들어갔습니다. 어쩌면 여주댁은 지난날의 원한을 어머니에게 앙 갚음 하고 있는지도 모릅니다.

어안이 벙벙해진 어머니는 드디어 눈물을 뚝뚝 떨어뜨렸습니다.

그날부터 쟁반에는 두 개의 개소주 공기가 얹혀 할아버지 방으로 갔습니다. 그렇다고 어머니가 여주댁에게 기가 꺾인 것은 아닐 것입니다. 몸을 사리면서 어떤 기회를 엿보고 있을 것이 분명합니다.

그러나 모든 것이 흙비 속처럼 앞이 보이지 않습니다. 우리 집에는 사철 흙비가 퍼붓고 있나봅니다.

낙화유수

등에 내리쬐는 봄볕은 다사로우나, 콧속으로 감겨드는 바람에는 아직도 쏘는 냉기가 남아있다. 빤히 올려다 보이는 그 술집의 통유리창이 잡힐 듯 가까워 보이지만 막상 걸어 오르려니 힘에 부친다.

비탈을 오르는 최성갑의 보행이 어색해 보인다. 비록 오른쪽 발목 아래의 가벼운 의족이고, 그가 자연스럽게 보이려고 갖은 정성을 다 쏟는 몸짓이건만 이 비탈길에서는 어쩔 수 없이 본색이 드러나 절뚝거림이 보인다. 박영국은 그를 부축해주고 싶은 안쓰러움에 손을 뻗다가 이내 거두어들인다. 가끔 무의식적으로 그를 부축하려 하면 그는 늘 신경질적으로 손을 쳐내는데, 그게 채찍처럼 매운맛이 있어 머쓱해지곤 했었다.

행주산성 입구에서 되돌아가는 장의차를 세워 둘은 내렸고, 약속이나 한 듯 말없이 산성 쪽 언덕을 향해 힘들여 오르기 시작했다. 이태 전 말뚝이 윤명수를 보내고 이 언덕을 올랐을 때는 팔각모 조재현도 함께 해 셋이었다. 그러나 오늘 조재현을 떠나보내고 나니 이제 둘만이 이 길을 오른다. 언제일지 모르지만 둘 중 누구 하나만이 이 비탈길을 오를 날도 올 것이다.

숨이 차고 이마에 땀이 밴다 싶을 때 언덕 위 그 술집 앞에 당도했다. 전에 셋이 한강이 내려다보이는 술집 통유리 전망에 감탄했었는데, 그 기억이 떠올라 오늘 다시 이 집을 찾아 출입문 앞에 섰다. 간판이 낯설어 올려다보니 전의 사철탕 간판이 제주 흑돼지로 바뀌어 있다.

안주가 무엇이면 어떠랴. 필요한 것은 술이었다. 문을 열고 들어서니 넓은 홀에는 손님 하나 없이 썰렁하다. 오후의 어중간한 시간에 어느 술꾼이 이 먼 행주산성에까지 와 있으랴.

바로 전망 좋은 대형 통유리창 앞자리를 차지했다.

"베리아, 이태 전 말뚝이 윤명수 보내고 여기 왔을 때랑 똑같은 시간인가 봐. 그때도 한강이 저렇게 번뜩거렸잖아. 정말 눈부시구나."

박영국이 메뉴판을 훑고 있는데, 최성갑이 감탄한다.

박영국도 유리창 밖으로 시선을 옮긴다. 저 멀리 김포 쪽으로 한강이 휘돌아나가고, 오후의 햇살을 받은 강물은 수천 마리의 물고기 떼가 비늘 퍼덕거리듯 번쩍인다. 창턱 앞 흐드러진 노란 개나리꽃 덤불 위에 강물이 얹어져 번쩍거리는 모습이 조금 몽롱하고 신비롭게 보인다.

"스나이퍼 선배, 정말 눈부시네. 윤명수 보내고 왔을 때, 조재현이 강물이 불꽃놀이 한다고 했었잖아. 윤명수나 조재현, 이 인간들, 세상 번뇌 다 잊고 황홀한 저 강물 따라 저세상으로 훌훌 떠나 행복해졌으면 좋겠네."

박영국도 눈이 홀려 시선을 거둘 수 없다. 저 강물은 흘러 흘러 임진강과 만나고. 서해바다에 도달해서야 피곤한 걸음을 멈추고 안식을 얻을 것이다.

박영국이 손을 들어 주문을 했고, 소주와 접시에 담긴 시뻘건 돼지두루치기와 밑반찬이 왔다. 가스대에 철판이 얹혀졌다. 양념 돼지고기를 철판에 얹었으나 익는 시간도 기다릴 수 없어 박영국은 우선 소주잔에 술부터 따랐고, 서로 잔 부딪침을 했다.

"하느님 감사합니다. 오늘도 우리 죄인들에게 일용할 양식을 주시옵고, 같이 목마름을 풀 술선배도 보내셨나이다. 이 양식이 우리를 번뇌에서 구원하여 천국의 평화에 들게 하소서. 건배!"

박영국의 익살스러운 건배사에 최성갑이 비죽이 웃었다. 소주 한 잔씩을 들이켜고 콩나물무침을 한 젓가락씩 우겨넣고 다시 한 잔씩 더 따라 잔 부딪침을 했다. 지금 둘의 심정은 머리를 옥죄는 압박으로부터 빨리 벗어나고 싶을 뿐이다. 첫잔을 들고는 박영국은 늘 감탄한다. 소주란 얼마나 아름다운 신의 창조물인가. 위장에서 후끈 불을 지르며 머리를 옥죄던 쇠붙이 테가 슬그머니 벗겨지고 있음을 느꼈다.

오늘 팔각모 조재현의 화장이 끝나고, 그의 칠성판이라 할 관을 얹었던 흙판이 분골실로 왔을 때, 인골표본처럼 가지런한 흰 뼈보다 골반 쪽의 시꺼먼 쇠붙이가 먼저 눈에 들어왔다. 검은 탁구공에 붙은 곡괭이 날 같은 긴 침, 이것이 그를 오래 끌고 다니던 인공 대퇴골 관절이었다. 할 일을 다 마친 금속은 쫓겨나듯 집개에 잡혀 버려지고, 뼛조각들은 쓰레받기에 모아져 분쇄기로 들어가 다르륵다르륵 허연 먼지를 풍기며 갈아졌다. 박영국은 그 장면을 유리벽 너머로 쳐다보며 등줄기를 훑는 서늘한 한기를 느꼈다. 고독과 번뇌로 힘겨워 하던 그 인생도 죽고나니 결국 한 줌의 뼛가루밖에 안 남다니.

박영국은 해군병원 중환자실에서 조재현을 만나 그의 간병을 받았고, 이어 그가 조직한 '상이동지회 천자봉 쉼터'의 모임을 통해 교류를 시작한 지 38년, 그러니 그와 더불어 청춘을 보내고, 중년을 거쳐 이제 인생 다 살았다는 환갑을 넘기고 있다.

분골실 조그만 창구멍으로 나온 유골함을 받아든 조재현의 조카가 출입문을 향해 걸어 나가다 문득 돌아서 박영국에게 상의하듯 말했다.

"어차피 자손도 없는 당숙을 대전까지 멀리 보내느니 차라리 여기에서 평토장을 하는 것은 어떨까요."

그는 낮은 음성으로 겸손을 다한 동의를 구했지만, 박영국은 벼락을 맞은 느낌이었다. 이것은 분골 수거통에다 조재현을 버리겠다는 말이 아닌가.

"무어야, 너. 국가에서 보살피는 현충원을 팽개치고, 네 당숙을 여기 쓰레기통에다 처넣겠다는 거야? 야, 너, 너……. 너는 이렇게 조재현을 함부로 하지만, 당숙은 너를 보살피려고 애쓰지 않았더냐?"

주먹이 그의 면상으로 올라가려는 것을 다른 한 손이 붙들어 잡고, 말을 더듬을 수밖에 없었다.

"아닙니다, 아닙니다. 그렇게 한번 생각해 본 것뿐입니다. 오늘 좀 늦었지만 대전 현충원으로 바로 모시겠습니다."

그는 뱉은 말을 황급히 쓸어담아 상황을 수습했다. 부모 세상 떠나고, 형제나 자식도 없는 조재현은 상이연금을 아껴 당질들의 학비로 충당하는 것을 자랑스러워했다. 조카는 박영국이 이런 사실을 알고 있다는 것은 전혀 모를 것이다. 그렇다고 그가 왜 이런 제안을 했을까? 영혼이 빠져나간 유골은 그저 물질에 불과하다는 생각을 했을까. 아니면 지금 늦은 시간에 대전 현충원에까지 유골을 모시고 가야하는 수고가 귀찮다고 생각한 것인가. 아무튼 그는 유골 상자를 안고 서둘러 장의차에 올랐고, 박영국과 최성갑도 뒤따라 차에 올랐다.

그러나 행주산성 입구가 보이자, 조카에게 조재현을 현충원으로 잘 모시라는 말을 던지고 장의차에서 내렸다. 장의차 뒤꽁무니를 눈으로 묵묵히 배웅하고, 그들은 또 말없이 비탈을 오르기 시작했지만, 목적지는 한강이 내려다보이는 이 술집이란 것을 서로 알고 있었다.

두루치기가 지글거려 익으며 양념과 고기 냄새를 풍기자 대작의 속도는 빨라졌다.

"스나이퍼 선배, 지금 저세상도 만원인가 봐. 12시 화장이 2시까지 밀려가다니. 천국을 이 죄인들이 오염시킬까 봐 받아들이기를 꺼리고 있던 것 아닐까?"

최성갑이 또 무표정을 깨고 히죽 웃었다.

"야, 베리아. 저세상이 만원이면 그냥 이세상에서 살지, 팔각모는 무얼 바라 그렇게 서둘러 길 떠났는지 모르겠다. 거기도 소주하고 흑돼지 두루치기 있을라나. 난 그거 없으면 절대 저세상에 갈 수 없단 말이다. 허허허."

이제 최성갑의 얼굴은 광대뼈에 발그레 술기운이 올라, 분골실 앞에서의 뻣뻣하게 굳어있던 살얼음이 풀리고 평상으로 돌아와 있었다.

"베리아, 참 세월 많이 흘렀어. 월남전 참전 때가 까마득한 옛날 같아. 우리가 '상이동지회 천자봉 쉼터'를 조직한 해로 따져보니 벌써 서른여덟 해가 되었네."

박영국은 잡은 술잔을 홀쩍 마시고 두루치기 한 젓가락을 집어 씹으며 한강을 내려다본다. 세월이 유수와 같다더니 정말 인생이 이렇게 흘러 시들어버리는구나. 박영국은 자신이 너무 쓸쓸하게 살아왔다는 생각을 한다. 이 순간만은 처자식이란 것을 가져보지도 못한 자신의 인생이 뼈저리게 외롭다.

강물은 색채를 바꾸어 푸른빛을 띠며 여전히 눈부신 불꽃놀이를 한다.

박영국의 상념은 퍼뜩 그의 마지막 전투현장으로 날아간다. 어떻게 그날을 잊을 수 있겠는가. 호이안 지역 베리아 반도, 용머리 작전 때 박영국은 김 병장과 첨병을 자원했다. 본대보다 30미터 앞장서서 첨병 둘은 '허리에 총'을 하고 조심스럽게 야자나무와 잡목 숲을 헤쳐 나갔다. 쾅, 숨겨진 인계철선을 건드렸는지 부비트랩이 폭음을 울렸고, 김 병장은 한 다리를 날렸고, 박영국은 한쪽 엉덩이 살과 후손에게 물려줄 인간의 디엔에이를 담은 씨주머니와 전립선을 잃었다. 엉덩이 쪽으로 대퇴골이 드러났고, 대장 일부도 잘렸다. 의식이 없는 상태로 후송되어 다낭 병원선에서 응급처치, 필리핀 클라크 미 공군기지 병원으로 이송, 이젠 후송 도중 죽지는 않을 것이란 판단이 나서야 귀국 비행기에 태워졌고, 고향을 찾듯 대방동 해군병원 중환자실로 안착되었다. 나중에 수소문해 들은 이야기지만 같이 첨병 섰던 김 병장은 다낭 병원선 응급실에 도착하기 전에 헬기에서 이미 숨졌다. 초동 처치가 늦고 부실했던 까닭이었다.

해군 병원 중환자실에서 그는 네 개의 수액 줄이 몸에 꽂히고,

팔·다리는 침대에 묶여 있었다. 하반신을 전부 붕대로 감쌌는데 부상의 부위나 상태조차 확인할 수 없었다. 거미줄에 걸린 잠자리를 거미가 줄로 감아 포박해 매달아 놓은 꼴이었다. 영국은 눈만 껌벅거리는, 침대에 포박된 잠자리였다. 그때 중환자실에서 박영국의 밥을 타오고 먹여준 사람이 조재현이었다. 그는 파편이 대퇴골을 바수고 지나갔지만 금속관절로 대체하고 겨우 보행을 시작하고 있었다. 경증환자가 중증환자를 간병하는 관행이 있었는데, 이건 간병인이 없는 군병원 중환자실의 눈물겨운 정경이었다. 이렇게 간병을 하는 사람은 그 역시 상태가 호전되어 일반병실로 간 환자의 돌봄을 받았던, 그 은혜에의 보답을 하는 셈이었다.

"스나이퍼 선배, 우리가 '상이동지회'를 만들었을 때에는 아마 세상을 등지고 우리끼리 살아보자는 심각한 폐쇄적 응집력이 있었던 것 아닌가 싶어. 우리는 물에 뜬 기름방울이었을 거야."

중상환자들은 경상환자들과 달리 대개 가족에게 자신의 부상 상태나 있는 곳을 알리지 않았다. 살아서 병원을 떠난다는 보장도 없었고, 불구가 된 자신의 모습을 보여 가족이 혼비백산하는 꼴을 보이고 싶지도 않았다. 누구에게 그 망가진 몸뚱이를 보일 수 있겠는가. 베트남으로 떠나기 전 특수교육을 받을 때, 훈련병들끼리 심각하게 의견을 나눈 일이 있었다. 부상을 당해 팔·다리 하나라도 날린 불구가 된다면 그때는 어찌할 것인가 하는 문제였다. 대부분의 의견은 '자살'이었다. 그때의 공론이 뇌리에 깊이 박혔던지 박영국은 중환자실에서 내내 어떻게 하면 아침 이슬처럼 깔끔하게 이세상에서 사라지느냐 하는 숙제만 머릿속에 굴리고 있었다. 그 무렵 선임 기수인 조재현이 일반병실로 옮겨가며 상이동지회를 발기 조직했다. 당시에는 꽤 여럿이었는데 죽지 않고 제대한 회원은 21명이었다. 사실 중환자실의 환자들은 내일을 기약하기 힘든 상태였다. 척추 총상으로 하반신이 마비되었고, 파편이 경추를 스친 인간은 눈만 껌벅거릴 뿐이었다. 하관이 날아가 음식을 바닥으로 흘리며 추하게 먹고, 고막이 파열된 귀머거리가 되어 그저 멍한 얼굴로 말하는 이의 입술을 보고 의도를 파악하려는 인간도 있었다. 부비트랩으로 두 다리가 잘린 것, 아, 정말 끔찍한 것은 전신 화상환자였다. 월맹군도 화염방사기가 있었다. 그는 비닐하우스처럼 침대 위에 둘러쳐진 포장 속에 전신을 미라처럼 붕대에 감겨있었다. '신곡'을 쓴 단테가 이 병실의 풍경을 보았다면 '지옥편'을 다시 썼을지도 모른다.

그 지옥 풍경 속에서 몇 개월 치료를 받아 박영국이 겨우 보행을 연습하고 있을 때, 최성갑이 들어왔다. 최성갑은 같은 소대의 선임 수병이었다. 처음 그가 휠체어에 실리어 중환자실로 들어왔을 때, 그의 얼굴에는 여기저기 반창고가 붙어있어 박영국은 그가 누구인지 바로 알아보지 못했다. 어디서 많이 본 듯한 인간이구나 싶었다. 고개를 돌리고 생각해 보고 머리를 갸우뚱 했다. 그가 의무병들에 의해 휠체어에서 들려 침대에 뉘어질 때, 그의 실팍한 등판이 눈에 들어왔다. 탄탄한 어깨와 등판이 항상 자신에 차있던 바로 그였다. 설마, 정말 그가 최성갑 병장일까. 박영국은 가랑이가 찢어지는 통증을 참으며 목발을 짚고 그의 침대로 갔다. 그는 눈을 감고 반듯이 누워있었다. 발목 하나가 없고, 얼굴과 가슴팍에서 파편을 뽑아내었는지, 덕지덕지 반창고가 붙어있었다. 발목지뢰 파편이 태풍처럼 그의 전신을 휘덮었으리라. 최성갑 선배님. 낮고 조심스럽게 부르는 그의 음성은 떨리고 있었다. 제발 그가 대답을 하지 말아주었으면……. 그러나 그는 놀란 듯 눈을 떴다. 휘둥그런 그의 눈이 충혈 되는가 싶더니 이내 눈물이 고였다. 그는 조금 비틀린 미소로 알은 체했다. 박영국이, 너 죽지는 않았구나. 못난 놈. 박영국은 그의 손을 감싸 쥐었다. 터져 나오는 오열을 숨죽여 참아내었으나, 솟구치는 눈물은 막을 수 없었다. 그는 최성갑을 통해 인간 막장에까지 도달해있는 제 설움까지 풀어내고 있었다.

최성갑 병장, 그는 명사수였다. 중대에 지급된 단 한 자루의 스타라이트 스코프, 한밤중 별빛에도 목표 식별이 가능한 조준경 달린 저격수총이 그의 몫이었다. 이 저격수총이 야간 잠복초에서는 참으로 신묘한 위력을 발휘했다. 캄캄한 한밤, 그가 어느 목표물을 조준하면 멀건 가깝건 바로 명중의 비명으로 이어졌다. 그 비명을 신호로 해병들의 일제사격으로 야간 이동하던 월맹군들은 방향도 못 잡고 우왕좌왕 맥을 못 추고 흩어졌다. 그는 저격병임을 스스로 자랑스러워했고, 남들도 조금은 그를 우러러보았다. 그래서 그는 애초에 저격병을 뜻하는 '스나이퍼'란 별명으로 불리고 있었다.

처음 상이동지회 회원들끼리 메일을 주고받을 때 사용하던 닉네임들은 나중에 '천자봉 쉼터'라는 홈 페이지가 생기고 나서는 본명은 두고 닉네임으로 서로 통했다. 박영국 역시 일생을 뒤집어 놓는 부상을 선물한 베리아 반도의 '베리아'를 닉네임으로 사용하였다. 이 닉네임은 자신들을 숨기는 익명성이 있어서 모두 좋아했다. 이들은 천자봉 쉼터 홈 페이지에서 익명으로 끝도 없는 수다를 떨면서 새로운 생명이 태어나는 즐거움까지 맛보았다. 모임에서도 서로 닉네임을 불렀다. 그래서 본명은 잊어도 닉네임만은 기억하고 있었다.

"지금 천자봉 쉼터에 남아있는 인간이라고는 모두 넷이니 참 많이도 갔다. 처음 간 용사가 베드로였던가? 그 환쟁이가 25살에 자살했을 때는 나도 따라가고 싶은 충동을 느끼겠더라."

과묵한 최성갑도 술을 마시니 제법 화제를 찾아내었다. 제일 처음 세상을 떠난 회원은 미대를 중퇴한 이상진이었다. 대방동 해군병원 중환자실에서 죽지 않고 제대한 21명은 두 달마다 모임을 가졌다. 제 발로 멀쩡히 걸어다니는 사람보다 휠체어나

목발의 도움이 필요한 사람들이 더 열성으로 참석했다. 중증불구일수록 제 꼴을 내보이기 싫어하는 대인기피증이 큰데, 이 모임에서만은 그 흉허물이 없어지고 공중목욕탕 같은 동류의식이 발동하기 때문이었다. 상이연금은 매달 받고, 치료는 보훈병원이 맡고 있으니 심한 생존의 핍박은 없었다.

베드로, 그는 고등학교 시절부터 사귀던 여자가 있었는데, 제대하면 바로 결혼할 계획이었다. 그런 그는 복무기간보다 일찍 제대는 했으나, 두 다리가 떠나갔다. 상이연금 중 일시금으로 작은 아파트를 얻고, 다달이 나오는 연금으로 기본 생활은 이어갈 수 있었다. 그는 다니던 미술대학에 복학하지 않았다. 제 꼴을 대학 캠퍼스에 노출하고 싶지 않았기 때문이었다. 그의 여자가 집에서 도망쳐 나와 베드로의 시중을 들고 있었다. 밥 짓고 청소하고, 빨래하는 일상의 주부 일 이외에 화장실과 목욕 시중, 외출 시에는 휠체어를 밀고 다녔다. 천자봉 쉼터의 모임에 그가 빠지는 일은 없었다. 이런 중증불구들은 오히려 더 모임을 손꼽아 기다리다가 기쁘게 모여들었다. 그는 제 여자를 '마리아'라는 닉네임으로 불렀는데 성모 마리아인지 막달라 마리아인지는 잘 알 수 없다. 불구의 그를 돌보는 일을 그녀가 자청했으니 아마도 예수를 사랑한 막달라 쪽이 가까울 것이다. 그는 이상진이라는 본명은 완전히 잊어버리고 닉네임 베드로로만 불러달라고 했다. 베드로가 새벽닭이 울기 전에 예수를 세 번 부인했는데, 그 역시 자신을 세 번 속인 일이 있다고 했다. 첫째는 양 허벅지 아래가 날아갔을 때 자살하지 못한 것, 두 번째 여자를 놓아주지 못한 것, 세 번째는 그림을 포기한 것이라고 했다. 그림의 포기는 짜 빈박 전투의 그 전장에서 박격포탄이 양 허벅지 아래를 다 날렸는데 그림은 그 포탄을 막아낼 아무런 기능이 없기 때문이라는 것이었다. 포탄 앞에서의 그림의 무능과 무가치성을 깨닫고 화구와 캔버스, 화집 따위를 몽땅 끌고나와 한꺼번에 불태워버렸다고 했다. 박영국은 의아했다. 그림이 오히려 그의 영혼을 일으켜 세워 굳건한 인생길을 걸어가게 할 수도 있겠다고 생각해 오던 터였다. 베드로, 그림을 포기하다니, 허무하지 않아? 그러자 그는 히죽 웃었다. 홀가분해, 정말 홀가분해. 그래서 박영국은 그의 내면에는 예수와 베드로가 공생하는 이중인격자일지도 모른다는 생각을 했다. 여하튼 궤변까지 덧칠되어 정상의 언행은 아니라고 생각했다.

그러던 그가 어느 날 천자봉 쉼터 모임에 나오지 않았다. 웬일인가. 전화를 해보니 베드로가 술에 잔뜩 취해서 횡설수설했다. 한 가지는 해결됐어. 나머지 두 가지도 해결하려고 노력하고 있어. 이 무슨 괴이쩍은 말인가. 모임이 끝나자마자 박영국은 최성갑과 그의 아파트로 달려갔다. 문에 들어서니 이상한 기름 냄새가 물씬 코를 찔렀다. 그의 얼굴은 술에 취해 양초처럼 녹아내리고 있었다. 이게 무슨 냄새야. 박영국의 말에 그는 또 한 가지를 해결하고 있어, 하면서 휠체어를 굴려 안방으로 이끌었다. 어둑어둑한 안방 벽을 물감을 짓이겨 발랐는데, 처음에는 그저 범벅이 된 짙은 초록밖에 보이지 않았다. 조금 있으니 차츰 형체가 살아났다. 그는 안방 벽을 캔버스 삼아 그림을 그리고 있었다. 야자수와 선인장, 고무나무의 정글, 도마뱀이 기어다니고, 나무를 타고 오르는 초록 독사, 새들, 지네와 전갈이 떼로 그려져 있다. 거기에 갈색 베트남 여자들의 누드가 앉고 서있었다. 괴이쩍은 냄새의 정체는 유화칼라와 트래핀, 린시드 기름통이었다. 야, 베드로 네가 정말 고갱이라도 되는 줄 아냐. 멀쩡한 안방에 웬 물감 떡칠이야. 여기가 대학가 지하통로 벽이라도 되냐. 박영국은 그가 군대 동기생이라 누구보다 대하기 편했고, 무슨 막말이라도 씹어뱉을 수 있었다. 그는 또 말없이 히죽 웃었는데, 그웃음에 섬뜩한 느낌이 있었다. 박영국은 사들고 간 소주와 안주를 식탁에 풀고 몇 잔 마셨다. 그도 몇 잔 받아마셨는데 눈꼬리조차 감기듯 늘어졌다. 이래서는 안 되겠다 싶어 박영국은 냉장고를 뒤져 얼음을 꺼내고 설탕물을 만들어 그의 입에 들이 부었다. 그는 꿀꺽거리며 잘 받아마셨다. 조금 시간이 흐르고서야 눈의 초점이 돌아오는 듯싶었다. 야, 베드로 너 무슨 일이 있었는지 말해 봐. 최성갑이 윽박질렀다. 그는 냉수 한 잔을 더 받아 마시고서야 남의 말 하듯 말했다. 스나이퍼 선배, 마리아가 잡혀갔어요. 여길 어떻게 알았는지 제 부모가 불시에 쳐들어와 납치해

갔어요. 마리아는 울면서도 순순히 따라갔어요. 내가 마리아를 떠나보내서 해결해야 할 문제였는데 잘된 일이지요. 후련합니다. 그에게 더 이상 답변을 채근하지 않았는데도 그는 자백하듯 조금씩 이야기를 풀어놓았다. 그녀는 집으로 돌아가 물감과 붓, 기름통을 소포로 보냈는데, 건강 조심하라는 의례적 안부편지도 동봉되어 있었다. 그러나 그녀가 언제 다시 돌아오겠다는 언질은 없었다. 캔버스가 다 불태워지고 없으니 그녀가 머물던 안방 벽을 캔버스 삼아 그림을 그리기 시작했다. 떠오르는 상념은 부상을 당해 양 다리를 잃은 곳, 그가 마지막 작전을 한 짜빈박의 밀림이라고 했다. 그곳에 동물과 벌레, 새와 여인들을 그려 넣었다.

사흘에 한 번씩 파출부가 와서 청소며 세탁, 장보기를 해주고 가는데 마리아가 없어도 그런대로 견딜 만하다고 했다. 베드로는 이런 말을 하면서도 시종 미소를 잃지 않았는데, 그 미소에서 풍기는 냉기가 이상했다.

그리고 그는 25살 청춘을 한강 노을 속으로 던졌다. 제 말대로 자신에 대한 세 번째 배신을 그렇게 해결했다. 일간지에 그의 투신자살 기사가 실렸다. 그는 택시기사에게 한강 노을을 보고 싶다는 부탁을 했고, 다리 입구에서 내렸다. 휠체어로 성산대교를 건널 것이니 다리 끝에서 30분 후에 만나자는 약속을 했다. 기사는 선금을 받았다. 그러나 기다리던 그는 나타나지 않았다.

다른 택시기사에 의해 그가 다리 중간에서 난간으로 기어올라 노을 속으로 사라지는 것이 목격되었다. 천자봉 쉼터 회원들이 영안실로 모여들었고, 시골의 그의 어머니, 형이 와 장례를 치렀다. 마리아는 끝내 장례식장에 나타나지 않았다. 죽은 사람 영정이나 보아야 무슨 의미가 있는가 하는 생각에서였을까. 아니면, 마음이 이미 베드로에게서 떠난 것인가. 박영국은 모든 것이 무상하다는 생각을 했다. 닭이 울기 전에 세 번 예수를 부인한 베드로는 결국 순교로서 업 갚음을 했지만, 슬픈 어릿광대 베드로는 예수와 베드로가 그의 정신 속에 공존한 혼란 속에 그렇게 세상을 떠났다. 이것은 전쟁후유증으로 혼란스러운 또 다른 어릿광대들을 부추기는 기폭제가 되었다. 하악이 떨어진 닉네임 '저승새'는 농약을 택했고, 닉네임 '뽀빠이 해병'은 시골 여인숙에서 목을 매었다.

비록 정식 결혼은 아니더라도 그런대로 서로 의지해 살던 여자들도 이들의 집단적 전쟁후유증에는 넌더리를 내며 떨어져 갔다. 닉네임 '공수래'는 매일 밤 '비상, 비상!'을 외치며 양손에 식칼이나 가위를 들고 '악, 악!' 허공에 총검술을 했다. 이 증상은 점차 정도를 더해갔고, 이웃집도 공포에 시달리며 심한 항의를 했다. 그의 여자는 언제 해를 당할지 모른다는 공포로 도망을 쳤다. 급기야 경찰이 '공수래'를 연행했고, 연락을 받고 온 그의 부모는 그를 정신병동으로 보냈다.

상이동지회 회원들은 이렇게 낙엽처럼 떠나가고 천자봉 쉼터라는 홈 페이지 이름만 앙상하게 남았다. 전혀 기동이 불가능해 두문불출하는 두 회원을 합쳐도 살아있는 인간은 이제 모두 네 명에 불과하다.

2년 전, 말뚝이 윤명수처럼 허무한 죽음도 있을까. 그는 박격 포탄 공격을 받아 고막이 완전히 파열되고, 전신에 파편조각이 박혔다. 그와의 대화는 항상 밝은 장소에서 얼굴을 정면으로 대하고 말을 또박또박 해야 알아들었다. 그가 머리를 흔들면 다시 조금 느리게 입매를 과장적으로 말해주어야 비로소 머리를 끄덕거렸다. 그는 귀머거리지만 젊어서는 말을 잘했다. 그러나 듣지 못하는 긴 세월이 흐르니 그의 발음은 점차로 흐트러지고, 허물어져 어둔해져갔다. 이것은 어쩔 수 없는 농아의 진행과정이라고 해야 할 것인지. 그의 닉네임이 '말뚝이'가 된 것은 봉산 탈춤의 난봉꾼 말뚝이를 뜻하는 것이 아니고, 불러도 말뚝처럼 멍청하게 서서 반응이 없다는 의미로 붙여진 이름이었다.

그는 신호등 없는 왕복2차선 도로에서 트럭에 받히어 죽었다. 그는 트럭에 부딪쳐 공중으로 붕 떴다가 떨어졌는데, 코와 귓구멍에 약간의 피가 내비치고 외상없이 깨끗했다. 그러나 그는 뇌진탕에 의한 즉사였다. 트럭기사는 계속 클랙슨을 울렸는데도 보행자가 아무 반응이 없었다고 억울해 했다. 그의 장례식장은 그래도 가장 호상이었다. 아내와 두 아들, 며느리들이 상청을 지키며 문상객들을 접대하고, 다섯이나 되는 어린 손자들은 철없이 상청을 뛰어다니며 놀고 있었다. 아이들을 꾸짖는 며느리들을 오히려 박영국이 말릴 지경이었다. 이 손자들을 내려다보고 있을 말뚝이 윤명수가 그 아니 즐거워했겠는가.

현충원에 안장하기 위한 전단계로 벽제화장장으로 갔다. 화구에서 나온 그는 온전한 뼈의 형태를 갖추고 있었다. 그러나 바닥에 거뭇거뭇 쇠붙이 알갱이들이 흩어져 있었다. 채 빼내지 못하고 평생을 지니고 온 녹슨 박격포탄 파편들이었다.

그날 벽제에서 돌아오다 행주산성 근처에서 내려 팔각모 조재현을 포함한 셋이 비탈길을 올라 오늘의 이곳까지 왔었다. 그리고 바로 수육과 소주를 들면서 눈부시게 번쩍이는 한강을 내려다보았다. 말뚝이 윤명수의 혼령이 그 빛살에 춤을 추며 즐겁게 승천하는 것 같은 환상도 느꼈다. 그것은 어쩌면 그가 가족의 편안한 환송을 받으며 저세상으로 떠났기 때문일 것이다. 윤명수처럼 다복한 인생이라면 제 수명이 다할 때까지 살았어야 하는데. 그날 조재현은 몇 번이나 윤명수의 죽음을 아쉬워했다. 그랬던 그가 두 해가 흐른 지금 한강의 빛살 속으로 같은 길을 떠났다.

팔각모 조재현은 운동모자보다 해병대 작업모인 팔각모를 쓰고 다니기를 좋아해 붙여진 닉네임이었다. 그런 식으로 그는 늘 모군에의 자부심을 표현했다. 그는 대퇴골 금속관절 이식으로

궂은 날 삭신이 쑤시고 엉덩이에서 삐거덕거리는 소리가 난다
고 불평했다. 그는 애초에 결혼을 포기했다. 그가 조심스럽게 자
신의 신상을 털어놓은 적이 있었는데, 그는 대퇴골 손상뿐 아니
라, 에이전트 오렌지의 희생자로 고엽제 환자를 겸하고 있었다.
다리와 가슴 피부가 나무껍질처럼 굳어져 거칠게 일어나는 신경
염피부병에다 심한 당뇨합병증을 앓고 있었다. 종합비타민이 조
금 증상을 완화해주고, 연고가 각질을 조금 누그러뜨리지만 근
본 대책은 아니었다. 이것은 이미 인체의 디엔에이가 변형된 결
과이니 복원할 길은 없을 것이다.

그는 험한 피부병으로 감히 여자와의 접촉은 포기한 상태였
다. 주말이면 그는 차를 끌고 홀로 전국을 떠도는 여행을 즐기곤
했다. 한번은 조그마한 시골 술집에서 늦도록 술을 마신 일이 있
는데, 충동을 이기지 못하고 작부를 사 여인숙에 들었다. 여자가
샤워장에 들어간 틈에 그는 불을 끄고 먼저 자리에 들었다. 그
녀는 몸의 물기를 닦고 어둠속에서 이불을 들추고 들어왔다. 그
의 가슴팍을 더듬던 그녀의 손이 멈칫했고, 맞닿은 다리의 감촉
이 이상했는지 손을 뻗어 내려오다가, 혼비백산해 벌떡 일어났
다. 몰상식하게도, 여자가 싸늘하게 내뱉었다. 이건 전염되는 것
이 아니야. 그는 그녀를 안심시키려 했다. 그녀는 내쳐 어둠속에
서 옷을 주워 입고 받았던 돈을 그의 머리맡으로 던졌다. 이 돈
은 그냥 받아도 돼. 그는 돈을 도로 그녀에게 내밀었다. 그의 손

을 매몰차게 밀치고 방문을 나서던 그녀는 또 한 번 격하게 쏘아붙였다. 이따위 거지 같은 돈 필요 없어. 순 사기꾼 같으니라구. 그는 여자가 자신을 문둥병 환자쯤으로 치부했으리란 추론을 내렸다. 그 이후 그에게 여자는 딴 세상의 그림자 같은 존재였다.

그는 상이연금으로 기본적으로는 지낼 만했지만, 보훈처에서 알선한 대형마트에서 일을 했다. 물품창고에서 분류하고 배송하는 일에 꽤 재미를 붙였다. 그는 여가에는 해외여행으로 떠돌기도 했으나, 그것도 곧 슬그머니 집어치웠다. 외국에 가면 자주 자살충동을 느끼고 그러다 보면 혼마저 이역에서 떠돌 것 아니냐는 것이 이유였다. 그는 저축한 돈을 오촌 조카들에게 장학금으로 주기를 즐거워했다. 존경을 받기 위한 것이 아니라, 그 행위 자체를 즐기고 보람으로 생각했다. 때로는 자선단체에도 제법 큰돈을 보내기도 했다.

그는 제가 지닌 질병을 무시하고, 술과 담배를 꽤나 즐겼다. 홀로 사는 아파트 거실에는 치우지 않은 술병이 그득했고, 거실, 식탁, 화장실, 베란다, 침실에까지 곳곳에 재떨이가 놓여있었으나 비우지 않아 꽁초가 소복소복했다. 그는 이런 자신을 늘 경쾌하게 변명했다. 술·담배 끊고 한두 해 더 살 바에야 차라리 이것을 즐기면서 조금 일찍 죽는 것이 훨씬 더 삶의 질이 높지 않아. 어차피 인생은 죽게 되어있는데. 이것이 그의 인생살이 지론이었다.

그런 그가 당뇨합병증인 패혈증으로 죽었다. 집안에서 홀로 죽지 않고, 구급차를 불러 보훈병원에 가서 죽은 것은 다행이었다. 그러지 않았다면 아무도 모르게 집안에서 오래 부패하거나, 긴 세월 후 미라로 발견될 수도 있었을 것이다.

해는 서녘으로 기울어져간다. 구름 몇 장이 연분홍으로 물들어 있다. 박영국은 사람의 일생이 하루해와 같다면 지금이 바로 자신의 모습과 같은 시간대일 것이란 생각을 했다.

"스나이퍼 선배, 오늘 팔각모 조재현이 조카가 평토장을 하는 것이 어떠냐고 슬그머니 물어 왔잖아. 그게 팔각모를 분골 수거통에다 버리겠다는 이야기가 아니겠어. 참 어째서 팔각모가 아끼던 조카들에게서까지 그런 대접을 받아야 하는지."

최성갑이 시무룩한 표정으로 노을 쪽으로 시선을 옮긴다.

"아무리 형제나 자손이 없어도, 현충원에서 거두어 떠받들어 준다는데 대전에 가는 수고도 못 하겠다는 심보 아닌가. 조재현이 준 장학금을 다시 회수하고 싶더군."

박영국은 새삼 열기가 솟음을 느꼈다. 다시 최성갑의 시선이 되돌아왔을 때에는 눈시울이 젖어있었다.

"야, 베리아. 인생무상이다. 정말로 팔각모가 낯모를 사람들 분골이랑 뒤섞여 화장장 뒷숲에 뿌려진다면 그야 참혹한 일이지. ……야, 그 시꺼먼 인공관절을 보니 섬뜩하더라. 자꾸 내 의족이 신경 쓰이더라니까. 잊자, 그만 잊자. 야, 술이나 따라라."

젓가락질이 느려지는지 철판의 돼지고기가 시꺼멓게 눌어붙고 연기가 오른다. 남겨진 두루치기가 천해 보이고 더 집어먹을 생각도 없어진다.

"어허, 베리아. 저 강물 좀 봐. 정말 꽃보다 더 붉다."

"정말 강물에 꽃이파리들이 춤을 추며 떠가네."

휘돌아 나간 강물의 끝에 숯불 같은 낙조가 그대로 내려앉았다. 바람이 부는가. 붉게 번득이는 강물이 흐드러진 꽃잎처럼 아름답다.

"낙화유수로다. ……저기 팔각모 조재현이가 떠나가네."

최성갑이 읊조리듯 말했다. 박영국은 최성갑의 말을 바로 알아들었다.

"저 꽃이파리 하나하나가 다 천자봉 쉼터 인간들의 혼령이구만. 제일 먼저 가버린 베드로, 오늘 떠난 팔각모, 하악이 떨어져 나간 저승새, 말뚝이 윤명수, 뽀빠이 해병, 공수래, 해포, 또 또, 누구야, 당직병, 능선, 가수왕……, 음 음, 메아리 김……그것들이 저기에서 우리를 손짓하네……."

박영국은 울컥 치미는 감상으로 더 말을 잇지 못한다. 그렇다, 그네들은 쇠잔하고 영락하여 일찍 떨어진 꽃잎처럼 떠나갔다. 박영국도 곧 그들을 따라갈 것이란 생각을 했다.

둘은 강물을 내려다보며 한동안 침묵하였다.

얼마 후, 낙조는 사라지고, 강물 위로 하늘하늘 어둠의 장막이 내려온다. 창 밖의 사물은 어둠에 잠겨가고 실내등만 한층 더 빛을 밝힌다.

"스나이퍼 선배, 우리 그만 다리 건너 공항동으로 진출합시다. 내가 입가심 한잔 쏠게."

"허허, 야, 너만 연금 받는 줄 아냐. 내 통장에도 연금 들어왔다. 그래, 좋다. 공항동에 쏠 만한 맥주집 내가 안다. 오늘은 내가 쏜다. 자, 가자."

최성갑이 먼저 자리에서 일어났다. 출입문을 향하는 그의 발걸음이 몹시 흔들려 보인다. 출입문을 벗어나 어둠에 들자 박영국이 다가가 그의 팔짱을 끼고 부축한다. 어둠이 그의 자존심을 부드럽게 감싼 탓인가, 이번에는 그가 뿌리치지 않았다.

"야, 베리아. 너 평생 홀로 지내기 외롭지 않아?"

최성갑의 음성이 감상에 젖어있다. 이것이 동정의 말투 같아 박영국은 제 속내를 들킨 듯 답변이 허둥대었다.

"스나이퍼 선배, 인생이란 태어날 때도 혼자고, 죽을 때도 혼자인데, 무슨 외로움을 따져. 그래 선배는 인생이 신나고 즐거웠나?"

"……그래, 맞아. 어차피 우리네 천자봉 쉼터 인생들은 다 외로웠지. ……처음부터 내 마누라는 내 불구를 마뜩해 하지 않았어. 별거한 지 10년이 다 되어가지 않냐. 붙어서 서로가 서로를 괴롭히기보다는 지금이 홀가분하고 편안해."

박영국은 그의 말이 남을 위로하기 위한 것이 아니라, 자신의 불편한 인생을 하소연하고 있다고 생각한다. 박영국이 머리를 끄덕이며 오히려 그의 처지를 안타까워한다.

최성갑이 팔짱을 풀더니 박영국의 어깨에 그의 팔을 얹었다. 박영국은 그렇게 몸을 의탁하는 최성갑이 정거워 자연스럽게 그의 허리에 팔을 두른다. 둘은 한결 든든하게 의지가 되었다.

큰 도로까지 걸어 내려가야 택시라도 잡힐 것이다. 비탈이 제법 심하다. 둘은 그렇게 서로를 의지한 채 이인삼각을 하듯 어둠이 점점 짙어지는 비탈길을 서두름 없이 천천히 내려가기 시작했다.

생의 순간들

1. 기억의 시발

내 생애 최초의 기억은 무엇일까? 내 자신에게 최면을 걸 듯 의식의 밑바닥까지 내려가다 보면 마지막으로 떠오르는 한 장면이 있다. 나는 포대기에 띄어져서 어머니의 등에 업혀 있었다. 솜을 넣은 방한모와 어머니의 체온으로 따뜻하고 행복했다. 어머니 비슷한 아주머니들이 줄지어 서있고, 손에는 모두 양동이가 들려 있었다. 줄은 길었고, 기다림은 퍽 지루했었다.

어느 순간 하늘에서 함박눈이 내리고 있었다. 까만 점들이 하늘에서 쏟아져 땅에 내려앉으면 하얀 솜으로 변하여 온 세상이 갑자기 흰빛으로 바뀌었다. 하늘, 땅, 지붕, 길, 사람 들이 일순간 모두 요술처럼 바뀌어 새 세상이 되었다. 이 함박눈이 세상에 대한 나의 첫 기억이다. 그 눈이 나의 마음을 사로잡고 기억 속에 저장되었다.

나중에 나이 들어 그 기억이 사실인지 의아심이 생겨 어머니에게 확인해 보았다. 어머니는 어린것이 별것을 다 기억하고 있다며 놀라워하셨다. 그때 나는 만 세 살 되던 겨울이었고, 어머니는 동사무소에서 깻묵 배급을 기다리고 있었다고 하셨다. 어머니는 눈이 왔다는 것은 기억하지 못하고, 콩깻묵을 먹던 그 시절의 지독한 굶주림만을 이야기하셨다.

"일제 때, 모든 식량은 다 일본으로 징발당하고, 콩기름을 짠 찌꺼기 깻묵을 식량으로 배급을 주었는데, 그것마저 썩어서 물에 담가 오래 우려내고 잡곡을 섞어 먹었단다. 그렇게 안하면 설사를 했어. 우리 집은 고향에 농토가 있어 공출하고 빼돌린 쌀을 조금씩 가져다 먹었는데, 기차역마다 사람들의 짐을 취체하고 (압수수색이라는 말을 당시 용어인 '취체'라고 하셨다) 쌀은 다 빼앗아 갔어. 요행히 쌀을 집으로 가져오게 되면 장롱 서랍 바닥에다 깔아 놓고 옷으로 덮고 한 주먹씩 꺼내 아이들 암죽이나 쑤어 먹였단다. 집안까지 취체가 나와 독마다 다 뒤지고, 마루 밑까지 쑤석거리니 어떡하니. 생각하면 몸서리난다. 제 땅에 나는 쌀도 못 먹었다."

나의 함박눈에 대한 회상에 어머니는 억압과 굶주림에 대한 기억만을 이야기하셨다.

그러나 나의 생의 첫 기억이 함박눈이라니 얼마나 다행인가. 어머니의 고생과는 아무 상관없는, 신비로움으로 생을 시작했다는 것은 다행이다. 그리하여 그 눈이 나의 생에서 끔찍한 여러 사건을 겪고도 자폐증으로 빠져들거나, 절망과 비탄 속에서 내 생명이 시들지 않은 원천적 힘의 불씨가 되었을 것이다. 하늘에서 무리지어 춤을 추며 내려와 일시에 세상을 깨끗한 흰색으로 바꾸는 눈은 얼마나 신비로운가. 아무리 어두운 현실이라도 그 누군가가 마술 지팡이를 한번 흔들면 한꺼번에 세상을 환하게 바꿀 수 있는 것이다.

2. 아까보시

어린 시절 내 이름은 '근작近作'이었으나 그것의 일본 이름인 '겐사꾸' 또는 '겐짱'으로 불렸다. 그러나 그보다는 '아까보시(빨간 모자)'란 별명으로 더 많이 불리었다. 기차역에서 짐을 나르는 인부들이 제복을 입고 빨간 모자를 썼는데 그들을 '아까보시'라고 불렀다. 그들의 모자가 인상적이었고 멋있어 보였던 모양이었다. 형의 운동회가 끝나자 홍군인 형은 빨간 운동모자는 집에 두고 '센또보시(학생모)'로 바꾸어 썼다. 그래서 아까보시는 자연스럽게 내 것이 되었다. 아침에 일어나서 쓰고 밤에 잘 때에야 벗었다. 너무 커서 머리에 빙빙 도는 것을 어머니가 내 머리에 맞춰 솜씨 있게 다시 재봉질 해 줄여주셨다. 당시 어머니는 아버지의 봉급으로는 형편이 어려워 '싱거 미싱'을 한 대 장만해

삯바느질을 하셨다. 그런대로 솜씨가 좋아 한복이나 계집애들의 '간당호크(원피스)'를 만들어내었고, 옷 수선으로 집안은 밤낮 없이 재봉틀 소리가 멈추지 않았다.

내 아까보시는 때가 묻어 윤이 반질반질 났는데 멀리서도 사람들의 눈에 잘 띄어 '어이, 아까보시' 이렇게 자연스럽게 나를 불렀던 것이다.

일제 말엽에는 참으로 이상한 광경도 많았다.

"엄니, 나 졸린데 좀 빨리 잡아줘."

방안 질화로에는 숯불을 뒤적여 발갛게 알불을 꺼내놓고 그 위에 형과 어머니는 형의 속옷을 쫙 펴 불에 쪼인다. 그러면 이[虱]들이 뜨거워 설설 기는 것이다.

"이 시라미[이]는 꽤 크네."

형은 통통하게 살찐 이를 잡아 손가락만 한 푸른 유리병에 담는다.

"참, 별나기도 하지. 학교에서 무슨 이 잡아오라는 숙제를 다 낸단 말이냐?"

"글쎄, 센세이[선생]가 국가를 위해 다 쓸모가 있다고 하셨어."

그렇지만 형도 왜 학교에서 이 잡는 숙제를 내주었는지 알 수 없다는 표정이었다. 형은 오늘도 '란도셀(메는 책가방)'을 메고 학교에 갔으나 곧바로 산으로 올랐고 진종일 관솔 따는 일만 하고 왔다고 했다. 관솔에서 나오는 기름이 비행기에 쓰인다고 자신 있게 말했었다. 그러나 '이'는 용도도 모르는 채 숙제를 하는 것이다. 이제와 생각해보면, 731부대에서 생화학전에 이를 사용한 것이 아닐까 추측한다. 티푸스균을 배양하는 데에는 이가 필요하지 않았을까.

"우리 반에는 삼백 마리도 넘게 숙제를 해온 애도 있어. 모찌떡 받았지."

그 당시 상품은 찹쌀떡이었던 모양이다.

형은 알몸인 채 이불을 끌어 덮고 슬그머니 모로 누워 잠들고 어머니는 이번에는 내 옷을 벗겨 화로에 쪼인다.

"팽팽히 당겨라."

어머니는 옷을 마주잡고 있는 내가 이 잡이에 별 흥미가 없음을 안다. 귀찮지만 나는 잡은 옷을 힘주어 당긴다. 이들은 불 위에 얹은 냄비 속의 콩처럼 뛰어다닌다. 이렇게 많은 이들이 어디에 숨어 있다가 일제히 뛰어나와 종횡무진 달리기를 하는지. 푸른 유리병에 제법 많은 이들이 굼실거린다.

내 옷이 끝나자 이번에는 어머니가 속옷를 벗는다. 쭈그러진 젖무덤이 거꾸로 세운 병처럼 늘어져 있다.

"넌 그만 자거라."

어머니는 벗은 몸을 보이기가 싫었는지 이불을 끌어다 내 얼굴까지 덮어버린다.

조금 있다가 나는 잠 속으로 빠진다.

그 티프스균이 실제로 세균전에 사용되었을까. 생체실험용 인간을 마루타라고 부르는 731부대에서 마루타에게 생체실험은 했겠고, 설마 실제 전쟁에까지 그것을 사용했을까.

식량뿐 아니라 채소도 귀했다. 어머니는 이웃집 마사오네 엄마와 같이 채소를 야미[암거래]로 사려고 국민학교 원예실습장엘 갔다. 물론 나와 내 또래 마사오도 동행하였다. 나들이옷을 입고 우리는 마치 소풍가는 애들처럼 경중경중 뛰며 깔깔거렸다.

실습장에는 어느 아낙네가 어머니와 마사오 엄마를 맞아 이것저것 반찬이 될 만한 채소들을 바구니에 담고 있고, 우리는 실습장에서 기르는 사슴이며 토끼, 닭, 오리들이 신기해 동물 사육장 철망에 붙어 서서 넋을 잃고 있었다. 사슴은 맑은 눈으로 우리를 쳐다보고, 닭은 병아리를 깃에 품고 골골 낮은 경계의 소리를 내고 있었다.

어디선가 굵직한 목소리로 글 읽는 소리가 들려왔다. 동물 사육장에 붙어 관리실이 있었는데 살림집을 겸하고 있었다. 거기에 중씰한 남자가 글을 읽고 있었다. 그 글이 바로 일본 말이었다. 아마도 일본 아동들을 위한 읽을거리이고 그는 그것으로 일어를 숙달하고 있음이 분명했다.

오, 이런. 그는 학교의 고수까이[용인]였다. 그는 늘 거만스럽게 팔을 휘저으며 학교 안을 돌아다니기에 학생들이며, 학교에 가서 철봉에 매달려 놀기를 좋아하는, 아직 학교에 다니지 못하는 우리 또래도 모르는 사람이 없었다. 학생들처럼 바리캉으로 박박 민 머리조차 희끗희끗 쉬어 있었고 입은 꾹 다물어 몰인정해 보였다. 우리 또래들이 학교 운동장에서 놀고 있으면 '이놈들!'하고 호통을 쳐 늘 쫓겨나곤 했었다. 형의 말로는 센세이들도 이 고수까이에게는 꼼짝 못한다고 했다. 늘 센세이가 고수까이에게 먼저 인사를 한다고 했다.

"야, 고수까이가 글을 다 읽는다."

고수까이는 학교의 허드렛일을 하는 사람이기에 글을 읽는다는 것이 놀라웠다. 나는 나도 모르게 마사오에게 조금 큰소리를 냈나 보다.

흠칫 글 읽기를 멈춘 그는 얼굴이 대춧빛보다 더 검붉어지더니 금방 뛰어나와 내 한 팔을 움켜잡았다. 마사오는 재빨리 뛰어 달아났다.

"이놈 뭐야! 고수까이! 뭐 고수까이가 글을 읽어!"

나는 잡힌 팔을 빼 달아나려 버둥거렸지만, 고수까이의 힘은 매우 세었다. 내가 버둥거리는 동안에 그는 옆에 선 아주까릿대를 꺾어들고 내 종아리를 치기 시작하였다. 나는 펄쩍펄쩍 뛰면서 비명을 질렀다. 고수까이의 매질은 모질었고, 쉽게 멈추려 하지 않았다.

어머니와 마사오 엄마가 고꾸라질 듯 달려왔다. 그제야 고수까이는 내 팔을 놓았고, 분이 덜 풀린 채 아주까릿대를 채소밭으로 던졌다.

"왜 우리 아이를 허락 없이 때리는 거요?"

어머니는 퍼렇게 성을 내었다. 고수까이는 더 시뻘개진 얼굴로 어머니를 노려보았다.

"애 교육이나 잘 시켜. 내 눈 밖에 나면 자네집도 온전치 못해."

무슨 협박 같은 말투에 어머니는 하얗게 질려 입만 벌리고 아무 대꾸도 못하고 있었다.

그는 하얗게 눈을 흘기고 등을 돌려 관리실로 가 버렸다.

그제야 고수까이 아내가 다가왔다. 어머니는 지렁이처럼 부풀어 오른 내 종아리를 쓰다듬다가는 도로 채소밭으로 가더니 오이, 가지, 호박 따위가 담긴 바구니를 그 자리에 몽땅 뒤집어 쏟았다.

"일본놈 고수까이 주제에 남의 애를 매질해? 아이들이 기른 채소나 도둑질해 팔아먹으면서. 얘, 가자."

어머니는 내 팔을 낚아채고 빈 바구니만 든 채 뒤도 안 돌아보고 나를 끌었다. 마사오 엄마도 엉거주춤하다가 어머니가 쏟아놓은 채소 위에 자기의 것도 쏟아 놓고 우리의 뒤를 따랐다.

어머니는 '일본놈 고수까이'라고 그를 경멸했지만, 실상 아버지도 일본인이 서장으로 있는 전매서에서 주사主事라는 직함으로 공무원 생활을 하고 있었다. 아버지의 직위가 조금 더 높다는 것으로 어머니의 오만이 정당화될 수 있었을까.

　해방이 되고, 태극기를 손에 든 사람들이 거리를 메우고 함성처럼 '조선 독립 만세!'를 외치곤 했는데 우리 집은 수심이 끼기 시작했다. 아버지는 출근을 하지 않고 다락 위로 올라가 있었다. 어머니는 대문 빗장을 굳게 지르고 방문도 닫은 채 방문에 낸 조그만 유리 구멍으로 밖의 동정을 계속 살피는 것이다.

　이제 생각하면 바로 그것이다. 아버지는 일제시대의 공무원을 한 부역자이고 해방된 '감격시대'에는 떳떳한 처지가 아니었다.

　며칠 밤을 불안한 눈으로 지새운 아버지는 이른 새벽에 우리 오 남매를 모두 깨워 알맞게 짐을 챙긴 '니꾸사꾸[륙색]'를 하나씩 등에 지우고 미명에 뱀 굴에서 구렁이가 빠져나가듯 그렇게 집을 벗어났다. 어머니는 부업인 싱거 미싱을 보자기에 싸서 머리에 이었다.

　영문 모르는 우리 남매들은 모두 새 외출복에 센또보시를 쓰고 나는 아까보시를 쓰고 소풍을 떠나듯 조금 들뜬 기분이었다. 오랜만에 고향에 간다는 것이 마치 명절에 고향엘 가듯 들떠 있었다. 아버지는 밀짚모자에 흰 무명 바지저고리를 입어 완전히 농부가 되었다.

기차역 광장에 도착했을 때는 날이 완전히 밝아 있었다. 기차표는 미리 준비되어 있었고 우리는 개찰 시간만 기다리고 있었다.

그런데 광장에 사람들이 구름처럼 모여 있고 욕설과 함성이 들끓었다. 형과 나는 무슨 구경이라도 난 것처럼 군중 속으로 파고들었다. 그 사람의 울타리 속에 몇 사람이 갇혀 있고, 이미 대나무 몽둥이로 매타작을 당했는지 전신이 벌겋고 더러는 엉거주춤 쓰러져 있기도 했다. 그들은 새벽에 잠자리에서 잡혀왔는지 속옷바람도 더러 있고, 훈도시(일본식 팬티) 바람에 윗도리는 입지 못한 사람도 있었다.

"이놈들이 고등계에 쏘삭거려 애매한 사람들이 얼마나 고문을 당했는지 아십니까. 내 아버지도 붙잡혀 고문당하고 시름시름 앓다가 돌아가셨습니다. 이놈들은 민족 앞에 벌을 받아야합니다. 이제 너희들도 당해봐라."

젊은이 하나가 둘러선 사람들에게 진상을 밝히고 대나무 몽둥이로 닥치는 대로 두들겨 패었다. 그러자 동조자인 젊은이 몇이 다시 몽둥이질을 시작하였다. 그들은 등을 내보이고 저희들끼리 뭉쳐 있었지만 몽둥이는 피할 수 없었다.

"아아아, 아악, 아악."

누구랄 것도 없이 비명이 터져 나왔다. 아버지는 아예 멀찍이 서서 접근도 하지 않았다.

"어라, 우리 학교 고수까이가."

형이 놀라 조그맣게 외쳤다. 나는 아주까릿대로 매질 당했던 기억이 떠올라 진땀이 나고 두려움에 목을 움츠렸다.

군중 속을 빠져나오면서 형이 나에게 조그맣게 말했다.

"저 고수까이 때문에 선생님 한 분이 잡혀갔단다. 한글 가르치고 역사를 가르쳤거든."

이제야 그가 고수까이 주제에 왜 그렇게 당당했었는지 이해가 갔다. 선생님들조차 그가 무슨 짓을 할지 몰라 두려워했을 것이 뻔했다.

우리는 바로 기차를 탔고 자리를 잡았다. 그제서야 아버지는 사지에서 벗어난 듯 홀가분한 표정으로 미소마저 띠었다.

"저 고수까이가 밀정 노릇을 하는 바람에 애매하게 고등계에 끌려간 사람들이 많았다는구만."

"어머나, 야미 채소 사러 학교 실습장에 갔는데 그놈이 트집을 잡고 아주까릿대로 모질게 저 애 종아리를 쳤다구요. 그 주제에 거만을 떨더니 다 이유가 있었네. 후유, 더 싸우지 않은 것이 다행이었구만."

기차는 기적과 더불어 검은 석탄 연기를 뭉클뭉클 토해내고, 레일을 달리는 진동음조차 음악처럼 즐거웠다.

형과 힘을 합해 창문을 밀어 올렸다. 상쾌한 바람이 창으로 밀려들고 땅은 피뜩피뜩 어지럽게 밀려가는 광경에 신이 났다. 먼 산 위의 구름과 들판이 기차를 향해 빙글빙글 돌고 나는 머리를 내밀고 입으로 한가득 바람을 들이마셨다.

어느 순간 내 아까보시가 풀썩 벗겨져 날아갔다.

"아, 내 아까보시!"

나는 놀라 손을 뻗었다. 내 아까보시는 저만큼 둥실 떠올라 공중에 선회하고는 들판에 떨어져 구르고 있었다.

그 모자를 잃은 아쉬움은 평생 지속되어 지금도 잊혀지지 않는다.

그 모자가 날려가면서 일제 강점기의 여러 풍물은 사라져버렸고, 내 유년기도 나로부터 떠나갔다. 날아간 아까보시, 그것이 내 유년기와 소년기를 구분 짓는 경계가 되었다.

3. 화약놀이

매일매일 피란 행렬이 집 앞 큰 도로를 메우고 있었다. 나는 국민학교 4학년, 아버지는 작은 읍의 전매서장을 하고 있었다. 우리는 사무실에 붙은 사택에서 살고 있었다. 어쩌다 트럭이 지나가기도 했는데, 가득 실은 짐 위에 사람들이 감나무의 감처럼 닥지닥지 매달려 있었다. 뽀얀 흙먼지를 덮어써서 옷과 얼굴, 짐이 모두 누런 황토색이었다. 단지 눈만 황토먼지 속에서 검은 구슬처럼 빛났다.

　이런 행렬이 하루, 이틀, 사흘……, 피란 행렬이 뜸해질 즈음 미군과 국군의 지프와 트럭, 장갑차가 들이닥쳤다. 그들은 저녁 무렵에 몰려와 내가 다니는 국민학교 울타리를 밀어내고 운동장에 정렬하고 있었다. 다음날 아침에 보니 운동장은 휑하니 비어 있었다. 그들이 떠나자 우리는 적과 아군의 중간 지점에 있음을 알게 되었다.

　아버지는 고심하셨다. 상부와의 연락은 끊어졌고, 그대로 인민군이 밀고 내려온다면 우리 가족은 첫 번째로 몰살당할 것이 뻔했다. 그렇다고 사무실과 창고 안에 가득 쌓인 연초를 버리고 도피할 입장도 아니었다. 서장이란 직함은 직장의 모든 것을 책임져야 하는 의무가 있었던 모양이었다.

　아버지는 단안을 내리셨다. 담배를 보급하던 말 구루마[수레]에 가족을 몽땅 싣고 새벽같이 떠나보내셨다.

　"난 아무래도 전매서를 지켜야겠다. 먼저 고향에 가 있어라."

　아버지는 비장한 각오를 내보이셨다.

　하루 종일 말 구루마는 달리고 밤늦게 한 농가에서 저녁을 지어먹고 마당에 펴놓은 멍석에서 모깃불 연기를 마시며 잠을 청했다. 그러나 진종일 말 구루마에 비포장의 자갈길을 덜컹거리며 실려 온 뒤끝이라 멍석도 덜컹거리며 돌고, 꿈속에서도 말은 입에 거품을 물고 사정없이 갈기를 흔들어대며 달렸다.

다음날 우리를 여기까지 데려온 임 서기書記는 결연히 말했다.

"여기서 더 간다면 화약을 지고 불속으로 들어가는 격입니다. 난 더 이상 갈 수 없습니다. 거긴 이미 인민군이 점령했답니다."

고향에 이미 인민군이 들어왔다니, 이건 절망이었다. 그렇다고 지척에 고향을 두고 되돌아갈 수도 없었다.

어머니는 말없이 구루마에 얹힌 몇 가지 귀중품과 옷가지를 식구 모두에게 나누어 짐을 지웠고, '싱거 미싱'은 또 자신의 머리에 이었다. 임 서기는 별 미안한 표정도 없이 말을 채쳐 되돌아갔다. 그리하여 다음 백리 길은 우리 역시 낯설지 않은 피난민 모습으로 행렬을 이루어 고향으로 돌아왔다. 인민군은 아직 점령해 있지 않았다. 임 서기가 되돌아가려고 공연한 핑계를 만든 것이었다. 할머니 할아버지는 식구들을 맞는 기쁨보다, 아버지의 생사를 더 걱정하셨다.

"이를 어쩌나. 기어코 사무실을 지켜야 한다면 꼼짝없이 죽고 말겠구나."

할아버지의 걱정에 할머니는 반 실신상태였다.

그러나 닷새 후에 아버지는 또 밀짚모자에 무명 바지저고리 차림의 농부 복장으로 고향으로 돌아왔다. 낮에는 키가 큰 모시밭에 숨어 자고 밤에만 길을 더듬어 그렇게 왔다고 하셨다. 야음을 타 도착하셨는데, 도착하자마자 아버지는 또 다락에 올라가

갇히는 신세가 되었다.

고향 마을은 인민군이 들어왔는데도 전쟁을 하는지 마는지 그저 불안한 가운데 평온이 계속되었다. 무지막지한 전투가 없었기에 무섭다는 느낌도 없었다. 굶주림도 없었다. 익어가는 들판에서 보리를 베어다 타작하고 감자를 얹어 보리밥이나마 배불리 먹었다. 인민군이 아이들을 학교로 끌어 모으면 그들이 가르치는 빨치산 노래를 새 새끼처럼 입을 벌려 따라 불렀다. 어머니는 아버지의 신분이 드러날까 보아 학교에 가는 우리들을 말리지도 않았다. 아버지는 다락에서 내려와 슬그머니 농부들의 틈에 끼는 대담성을 보였다. 평범한 농부처럼 들에 나가 보리 베고 타작하는 일을 했다. 우리 씨족과 타성바지의 또 다른 두 씨족이 어울려 사는 고향 마을은 늘 인심이 넉넉하여 아버지를 고발하는 사람은 없었다. 그러기를 두세 달, 인민군들은 생기를 잃었고 끌고 온 말이나 무거운 박격포 따위를 내버리고 시름없이 산속으로 들어갔다. 비행기 폭격 때문에 밤에나 산을 타고 북으로 간다는 말을 했다. 패전해 가는 그들은 이미 기강이 흐려 마을의 개나 닭을 닥치는 대로 따발총으로 쏘아 아낙네들에게 조리를 맡기고 민가에 들어 앉아 포식을 하고 떠나곤 했다. 마지막 패잔병들은 소를 쏘아죽여 소대쯤 되는 병력이 잔치하듯 먹어치우고 떠나기도 했다. 마을 사람들은 그네들의 요구를 그대로 다 들어주고 거스르지 않았기에 누구 하나 희생된 사람이 없었다. 인민군들이 그렇게 맥없이 북으로 떠난 후, 지프차에 기관총을 건 미군의 척후가 지나가고 한동안 공백 상태가 되었다.

아, 그러나 정작 나에게 전쟁의 끔찍함을 가르쳐준 것은 폭격이나 포격, 치열한 전투가 아니었다.

시골 생활의 답답함을 견디지 못한 나는 고향에서 40리쯤 떨어진 외가에 가 며칠 지내기로 했다. 인민군이 이미 떠나갔기에 어머니도 흔쾌히 허락을 했다.

외숙모는 더없이 자상하고 친절해 그 전란 통에도 깊이 감추어 두었던 밀가루를 꺼내 애호박 채 얹어 차게 먹는 건진 국수를 해주셨다. 그것을 나는 두 그릇이나 먹어치웠고 개구리처럼 배가 볼록해져서야 수저를 놓았다.

그곳 내 또래 아이들은 전쟁의 부산물인, 인민군이 버리고 간 대포 심지 화약을 가지고 놀았다. 기관포 탄피에 연결쇠로 손잡이를 만들고 엠원 소총 탄피에 길쭉한 심지 화약을 꺾어 꽂아 불을 붙여 기관포 탄피에 두드려 박고 공중에 겨누고 있으면, 어느 순간 '뺑'하는 총소리를 내며 불꽃이 하늘을 향해 날아가는 것이다. 처음 하는 이 놀이는 보기에 신나고 더구나 밤에는 하늘을 나는 불꽃놀이가 아름답고 신비롭기까지 했다.

모닥불을 피워놓고 화약심지에 불을 붙이며 누구의 것이 가장 멀리 날아가는지 시합도 했다. 나는 그들과 방금 친해져 화약과 탄피 따위를 나누어 받고 그 놀이의 대열에 끼일 수 있었다. 아침부터 밤까지 화약총 놀이를 하니 가난한 집 식량 떨어지듯 내 심지 화약은 채 하루를 버티지도 못하고 다 떨어지고 말았다.

다음날 화약총 놀이에서 나는 자연 뒤에서 뒷짐 지고 멀뚱할 수밖에 없었다.

"야, 너 나하고 대포 심지 구하러 갈래?"

이름이 용구라고 했는데 처음 나에게 화약을 나누어 준 아이였다. 몸집은 작아도 눈에 장난기가 새물새물 피어있는, 꽤 영리하게 생긴 아이였다. 그 아이도 화약이 떨어진 모양이었다.

"어? 너 그거 어디 있는지 알어?"

"저 등성이 너머 뒤 골짜기야. 거기서 인민군들이 미군이랑 전투를 했는데 지는 바람에 실탄이랑 대포 심지를 다 버리고 도망갔거든."

"외삼촌이 산 속에는 들어가지 말랬는데."

"야, 내가 거기 한두 번 간 줄 아냐?"

그 아이를 따라 산등성이를 타 넘고 으슥한 골짜기로 걸어 들어갔다. 이상하게 썩는 냄새가 물씬 풍겨왔다.

"야, 여기서 정말 전쟁을 했냐?"

"그럼, 마을을 사이에 두고 이 산, 저 산에서 미군하고 인민군이 맞붙었는데, 마을 사람들은 모두 방공호에 들어가 이불을 몇 겹이나 뒤집어쓰고 있었단다. 그래서 마을 사람들은 하나도 안 죽었어."

"그럼 군인들은 죽었어?"

"봐라, 저기 죽은 사람들. 인민군들이 시간이 없어 시체도 못 묻고 그냥 도망갔잖니. 여긴 그래서 무섭다구 아무도 안 와."

아, 거긴 정말 누런 인민군복이 풀숲에서 희뜩희뜩 내보였다. 거기에서 지독한 냄새가 풍겼던 모양이다. 나는 '옥' 소리를 내며 부르르 몸을 떨었다. 그러자 그 아이는 더욱 의기양양하였다.

"야, 저건 그저 시체야. 귀신은 아니잖아. 무서우면 넌 여기 있어."

나는 오금이 저려 꼼짝 할 수 없었다. 그렇다고 혼자 뒤에 남아 있기는 더 무서웠다. 주춤주춤 그 아이를 따를 수밖에 없었다. 그 애는 덤불을 헤치며 다람쥐처럼 재빨리 앞으로 나아갔다.

"어, 여기 심지화약 상자가 있다. 무척 많네. 너 이리 와. 네 것은 네가 가져가."

그 애가 녹색 나무상자에서 화약 한 다발을 꺼내 안는 것이 보였다. 아무리 무서워도 화약은 매력이 있었다. 시체의 두려움이 조금은 사라졌다. 나는 주춤거리며 잡목을 헤치며 그쪽을 향해 갔다.

"꽝!"

어느 순간, 눈앞에 불꽃이 일고 굉음이 귀청을 찢으며 폭풍이 나를 훅 뒤로 떠다밀었다. 눈에는 아무 것도 보이지 않았고 정신도 아득하였다. 반사적으로 몸을 일으키자 그 애가 있던 곳에서는 화약연기가 자욱하고, 그 애의 피투성이 팔다리가 후루룩 퍼덕였다. 손가락도 꿈틀거렸다. 눈을 비비자 나는 정말 못 볼 것을 보았다. 그 애의 앞가슴과 내장이 거침없이 흩어져 있었다.

내 뺨에 무언가 축축한 것이 느껴졌다. 쓸어보니 피 묻은 살점이었다. 순간 나는 아득하게 정신을 잃었다.

내가 다시 정신이 들 무렵에는 어른들과 아이들이 이 처참한 현장으로 몰려오고 있을 때였다.

"아이구, 저것이 지뢰를 밟았구나."

어느 어른이 놀라 탄식하였다. 그러나 그 어른도 선뜻 다가오지 못하고 안절부절 못하였다. 어른들이 그 아이의 시체까지 가기 위해서는 지뢰가 있는지 땅바닥을 조심스럽게 살피다보니 꽤 긴 시간이 흘렀다.

내 뺨의 살점은 내 것이 아니었다. 그 애의 것이 날아온 것이었다. 나는 말짱하였다. 그러나 내 정신 상태는 말 그대로 피투성이가 되어 밤마다 소리를 지르며 악몽 속을 헤매었다. 외숙모는 아무래도 나를 더 이상 거기에 두면 안 되겠다고 판단을 하신 모양이었다. 어른 한 사람을 딸려 나를 고향으로 돌려보냈다.

외갓집 동네를 떠났어도 악몽은 떨어지지 않았다. 매일 밤 어둠이 내리면 눈앞에는 그 애의 손가락뼈들이 꿈틀거리며 기어다니고, 열려진 내장이 보였다. 어디로 도망칠 곳이 없었다. 나의 눈은 퀭해지고 얼굴은 창백해져갔다.

4. 지게꾼

중앙청에서 경무대 앞으로 뻗은 도로에는 발 디딜 틈도 없이 대학생들로 꽉 차 있었다.

"대통령은 학생들의 담판에 응하라!"

"독재정권 물러나라!"

"대통령은 하야하라!"

"민주주의 반역자를 극형에 처하라!"

이런 함성이 뒤엉켜 도로 안을 찌렁찌렁 울렸다.

맨 앞장은 하수도 보수용 하수갱에 은신해 그것을 밀고 가는 학생들의 몫이었다. 하수갱은 조금씩 조금씩 앞으로 나아가고 있었다. 경무대 쪽에서는 아무 반응이 없었다.

나는 진명여고 삼일당 앞에서 더 이상 나아가지 못하고 있었다. 그만큼 인파로 꽉 차 있었다.

경무대 쪽의 침묵은 오히려 무겁고 공포감을 주었다. 차라리 학생들에게 경고 방송이라도 하는 편이 덜 무서웠을 것이다. 하수갱을 굴려 앞으로 나아갈수록 함성이 줄어들다가 완전한 침묵 속에 조그만 동작만 진행될 뿐이었다.

"탕, 탕, 탕, 따르륵!"

드디어 무거운 침묵을 깨고 총소리가 터졌다. 실탄은 하수갱에 부딪쳐 불꽃을 일으켰고, 순식간에 학생 십여 명을 도로에 깔아 버렸다. 몇몇은 나뒹굴며 비명을 질렀다. 도로를 꽉 메웠던 그 많은 학생들이 어디로 다 흩어지고 도로는 순식간에 공지로 변하였다. 그것은 벌겋게 단 난로뚜껑에 떨어진 물방울이 흔적도 없이 튀어 흩어지는 모습이었다. 나뒹구는 학생 몇 명만 도로에 남겨져 있을 따름이었다.

이것은 공포인가, 생명에 대한 애착에서 나온 본능인가. 그 많던 학생들이 다 어디로 갔단 말인가. 그들은 골목으로, 남의 집 담장을 넘고, 더러는 하수갱 속으로 모래밭에 물이 스며들 듯 그렇게 흔적 없이 사라졌다.

그 침묵의 광장으로 흰 가운을 입은 의과대학생들이 들것을 들고 조심스럽게 들어섰다. 사격은 멎었다. 의대생들은 들것에 부상자와 사망자들을 싣고 조용히 퇴각하였다. 더 이상 경무대로의 전진은 없었다.

오후 4시, 우리 대학의 데모대는 대열을 이루어 신촌 쪽 학교로 향했다. 오늘의 데모는 이것으로 마감이었다. 나는 이날의 역사적인 장면을 머릿속에 더 생생하게, 많이 담아두어야 한다는 생각으로 데모대에서 떨어져 시청 앞 광장 쪽으로 갔다. 벌써 신문 호외의 전단지는 사방으로 흩뿌려져 날리고, 소방차를 탈취한 젊은이들이 태극기를 흔들며 도로를 질주하고 있었다.

소공동으로 접어들자 민족청년단 건물이 연기를 내뿜는데 거기에서 총탄이 날아왔다. 그 사격을 피해 군중은 소공동 광장을 빈터로 만들며 사방으로 흩어졌다. 경찰 하나가 미련스럽게 제복을 입고 무기를 소지하고 있다가 군중들에게 에워싸였는데 그가 무기로 군중을 위협하며 그 건물로 몸을 숨겼다 한다. 그러자 누군가가 그곳에 방화를 했고, 그는 궁지에 몰려 아래를 향해 발포를 한 것이라고 사람들은 수군거렸다.

다시 광화문으로 이동하였다.

광화문 네거리는 수도 방위대의 군인들이 장갑차를 앞세우고 점령해 있었다.

아직도 그때의 지리와 상황이 너무나 또렷하게 내 머릿속에 각인되어 있다. 나는 처음으로 사람의 머리에서 뇌수가 쏟아져 나오는 장면을 목격했다. 광화문 네거리에서 종로 쪽으로 오른쪽은 동아일보사, 그 옆은 장의사가 있었는데 석 대의 장례용 버스가 출입문도 없는 1층 주차장에 들어 있었다. 나는 바로 그 주차장에서 광화문 쪽을 내다보고 있었다. 길 건너 맞은편에는 '자이언트' 다방이 있었다. 나도 자주 가던 젊은이들의 아지트였다.

내 앞 보도에는 미루나무 가로수가 있었고, 그것에 의지해 광화문 쪽을 삐꿈삐꿈 내다보는 지게꾼이 있었다. 이 와중에도 그는 생계수단인 지게를 잃지 않으려 등에 지고 있었다. 그의 복장은 때묻고 초라했으며, 머리는 봉두난발에 수염조차 깎지 않아 지저분했다. 그는 광화문 쪽 군인들의 동태가 무척 궁금했던 모양이었다. 그는 이 난리는 대학생들과 군인·경찰과의 싸움이지 자기와는 아무 관계가 없기 때문에 자신은 안전하리라고 생각했던 모양이다.

어느 순간 장갑차에서 종로 쪽을 향해 연발총이 불을 뿜었다. 나는 바로 건물 안쪽으로 몸을 숨겼다. 바깥을 내다보던 그가 어느 순간 퍽 쓰러지는 것이 보였다. 그는 미동도 하지 않았다. 장의사 차고에 있던 몇이 손수건을 흔들어 사격중지를 애원하며 기다시피 그 지게꾼을 차고로 끌어들였다.

그는 아무 반응이 없었다. 이미 물체였다. 아, 이렇게 죽을 수도 있는가. 그러다 사람들은 경악하였다. 총알이 귀 윗부분의 두부를 관통해 있었다. 뚫린 구멍에서 두부 같은 뇌수가 흘러나오고 있었다.

그제야 군인들도 얼마든지 사람을 향해 발포를 할 수 있고 우호적이 아니라는 판단이 섰다. 서서히 사람들의 얼굴이 공포로 굳어지며 어떻게든지 여기에서 벗어날 궁리를 했다. 차고 뒤로는 담이 있고 담을 넘자 민가였다. 사람들은 민가를 통해 겨우 작은 골목으로 나왔다. 나도 서둘러 귀갓길에 올랐다. 완전히 어두워져서야 신촌으로 돌아왔는데 데모 본대는 캠퍼스에서 총장의 격려사를 듣고 만세 삼창을 웨치고 다 해산한 뒤였다.

회고하면, 그 장의사 차고에 남겨진 것은 그 지게꾼의 시체뿐이었다.

나는 아직도 궁금하다. 그의 시체는 누구의 손으로 어떻게 처리되었을까. 그의 가족들이 있다면 그를 찾아냈을까. 그리고 그의 시신은 그 후 우이동에 마련된 4·19 묘역에 들어갔을까. 그가 묘역에 들어갔다면 그의 명분은 무엇인가. '4·19 동지'라는 호칭이 그에게도 주어졌을까. 어쩌면 그는 아무런 명분도 없이 아무도 모르는 주검만을 남기고 생을 마감한 것은 아닐까. 역사는 그에게 무슨 의미가 있는가. 그날 그에게 베푼 신의 명분은 무엇이었던가.

아직도 나는 그의 죽음을 떠올리며 개인에 대해 잔혹하고 의미 없는 역사의 질곡을 생각한다.

5. 통신병

비는 밤낮없이 내렸다. 추라이 지역의 몬순, 우기였다.

우기로 접어들고 두 달이 지나 1월 중순이 되었건만 한 순간도 비가 멎은 적은 없었다. 냉기는 젖은 옷을 통해 피부 속으로 파고들었다. 한국의 초겨울 날씨였다. 어떻게 월남을 열대지방이라고 말할 수 있을 것인가. 비 내리는 오후 2시, 천지는 땅거미가 일렁거리듯 어둑어둑했다. 숲은 컴컴했고 비안개가 자욱했다. 그 어둠 속에서 방금이라도 실탄이 날아올 듯한 음험함이 도사리고 있었다.

우리 부대는 짜룩강 가의 수색정찰을 마치고 반투이 지역에서 3대대 지휘본부와 합류해 그날의 숙영지로 향하고 있었다. 무려 4킬로미터나 떨어진 개활지에 누운 40고지에서 숙영하고 다음 작전의 그물을 던질 셈이었다. 나는 이 9중대에 관측장교로 배속되어, 보병에게 포병 105밀리 포사격지원을 해주는 지원요원이었다. 통신병 2명, 관측병 2명이 딸려 관측반을 이루고 있었다.

투망작전, 지도를 날줄과 씨줄로 방안지처럼 쪼개어 그 네모진 칸 하나하나를 매번의 작전지역으로 삼고, 그 칸에 그물을 던져 물고기를 긁어 올리듯 베트콩과 월맹 정규군을 소탕하겠다는 것이 이 작전의 개념이었다. 우기에 계획된 이 작전은 지지부진했다. 전진을 가로막는 진흙수렁과 체온을 떨어뜨리는 추위, 피로, 흐린 시야, 자주 당하는 부비트랩으로 인한 사상이 전진을 가로막고, 헬리콥터 사정으로 보급품이 도달하지 못해 시레이션 식사마저 자주 끼니를 거르게 되기도 했다. 이런저런 이유로 사기는 땅에 떨어졌고, 던진 그물은 끌어올려 보면 늘 비어있었다. 그들은 작전 의도를 미리 알아채고 우리가 그물을 던졌을 때는 이미 그 지역은 공백으로 만들었다. 우기는 베트콩들에게는 좋은 기회였지만 한국군은 지형과 기후 적응이 되지 않아 아주 불리한 입장이었다.

이렇게 작전의 성과도 없이 맥이 풀린 상태로 3대대 지휘본부와 조인트하니 제대梯隊는 커졌고, 그만큼 이동속도도 느려졌다. 제대 앞에는 1, 3소대, 중앙에 대대본부, 그 뒤에 9중대 본부, 후미에는 2소대가 자리했다. 우리 관측반은 9중대 본부에 위치했다. 이 부대가 이동하는 농로 왼쪽으로는 탐호이 부락이 있고, 그 뒤로는 표고 298미터의 누이보 산이 병풍처럼 둘러서서 꾸불꾸불 고지와 고지로 이어지고 그 밑으로는 작은 봉우리들이 무성한 밀림에 덮여 숨어있었다. 진흙은 정글화를 땅에 붙잡아 매고 떨어지려고 하지 않았다. 농로는 폭이 2미터 정도였다. 거기에다 개인 거리를 두자니 행군장경은 한없이 길어졌다.

나는 부대의 이동상황을 수시로 포병 상황실로 보고했다. 통신병 김순영은 교대 병력으로 월남에 투입된 지 채 보름이 되지 않아 아직 전투의 두려움에서 벗어나지 못한 신참이었다. 눈은 항상 놀란 듯 크게 떠있고, 바스락거리는 소리에도 소스라치곤 했다.

"야, 김순영. 네 이름 보고 남자들이 연애하자고 덤비겠다. 귀신 잡는 해병 이름이 순영이가 무어냐. 차라리 칠득이나 용팔이가 낫지."

소득 없고 지루한 이 행군에서 무전기를 메고 내 뒤를 따르는 통신병에게 농담이라도 걸어야 보이지 않는 총구의 위협과 초조에서 벗어날 것 같았다.

"글쎄요, 오피장님. 내 애인은 이름이 최필중인데 나하고 이름을 바꾸재요."

그는 늘 당하는 이름에 대한 시비인지 심드렁했다.

"그 이름 네 부모가 지었냐?"

"아니죠. 제가 삼대독자라 귀신이 눈독들이면 안 된다고 무당이 이렇게 이름 짓고, 귀신에게 들키면 안 된다고 어릴 때에는 치마저고리를 입혔다나요."

무료하고 신경올이 타들어가는 시간인데도 나는 경박스럽게 웃음을 터뜨릴 수밖에 없었다. 한 순간, 초조와 긴장이 씻기는 듯했다.

"그런 네가 왜 해병은 지원했어?"

"애인한테 폼 좀 잡으려구요."

"그래서 폼 잘 잡았어?"

"크럼요. 깃발 꽂았지요. 해병대 깃발로요. 이제 겨우 월남 도착했는데 귀국하기만 눈 빠지게 기다린다나요."

"뭘 하는 사람인데?"

"공장에서 재봉질 해요. 그래도 난 최필중이한테 최 공순이라고 안 하고, 최 기사라고 불러주거든요. 기술자니까요. 그러면 왕창 좋아하죠. 술 사고, 여인숙 가고."

힘 안들이고 이기죽거리는 그의 말에 순박한 한국의 처녀와 한국의 풍물을 떠올리고 한국의 쌀밥 냄새를 맡았다. 점차 마음이 훈훈해졌다. 아, 지금쯤 한국에는 펄펄 눈이 내리고, 덕수궁

뜰과 경복궁 근정전 추녀가 날렵한 지붕에도 흰눈이 쌓이고 있으리라. 그러자 내 눈앞에는 거짓말처럼 빗방울이 사라지고 함박눈이 펄럭이는 것이다.

"따르륵, 딱, 딱, 딱. 쾅, 쾅, 따르륵……."

천지를 뒤집는 소총, 기관총, 박격포탄 소리가 터졌다. 한 신호에 의한 일제공격이었다.

"아악! 악!"

긴 행군대열, 어디라 할 것 없이 일시에 비명이 터졌다. 이것은 메아리처럼 휘돌아 숲을 뒤집고 산을 흔들었다. 병력은 모두 길바닥으로 깔렸다. 실탄에 맞아 나뒹구는 사람과 사격방향으로 엎드려 응사를 하는 사람, 서있는 사람은 아무도 없었다. 컴컴한 밀림에서 소총과 기관총, 기관포의 섬광이 번뜩이고 예광탄이 꼬리를 흔들며 어지럽게 날아왔다. 농로를 따라가는 가파른 산비탈과 하록, 농로가 감제 되는 곳은 모두 그들의 매복지대였다.

나는 엎드려 우선 포병 본대에 포사격을 요청하려고 김순영을 불렀다. 조금 전 나와 농담을 나누던 김순영은 없었다. 둘러보니 그는 저쪽 논바닥에 뒤집어져 있었다. 논바닥에도 물방울을 튀기며 실탄이 꽂히고 있었다. 은신할 곳은 농로에 붙은 논둑밖에 없었다. 기어가 김순영을 끌어 길섶 둔덕 아래로 은신시켰다.

"아, 오피장님. 나 당했나 봐요."

그의 얼굴은 고통으로 일그러졌고, 두 손으로 배를 움켜잡고 있었다. 픽, 픽, 픽, 농로 여기저기에서 실탄이 진흙을 튀기고 있었다. 그의 어깨에서 무전기를 벗겨내 핸드셋을 누르며 포병 상황실을 불렀다. 그러나 논바닥에 처박혔다 나온 무전기는 캄캄했다. 송수신 불능상태였다.

"오피장님, 핸드셋이랑 예비 밧데리가 보조배낭 속에 있어요."

그는 고통 속에서 신음하면서도 의식과 판단은 명료했다. 부상자를 돌볼 여유는 없었다. 관측병들은 산 쪽 밀림을 향해 무작정 응사하고 있었다. 즉시 핸드셋과 배터리를 갈아 끼자 무전기는 '쉭쉭' 비로소 살아있는 전파음을 내었다.

"브라보, 브라보. 사격임무!"

나는 상황판에서 좌표를 따고 즉시 중대 1발의 사격을 요청하였다. 그리고 6발의 포탄이 동시에 밀림으로 떨어져 그네들이 오히려 일제히 비명을 지르리라는 기대를 하고 있었다. 그러나 잠시 후 사격불능이라는 통고를 해왔다. 포병 작전장교는 우리와 포목선상에 고지가 가로 놓여있고, 고지는 가팔라 곡사포라 하더라도 우군과 산 사이에 있는 적에게 포탄을 떨어뜨릴 수는 없다고 안타깝게 말했다. 조금 있다가 산의 배후면에 포탄이 떨어지는 소리가 멀리서 울리는 우레처럼 들렸으나 무의미한 일이었다. 아, 이 일을 어떻게 해야 할 것인가. 이럴 때 보병을 지원하기 위해 파견된 나로서는 이토록 무기력할 수 없었다.

그들은 감제하는 위치에서 논둑에 붙은 우리에게 쉼 없이 화력을 퍼부었다. 농로를 따라가고 있는 산의 시작과 끝은 무려 3킬로는 되었다. 그들은 이 살상지대로 전 병력이 완전히 들어올 때까지 끈질기게 숨을 죽이고 기다리다가 한 신호에 의해 일제히 조준사격을 하였을 것이다. 그들의 제일 표적은 무전기를 멘 통신병들이었다. 교신을 끊는 것은 부대를 장님과 귀머거리로 만드는 것이다. 그러기에 적의 저격병의 조준경 달린 총구는 안테나가 있는 김순영을 끈질기게 따라다니다가 사격신호와 더불어 쓰러뜨렸을 것이다.

배낭에서 압박붕대와 지혈대를 꺼냈다. 복부에 앞뒤로 완전히 관통한 상처가 있었다. 앞쪽의 구멍은 컸고, 창자가 삐져나와 있었다. 오스스 소름이 돋았다. 창자를 밀어 넣고 앞뒤로 지혈대를 대고 몇 겹으로 압박붕대를 감았다. 포병지원도 받을 수 없는 이 상황에선 살리면 어떻게든 살상지대를 벗어나야 할 일이었다. 산이 끝나는 것은 뒤보다 앞이 가까웠다. 500미터만 나아간다면 살상지대를 벗어날 수 있었다. 길섶 논둑을 타고 우리는 앞으로 포복을 하였다. 김순영을 넌 자세로 나와 관측병이 앞뒤에서 밀고 끌었다. 진흙 수렁이라 오히려 잘 끌려왔다. 앞의 중대본부 요원들도 우리와 같은 방향으로 포복을 하고 있었다. 가끔 베트콩이 던진 수류탄이 무논에 박혀 굉음과 더불어 진흙을 흩뿌렸다.

우기의 해는 구름 속에서 더 빨리 지는 모양이었다. 5시도 되지 않았는데 땅거미가 올라왔다. 야행성 베트콩들에게는 적성에 맞는 시간이 돌아온 것이다. 용감한 3명이 농로를 넘어와 우리가 은신한 논둑을 향해 총구를 들었다. 그러나 경계를 늦추지 않은 대원들에 의해 모두 쉽게 사살되었다.

1시간을 기었을까. 종대로 논둑에 의지한 대원들은 차례로 살상지대를 벗어나 저수지로 들어갔다. 허리 아래는 모두 물에 잠겼다. 대대 본부요원들은 먼저 와 있었다. 저수지의 둑은 좀더 높고 두터워 그것을 흉장 삼아 산을 향해 사격하기 좋았다. 그러나 산은 정면에 있지 않고 측면에 있어 사격의 효과는 거의 없었다. 가끔 베트콩들의 박격포탄이 날아와 터지면서 저수지에 하얀 물보라를 분수처럼 끌어올렸다.

김순영의 상처가 물에 잠기지 않도록 야전삽으로 둑을 긁어 몸을 누일 은신처를 만들었다. 김순영은 낮은 신음소리는 내었으나 잘 참아내고 있었다.

대대 본부에 미 항공연락장교로 파견 나온 오스왈트 대위는 어깨 관통상을 입었다. 그는 압박붕대를 감고도 부지런히 무전기에 매달렸다. 그는 무장 헬리콥터[건쉽]를 요청하였다. 어둑어둑해지는 하늘에서 날아와 그들의 매복지대인 산의 하록에 무자비하게 화력은 퍼붓고 있었다. 무장 헬리콥터는 원래 부상자 메디백[후송] 헬리콥터의 호위용인데 중대화력 이상을 탑재한 막

강한 전투수행 능력을 갖추고 있었다. 기관총 발사 속도가 빨라 수돗물을 트는 소리 같았다. 예광탄이 시뻘겋게 숲을 더듬었다. 나뭇가지가 찢기고 그네들의 비명이 터져 나왔다. 사격도 중지 하고 그것을 보고 있는 우리는 비로소 살았다는 안도감을 느꼈 다.

그러나 매복대도 만만치 않았다. 그들의 전 화력이 무장 헬리 콥터를 향해 불을 뿜고 있었다. 실탄 한 클립 8발에 하나씩 박은 예광탄이 시뻘겋게 헬리콥터로 모여들었다. 우리는 그 광경을 근심스럽게 지켜보고 있었다. 어느 순간 헬리콥터는 비틀거리 며 빙글빙글 돌다가 숲 속으로 처박혔다. 헬리콥터 프로펠러의 굉음이 멎었다. 매복대의 사격도 멎었다. 순간 무거운 정적이 왔 다. 이 침묵은 질기고 초조하게 이어졌다.

5분쯤 지났을까. 연발총소리가 침묵을 찢었다.

"마더!"

숲을 울리는 비명이 늦까지 날아왔다. 바로 정적이 이어져 여 운은 길었다.

"오, 마이 갓. 갭틴 세바스찬, 그가 죽었다."

오스왈트가 두 손으로 얼굴을 감쌌다. 아, 그는 확인 사살을 당했을 것이다.

밤의 장막이 완전히 덮였다. 명암도 구분 안 되는 검은 장막 속에서 비는 쉼 없이 쏟아졌다. 이제 매복대는 야음을 이용해 이

늪을 공격해 올 것이다. 우기의 야간전투에 동물적 감각을 지닌 그들과 이 늪지에서 육박전이라도 벌인다면 그들의 인해전술을 당해내기 어려울 것이다.

한가지 대응책이 떠올랐다. 우리가 사는 길은 우리를 보호하기 위한 탄막을 구성하는 일이었다. 이것은 포병전술이나 교범에도 없는 것이었다. 나는 포병대대에 포 한 문 한 문씩 사탄 수정을 요구하였다. 6문의 105밀리 포를 다 수정하여 드디어 늪을 중심으로 밖으로 6개의 화집점이 완성되었다. 적이 뚫지 못할 이 탄막은 10분 혹은 20분마다 불규칙하게 6개의 포탄이 떨어져 적의 공격의도를 차단하였다. 말하자면 우리는 포탄으로 둘러친 새장 속에서 고양이의 공격을 막고 있었다. 가끔 조명탄을 띄워 그들의 동태를 감시할 수 있었다. 포사격 탄착은 아주 정확한 위치에 떨어졌다.

긴 밤, 나는 사격을 요청하면서 짬짬이 김순영의 압박 붕대를 갈고 안색을 살폈다. 그때마다 그는 미안하다고 했다. 그는 침착했고, 참을성이 있었다.

"오피장님, 나 담배 한 대 피우고 싶어요. 나 멍청한 놈이죠?"

나는 야전잠바를 뒤집어쓰고, 시레이션에서 나온 럭키스트라익 한 개비에 불을 붙였다. 그의 얼굴을 찾아내 야전잠바를 같이 쓰고 담배를 물렸다. 그는 쩍쩍 소리가 나게 담배를 게걸스럽게 빨았다. 야전잠바를 같이 쓰고 있어 나도 담배를 같이 피우는셈이 되었다. 구수했다. 아, 나는 그 담배 냄새에서 광화문 자이안트 다방의 커피 냄새를 맡았다. 젊은이들의 떠드는 소리가 꿈결 같이 들리고, 팝송소리가 고막을 간지럽혔다. 아, 그 커피 향내.

"엄마…….."

그가 낮게 불렀다. 담배를 다 피웠나. 그의 손에는 아직 담배가 들려있는데, 그의 동작은 멎어있었다. 목에 손을 대보니 맥박이 멎어있었다. 나는 어둠 속에서나마 그의 눈을 쓸어내렸다. 목울대를 치밀고 뜨거운 것이 솟구쳤으나 주먹으로 입을 틀어막았다. 그것이 울음인지, 신에 대한 항변인지, 뜨거운 것이 터질 듯 내 목울대로 솟구치고 있었다.

비는 쉼 없이 추적거리고, 가끔 6발 포탄의 굉음, 매복지역 위로 뜨는 조명탄, 이런 상황이 이어지다가 샐 것 같지 않던 밤도 새벽이 오고 부연 미명이 왔다.

지원부대의 헬리콥터가 여단 본부 쪽에서 잠자리 떼처럼 까맣게 날아오고 있었다.

김순영의 피에 젖은 압박붕대는 빗물에 씻겨 벌겋게 늪을 물들이고 있었다. 그의 피는 모래시계처럼 몽땅 몸 밖으로 빠졌을 것이다. 피가 빠지자 모든 순환은 멈추었을 것이다. 그의 얼굴은 창백했다. 그는 잠자는 모습 그대로였다.

들것에 얹어 메디백 헬리콥터에 그를 실을 때 문득 그의 말이 떠올랐다.

'귀신에게 들키면 안 된다고 어릴 때에는 치마저고리를 입혔다나요.'

오스왈트는 살아서 시체인 김순영과 같은 헬리콥터로 후송되었다.

급조한 새 부대를 매복지대로 투입, 거세게 반격하였지만 베트콩들은 다 도망친 빈 둥지였다. 투망작전은 던진 그물에 오히려 끌려들어가 물속에 빠진 꼴이 되어 더 이상의 작전을 포기했다.

6. 산사에서

길은 쌓인 눈 속에 자취를 감추었다. 어슴푸레하게 길이라고 짐작되는 곳을 골라 무조건 하늘과 맞닿은 정상으로 향했다. 무릎까지 빠지는 눈을 헤치고 미끄러지며 해발 1035미터의 산을 오르느라 거의 탈진상태였다. 나무에 의지하여 몸을 끌어올리고, 바지를 잡아 허벅지를 들어올렸다. 시퍼런 하늘은 섬뜩하게 비정했고, 땀은 잠바 밖으로 수증기로 뿜어져 나와 거죽에서 물방울로 뭉쳐 얼었다.

전국을 돌며 사진도 찍고, 명색이 시인이라고 사진 시집을 몇 권 낸 친구가 특히 겨울철에 비경이라고 소개한 곳이 적상분지였다.

"야, 거긴 겨울엔 지상 천국이야. 정말 절대자를 만날 수 있어."

"허어, 내가 어떻게 너 같은 허풍쟁이 말을 믿겠냐?"

"한번 올라가 봐. 신을 마주 대하는 일 이외에는 생각할 것이 아무것도 없다니까. 싫으면 그냥 내려오면 되잖아."

사실 나는 나이가 들면서 점차로 내 인생에 커다란 구멍이 뚫려가고 있다는 것을 느끼고 있었다. 직장에서는 정년이 되었으니 당연히 떠나야 했고, 훈육하고 어렵게 학비를 대던 자식 둘은 짝을 이루어 홀홀 다 떠났다. 심신이 홀가분하고 쾌적해야 할 시기였지만 뜻하지 않게 슬금슬금 불면의 밤이 찾아왔다. 바쁜 업무와 자식들 등쌀에 파묻혔던 과거의 어두운 그림자, 피 묻은 장면들과 알지 못할 불안이 바닥 모를 미궁으로 나를 이끌고 갔다. 외출하고 싶은 욕망도 없어 집안에 틀어박혀 지하로 침몰하는 나락의 실체처럼 심신과 영혼이 함몰하고 있었다. 어쩌면 적상분지에서 자신을 끌어올릴 수도 있지 않을까하는 생각이 들었다.

"야, 공연히 너 때문에 내 다리품이나 팔라."

그 친구에게 들은 귀동냥을 길잡이 삼아 혼자 산사를 찾기로 했다. 여의치 않으면 그냥 내려오고, 마음에 들어 안정을 얻는다면 오래 머물며 소설 구상도 하고, 여차하면 단편이라도 한 편 꾸려 가지고 내려오겠다는 심산이었다.

그러나 막상 혼자 산을 오르다보니 이러다 아무도 모르게 탈진해 죽을 수도 있겠구나 하는 두려움이 밀려왔다. 이제는 한 발짝도 더 떼놓을 수 없다고 체념했을 때 홀연 산성이 나타났다. 산성을 끼고 돌았을 때 어렵지 않게 용담문龍潭門이라고 현판을 단 성문을 발견했다. 산성은 분지의 둘레를 에워싸고 있었다. 이제야 살았다 싶었다.

용담문으로 들어서자 갑자기 꿈결인 양 분지 안의 모든 사물이 빛을 내뿜었다. 계란 껍데기의 안쪽처럼 아늑하게 파인 분지는 두텁게 쌓인 눈이 햇살을 받아 부드럽고 맑게 빛나고 있었다. 잎을 떨구고 마른 가지만 내뻗은 활엽수 나목들은 눈 위를 화폭 삼아 제 그림자로 그림을 그리고, 분지 안 전체에 말간 정적이 고여 있었다. 분지 북쪽으로 안국사安國寺가 있었는데, 몇 채의 건물들이 무거운 눈을 이고 이마를 맞댄 채 옹기종기 모여 있었다. 모든 사물이 맑고, 고즈넉해서 내 귀에서는 이상하게 가늘게 이명耳鳴이 살아나왔다.

산사를 향해 내려가도 분지는 절대의 정적이 깔려있고, 바람조차 미동도 하지 않았다. 이 분위기가 너무 무거워 오히려 몸이 위축되는 느낌이었다. 대웅전 앞마당에 서서 주위를 살펴보았다. 건물들은 제법 큼직큼직했다. 중앙의 대웅전은 왼쪽으로 천불전, 오른쪽으로 요사채로 보이는 건물을 거느리고 있었다. 이 건물들은 시인이 말한 대로 고려 말에 창건된 것이 분명하다는 생각이 들었다. 너무 낡아 추녀들이 대부분 떨어져 나갔고, 벽은 헐어 흙을 내보이고 있었다. 지붕에도 마른 잡초가 갈대숲처럼 솟았고, 기와가 흘러내렸는지 움푹움푹 파인 부분이 아무리 눈에 덮였어도 그대로 드러나 보였다. 고색창연하다 못해 이 절도 곧 허물어져 자연으로 돌아갈 채비를 하고 있다는 느낌이었다. 나는 제법 철학적인 생각을 하고 있었다. 그렇다. 무릇 생명이 있는 것, 사람의 손으로 만들어진 것은 결국 신의 품인 자연으로 흡수되어 되돌아가고 마는 것이다.

절 마당 아래에 샘터가 있기에 우선 목을 축였다. 노루도 이 샘물을 이용하는지 주위에 발자국이 선명하였다. 모든 것이 그냥 시원始原으로 돌아가 태고연하다는 생각뿐이었다.

나는 친구의 말이 그리 과장이 아니라고 단정했고, 절에서 머물기로 마음을 정했다. 첫눈에 이 분지는 나를 사로잡고 있었다. 어쩌면 소설 한 편쯤 써가지고 내려갈 수도 있겠구나 하는 생각까지 들었다.

나는 요사채 앞에서 스님을 불렀다. 맨 끝 방에서 스님 한 분이 나와 합장을 하는데 나보다 나이가 다소 아래로 보였고, 모나지 않은 얼굴에 부드러운 미소가 번지고 있었다. 그러나 눈빛은 형형해 사물을 꿰뚫어보는 듯했다.

"아니, 처사님은 이 겨울에 이 험한 산길을 올랐단 말입니까?"

스님은 내가 여길 찾아올라온 것이 신기한 모양이었다.

"허락해 주신다면 여기 머무르면서 생각을 좀 다듬을까 합니다."

"아, 이를 말입니까. 이 눈 속을 헤쳐 올라온 분인데요. 눈 녹을 때까지 머무십시오, 겨울에는 여긴 세상과 담쌓고 부처님하고만 사는 뎁니다. 처사님, 동안거冬安居가 따로 있습니까. 여기 생활이 바로 동안거지요, 허허."

스님은 서글서글했고, 어쩌면 속인의 처지도 깊이 이해할 듯싶었다.

그는 대중방으로 나를 안내하였다. 요사채에서 가장 넓은 방으로 대중공양을 하던 곳인데 지금은 절식구들만 공양하고 있었다. 말하자면 절의 식당 격이었다. 절 식구는 모두 셋이었다. 스님과 불목하니, 공양주 보살이 전부였다. 스님은 법명이 도봉道峰이라고 했다. 전등은 말할 것도 없고 세상 소식을 알리는 티브이, 라디오도 없었다. 오직 경비전화만 면 파출소로 연결되어 있었다.

저녁공양은 스님과 겸상을 했다. 반찬이라야 우거지김치와 우거지국, 동치미가 전부였으나 산으로 올라오느라고 신고辛苦를 바친 나에게는 입안이 황홀하도록 맛이 있었다. 공양을 마치자 스님은 자기 사처로 나를 안내하였다. 벽면 서가에 불경 몇 권이 보이고 앉은뱅이책상, 그 위에 얹어놓은 다기, 그것이 이 방의 살림 전부였다. 너무 단출해 쓸쓸해 보였다.

"저녁 공양 후에는 별일 없으면 저와 여기서 차나 한 잔씩 나누지요."

그는 친구 대하듯 가스버너에 불을 붙이고 물을 끓였다.

"참, 처사님도 절에 계시는 동안 화두話頭를 잡아보시지요. 세속에서는 그럴 경황이 없으실 테니, 여기 계시는 동안이라도 화두를 하나 잡아 공부를 좀 하시지요."

"글쎄요. 무슨 화두를 잡는 것이 좋을까요?"

"제일 흔한 '이 뭣고[是甚麽]?'가 좋겠군요. 흔한 게 가장 근본적인 것이니까요."

나는 긍정도 부정도 하지 않았다. 스님의 제안이 나에게는 너무 생소했다. 그러나 그 말이 바로 내 머릿속에 자리를 잡는 것이다. 이것이 무엇이냐? 도대체 너는 무엇이냐?

스님이 숙우에 물을 식히고 두 손으로 얌전히 찻잔에 물을 따르는데 그의 손에 내 눈길이 멎었다. 이 무슨 일인가. 왼손 식지 두 마디가 빠져있었다. 무슨 일이 있었는가. 사고로 절단 되었나. 병역기피를 하려고 자해행위를 한 것은 아닐까. 그러면 왜 왼손일까. 병역면제를 받으려면 오른손이어야 하지 않은가. 여러 의문이 교차했다.

"무얼 그리 골똘히 생각하십니까? 이것 말입니까?"

그는 내 의중을 꿰뚫어 보는 듯했다. 그는 왼손을 들어 잘려나간 식지를 보여주었다.

"……."

나는 아무런 답변을 하지 못했다.

"이건 부처님께 바친 겁니다."

"아니……?"

부처님은 사람의 손가락도 잡수신단 말인가.

"어느 핸가 동안거 때 용맹정진勇猛精進을 하다가 해제解制 무렵에까지 화두가 열리지 않아서 이렇게 소지공양燒指供養을 올렸습니다. 손가락을 촛불에 태워 부처님께 바치는 것 말입니다. 나뿐이 아니고 도반道伴 몇이 이 공양을 올렸습니다."

그는 대수롭지 않게 말하고 손을 내려 찻잔을 잡았다.

나는 소름이 돋았다. 촛불에 손가락을 태워 바쳤다고? 무얼 위해, 누굴 위해. 나는 고함이라도 지르고 싶었다. 차 맛이 어떤지 음미할 여유도 없었다.

그는 찻주전자를 들어 새로 차 한 잔을 더 따라주었다. 또 소지공양을 올린 그의 왼손 식지가 눈에 들어왔다.

"스님, 소지공양으로 무슨 깨달음은 얻었던가요?"

그는 조용히 미소를 지었다.

"해탈이나 득도는 그렇게 쉽게 오는 것이 아닙니다. 내가 윤회를 거듭하다보면 번뇌를 벗어나 무념무상으로 들어가는 데에 이 소지공양도 보탬이 될 것입니다. 지금은 내생의 득도를 위해 오직 중으로 다시 태어나게 해달라는 발원을 하고 있습니다. 그때는 조금 더 근원에 가까워지고 있겠지요."

내가 찻잔을 내려놓자 그는 이내 합장하였다.

"처사님, 오시느라 피곤하셨을 터인데 이만 처소로 드시지요. 방 처사가 군불은 넣어드렸을 것입니다."

나는 무언가 더 캐묻고 싶은 생각이 있었으나, 그의 합장에 떠밀려 나도 합장으로 답례하고 내 사처로 돌아왔다.

내 방은 앉은뱅이책상과 그 위에 개 얹은 이불, 촛대가 전부였다. 나는 배낭 속의 원고지를 책상 위에 꺼내놓고 벽에 기대었다. 촛불에 의지해 무언가 떠오르는 상념을 기록할 셈이었다. 촛불이 전등보다는 새 맛이 있었다. 그러나 머릿속은 신기하게 텅 비어 있었다. 분지 안에 말갛게 고여 있는 절대 정적, 그것이 머릿속으로 비집고 들어와 앉아 미풍조차 불지 않았다. 한 시간, 두 시간⋯⋯. 긴 기다림에도 생각은 텅 비어 있었다. 원고지를 밀어놓고 숲 속에서 명상과 기록을 한 데이빗 소로우의 수상록을 펼쳐놓았다. 또 한 시간⋯⋯. 그러나 읽는 일도 일렁거리는 촛불 빛에 따라 활자들이 스멀거리며 모두 책 밖으로 기어나가 버렸다. 눈앞의 모든 사물이 공백 상태에서 그저 멍하였다. 그런 가운데 스님의 손가락이 떠올랐다. 아, 소지공양, 그 고통과 비원, 인간으로서 이런 일이 가능한가. 그의 비원이 내 가슴으로 파고들며 아릿한 통증이 왔다. 피곤하지만 그렇다고 잠이 오는 것은 아니었다.

촛불을 끄고 자리에 누웠다. 잠은 저 멀리 있는데 신기하게 '이 뭣고?'라는 스님이 제시한 화두가 떠올랐다. 어둠 속에서 물었다. '넌 뭐냐?' '넌 어떻게 살아왔느냐?' '넌 왜 살고 있느냐?' '세상은 과연 살 만한 가치가 있느냐?' 이것저것 질문을 해보나 한마디도 대답할 말이 없었다. 눈은 더욱 말똥거리며 잠으로부터 멀어졌다. 시계를 보니 2시였다.

어슴푸레 잠이 들었는데, 내 방문 앞에서 목탁 치는 소리가 났다. 내 머리에 냉수를 퍼붓듯 화들짝 놀라 깨었다. 정적 속에서 목탁소리는 바로 내 귀에 대고 두드리듯 귀가 멍할 지경이었다. 야광 시침은 5시를 가리키고 있었다. 스님이 지금 나에게 아침 예불을 권유하고 있다는 것을 바로 알았다. 그러나 나는 기척을 하지 않았다. 목탁 소리는 곧 법당 쪽으로 가고 있었다. 반야심경의 독경 소리가 낮고 잔잔한 음성으로 울려 퍼졌다.

아침 공양 밥상을 마주했을 때, 나는 스님에게 불평을 했다.

"새벽 2시에야 자리에 누웠는데, 그래 5시에 내 귓전에 목탁을 두드리십니까. 난 아직 수계受戒한 불자도 아닙니다."

"원, 처사님도. 절밥을 드시면 예불을 하셔야 밥값이 되는 것입니다."

그의 눈에는 장난스러운 웃음기가 새물새물 피어나고 있었다. 나는 그쯤으로 스님이 내 뜻을 받아들였으리라고 생각했다. 그러나 다음날 새벽, 그는 또 어김없는 그 시간에 목탁 소리로 나를 닦달하였다. 그래도 나는 기척을 하지 않았다. 아침 공양에 나의 불평과 스님의 장난스러운 예불에의 권유는 매일 반복되고 있었다.

이런 일상 속에서 나는 낮에는 한없이 분지 안을 떠돌고, 성곽에 올라 지칠 때까지 걸었다. 분지 안의 완강한 정적은 스님이 제시한 '이 뭣고?'라는 화두와 더불어 나를 점점 압박하고 안정감을 잃게 했다. 이런 불안 속에 평소에는 의식 저 속에 숨어있던 내 생에서의 처참했던 순간과 피 묻은 장면들이 줄줄이 떠오르곤 했다.

어느 날, 저녁 공양이 끝나고 스님의 방에서 차를 나눌 때, 나는 스님에게 솔직히 고백하였다.

"스님, 이상한 일입니다. 이 순수한 시공 속에서 오히려 나는 안정감을 잃고 있습니다. 지난 시절의 피투성이 장면들이 늘 눈앞에 재현되고 있습니다."

"처사님, 제가 한번 들어볼까요?"

스님은 그 불안의 원인을 털어놓기를 바랐다. 나는 내 생의 순간순간 역사의 배경 속에서 나를 어둠으로 몰아갔던 피 묻은 사건들을 나열해 갔다. 그리고 그것들이 화인처럼 내 머릿속에 찍혀 뇌수의 갈피 저 속에 숨겨져 있다가 고요한 시간, 자신을 돌보는 관조의 시간에는 어김없이 슬그머니 나타나 앞을 가로막는다는 것을 말했다.

"스님, 눈이 펄펄 내려 세상을 덮고 있을 때 비로소 편안해 집니다. 내 마음 속의 무언가도 덮이고 있기 때문일 것입니다."

스님은 웃음기가 사라진 형형한 눈빛으로 내 말에 답했다.

"처사님, 눈이 마음을 정화하는 것은 사실이지요. 사물을 덮어 시야를 정화하니까요. 그렇지만 그것은 근본적일 수 없습니다. 눈은 바로 녹고 곧 사물이 본모습을 드러내기 마련입니다."

"그렇다면 무엇이 근본적인 것입니까?"

"참된 자아를 찾는다면 어떤 외물外物도 평정을 해치지 않습니다. 진아眞我를 찾아야합니다. 화두를 통해 진아를 찾는 것이 중생이나 우리 중들이 해야 할 일이기도 합니다."

그는 붓을 들어 어느 선사禪師의 선시禪詩 한 구절을 적어 보였다.

竹影掃階塵不動
月穿潭底水無痕

그리고 그는 그 선시를 우리말로 옮겨 읊었다.

대나무 그림자 섬돌을 비질하지만
먼지 하나 일지 않고,
달이 연못 물 밑을 뚫고 있지만
수면에 흔적 하나 남지 않네.

선시가 바로 나에게 다가왔다.

얼마 후 나는 그 산사에서 내려왔다. 스님이 읊어준 선시는 참으로 소중한 가르침으로 가슴에 자리하고 있다. 외물로부터 벗어나 나를 찾을 수 있다는 암시를 얻은 것만 해도 얼마나 큰 수확인가. 내 인생이 새로이 열리리란 희망을 얻었기 때문이다.